.

Elfriede im Salon

erotische Erzählung

Herstellung und Verlag: BoD - Books on Demand, Norderstedt

ISBN 978-3-7357-9327-0

Im philosophischen Salon traf man sich an diesem Abend zu einer besonders delikaten Angelegenheit: Man wollte der Begierde auf dem Grund gehen. Dr. Schwarz, Professor Hügel und Robert Unmuth trafen um sechs im Salon ein, jeder mit einem Schlüssel für den Salon ausgestattet. Elfriede, ihre Bedienung hatte an diesem Samstagabend aus naheliegenden Gründen frei. Es hatte aber im Vorfeld Diskussionen darüber gegeben, aber ihr Erscheinen hätte Verwicklungen und eine bleibende Veränderung im Verhältnis zu der Angestellten bedeutet. Die älteren Herren mochten die gerade mal fünfundzwanzig Jahre alte Elfriede. Man hatte bewusst ein reizvolles Wesen engagiert, damit die intellektuelle Runde aufgelockert wurde. Hier und da war der Konzentration eine kleine Ablenkung erlaubt. Gewöhnlich trank man Wein, wenn es nicht galt die philosophischen Dimensionen anderer Rauschmittel zu erkunden. An einem der letzten Winterabende hatte die Runde Haschisch geraucht, und es wäre für die älteren Herren ein größeres Problem gewesen, die Droge - und einen Stoff hinreichender Qualität - zu beschaffen, aber auch hier konnte Elfriede aushelfen, die gelegentlich selbst kiffte und als Kellnerin einer einschlägigen Kneipe genügend Verbindung hatte, um die philosophische Neugierde der alten Herren zu befriedigen. Da die Männer keinerlei Fertigkeiten besaßen, einen Joint zu drehen, musste die Dienstleistung von Elfriede in Anspruch genommen werden, die ansonsten gewöhnlich für die Getränke, die Zubereitung und das Servieren des Essens zuständig war. Man traf sich zweimal die Woche im philosophischen Salon, der nichts weiteres war als eine kleine Etagenaltbauwohnung, bestehend aus einer Küche, einer

Art Wohnzimmer - dem eigentlichen Salon, einem Bad mit WC und einem kleineren Gästezimmer, das unter anderem mit zwei Betten ausgestattet war. Mittwochs und Samstags traf man sich im Salon und Elfriede stand an diesen Abenden für etwa fünf Stunden im Dienst. Sie erhielt für diese Dienste fünfundzwanzig Mark pro Stunde, zudem war sie dafür verantwortlich, an den Tagen danach den Salon wiederherzurichten - für ihre Putzfrauentätigkeit fiel ihr Stundenlohn aber geringer aus.

Elfriede wusste um die delikate Angelegenheit, die die Philosophen auf den heutigen Abend verlegt hatten. Sie hatte protestiert, an diesem Abend nicht arbeiten zu dürfen. Sehr wohl habe sie Verständnis für das Anliegen der Männer. Etwas entwaffnend hatte sie argumentiert, dass ihre Anwesenheit für die Männer vermutlich weniger peinlich sei, als die Peinlichkeit, die untereinander entstehen würde, würden sie ihr Vorhaben gemeinsam vollziehen. Möglicherweise hatte sie da nicht ganz unrecht. Sie zeigte sich aber damit zufrieden, dass ihre Philosophen ihr einen Abend bezahlten Urlaub in Aussicht stellten. Scheinbar! Die Männer waren erstaunt, als es kurz vor sieben an der Salontür klingelte. Es war kurz vor sieben, nicht acht. Die Hure erwartete man gegen acht Uhr. Elfriede bat um Einlass.

"Ich konnte Sie nicht alleine lassen! Wer kümmert sich denn um alles?"

Die Männer befiel eine kollektive Sprachlosigkeit, die sich durch wenige Äußerungen des Protests artikulierte, aber deren Gehalt an Intelligenz kaum der Rede wert war. "Aber sie sollten doch nicht ..." - "Sie können doch nicht ..." - "Ich kann!", antwortete sie selbstbewusst. "Irgendjemand muss doch im Salon einen klaren Kopf behalten. Ich passe auf, dass man Sie heute Abend nicht über den Tisch zieht." Elfriedes Selbstbewusstsein war entwaffnend, im Übrigen wirkte ihre Anwesenheit auf die Männer vertraut und beruhigend.

Statt des "kleinen Schwarzen", das sie gewöhnlich an ihren Abenden trug, zeigte sie sich in einer beigen langen Hose, einer hellen Bluse und halbhohen Schuhen. Ihre roten Haare waren hochgesteckt. Die Hose betonte ihr rundes Hinterteil - ein Traum -, was gefährlich verdeutlichte, worum es den Philosophen heute Abend ging. Im Übrigen waren die Philosophen zur Stunde nichts anderes als ein desolater Haufen. Konnte es Angst sein, die sich breitgemacht hatte? Der philosophische Salon, hin und wieder Ort individuellen Scharfsinns und sich gegenseitig antreibender Eloquenz war zu einem Ort kollektiver Dumpfheit und unterschwelliger Erregung verkommen. Dies war der Beweis: Geistige Souveränität war nichts Bestehendes, musste unter besonderen Umständen errungen werden und konnte sich am heutigen Abend endgültig als Illusion erweisen, als selbstgefällige Geschwätzigkeit, die sich in vertrauter, harmloser Umgebung breitmacht, sich an nichts stößt und durch nichts an die Realität gebunden ist, die man vermutlich außerhalb der vier Wände des Salons vorfinden konnte. Die drei Männer bildeten an diesem Abend ein Kollektiv, von dem es kaum lohnt, auf die einzelnen Mitglieder näher einzugehen. Man empfand in unheimlicher Weise ähnlich und ein gemeinsames Bewusstsein mochte sich breitgemacht haben, dass ihr heutiger Exkurs in praktischer Philosophie sie überforderte und ihr Hobby und ihren Salon infrage stellte. Statt gemeinsam Begierde zu erleben, sie auszuleuchten und auszudiskutieren fühlten sie sich in ihrem Salon einer unbekannten, fast bedrohlichen Situation ausgeliefert, für die offensichtlich keine Werkzeuge existierten, kein geistiges Rüstzeug bereitstand. Man war sich schon im Vorfeld darüber bewusst gewesen, dass der heutige Abend eine besondere

Herausforderung darstellte. Es sollte kein Urlaub von den herkömmlichen Diskussionen, keine Auszeit hervorgerufen durch Lust sein, nein sie wollten Lust und Geilheit verspüren, ausgelöst durch ein Objekt, beispielsweise durch einen nackten Frauenarsch und wollten, so gut wie eben möglich, über die verspürte Geilheit und ihre Auslöser diskutieren. Wenn die aufkommenden Emotionen es nicht zulassen würden, gleichzeitig erregt zu sein und zu analysieren und zu diskutieren, wollte man zumindest die intellektuelle Arbeit unmittelbar an den vollzogenen Akt anschließen.

- 2 -

Robert Unmuth sah schon den Verlauf des "Haschisch-Abends" als nicht widerlegbaren Beweis an, dass sie sich mit ihren Diskussionen in einem von der Realität, von der Welt isolierten Türmchen befanden, in dem man es sich bequem eingerichtet hatte. Der Salon gehörte zu ihrer Realität, und er funktionierte insofern, dass er das Leben der in die Jahre gekommenen Intellektuellen angenehmer machte, aber ob ihr Projekt gelingen konnte, vom Salon aus die Realität zu durchleuchten und zu einer gewissen Wahrheitsfindung zu gelangen, war mehr als fraglich. Der heutige Abend konnte gut verdeutlichen, dass auch ältere Herren mit den Tücken des menschlichen Zusammenlebens ihre Probleme hatten und insbesondere ihre eigene Biologie Fallen aufstellte, die sie sich gewöhnlich nicht vorstellen konnten. Der Salon bot im Allgemeinen Verhältnisse, die als entspannend bezeichnet werden konnten. Dazu trug guter Rotwein bei, dessen erste Wirkung es war, dass ihre Zungen sich lösten, sodass diese entspannt Laute formten. Im Laufe des Abends nahm man ein Essen zu sich, dass ihrer Wirklichkeitsbetrachtung eine Trägheit zufügte, die inzwischen auch der Rotwein förderte, wenn auch unter Umständen noch eine hitzige, leidenschaftliche Diskussion geführt wurde.

Und da gab es noch die aparte Elfriede, die leicht anregend auf die Männer wirkte, eine Inkarnation der Welt, die unmissverständlich klar machte, dass diese mehr als Logik und Analyse bot. Sie war aber auch eine sinnliche Erscheinung, die den Gedanken provozierte, dass man selber nicht mehr ganz so jung war. Elfriede hatte also nicht nur die Aufgabe, zu_servieren, sondern auch als sinnliche, erotische beziehungsweise_suberotische Auflockerung zu dienen. Das unterstrich, dass die Treffen im Salon einen hedonistischen Charakter hatten, obgleich es sich um einen gepflegten, fast dezenten Hedonismus handelte, der nur zu gut zu dem Selbstverständnis dieser ergrauten Männer passte; intellektuelle Bürgerliche eben, die lieber einen teuren Rotwein trinken als Bier oder Korn, die sich zu benehmen wussten, so wie die "gute" Gesellschaft es vorschrieb und deren gepflegter milder Hedonismus im Gegensatz zu manch anderen Formen von krassem Hedonismus stand. Man fuhr beispielsweise nicht nachts mit Motorrädern durch die Stadt, um heiße Bräute aufzureißen. Die intellektuellen und gutbürgerlichen Momente ihres Beieinanderseins konnten bei ihnen leicht verdrängen, dass es überhaupt eine Form von Hedonismus war, die sie zusammenbrachte. Gegenüber Elfriede verhielten sie sich respektvoll, man machte zwar hier und da Komplimente und die meisten bezogen sich auf ihr Aussehen und ihre Kochkünste, man wurde aber nie derb, und wenn beispielsweise auch ihr Hintern, ihre Beine oder ihr roter Mund ihnen ins Auge sprang, legte man nie Hand an - kein kleiner Klaps auf diese Rundung, von der sie vielleicht insgeheim träumten. Selbstverständlich machten sie in Abwesenheit von Elfriede Bemerkungen über die anderen Qualitäten ihrer Bedientesten und ebenso selbstverständlich wusste Elfriede, dass sie nicht nur wegen ihrer Kochkünste, sondern auch wegen ihrer Jugend und ihrem Aussehen eingestellt worden war. Elfriede hätte gelegentlich einen Klaps auf ihren Hintern akzeptiert - nicht wegen des Geldes, dass ihre alten Herrschaften für ihre Dienste bezahlten - aber sie sah keinen Grund, die Männer unnötig aufzureizen und sie zu Handgreiflichkeiten zu animieren; im Übrigen wollte sie sich nicht prostituieren. Ihre Arbeit als Kellnerin setzte sie verstärkt Anzüglichkeiten aus, die verglichen mit dem Klaps eines älteren Herren, ein größeres Problem darstellten. Zu ihren Jobs, hier im Salon und in der Kneipe, gehörte der Sex, den sie ausstrahlte und wenn Professor Hügel ihr beim Ausschenken des Weins einen Klaps auf ihren Po gegeben hätte, hätte sie diesen als Kompliment genommen und ihn des weiteren ignoriert. Sie mochte ihre Philosophen und diese Zuneigung hatte sie nicht nur wegen ihrer Bezahlung entwickelt. Ein bisschen schrullig waren sie, diese Philosophen. Kein Mensch nannte sie Elfriede, selbst ihre Großeltern nicht, die wohl veranlasst haben mussten, dass ihr dieser aus der Mode gekommener Name bei der Taufe verpasst wurde, sondern alle Welt nannte sie Elli. Nur die Philosophen, die alles genau wissen wollten und drum wissen wollten, woher dieses Elli herrührte, ließen sich nicht davon abbringen, Elli Elfriede zu rufen und man hätte daraus leicht den Schluss ziehen können, dass es sich bei den Philosophen um einen sehr konservativen Haufen handeln musste, aber mit dieser Wertschätzung wäre man den Männern nicht gerecht geworden.

Die kollektive, emotionale Verwirrung, die bisher an diesem Abend die Männer charakterisierte, lässt es als sinnlos erscheinen, einzeln auf die Männer einzugehen. Es macht viel mehr Sinn, sie als Kollektiv zu beschreiben;

dennoch ein paar Worte zu den Philosophen, die eigentlich keine waren. Niemand von ihnen hatte Philosophie studiert. Sie waren alle Jahrgang 38, was vielleicht suggeriert, dass es sich nicht um Individuen handelte. Jedenfalls erscheint es als Zufall, dass sie alle den 61. Geburtstag hinter sich hatten, aber es war dennoch keiner, denn sie waren gemeinsam aufs Gymnasium gegangen, zu einer Zeit, als die Bundesrepublik Deutschland noch ganz jung war. Professor Hügel, ein einsneunzig großer Riese mit deutlichem Übergewicht, war emeritierter Professor für Astronomie, der sich in den letzten Jahren seiner akademischen Tätigkeit mit alternativen Kosmologien beschäftigt hatte. Mit seinen Zweifeln am Urknall galt er im Institut als Spinner und war einem gewissen Mobbing ausgesetzt, dass ihm das Arbeiten am Institut unerträglich machte, sodass er schließlich seine Frühemeritierung in die Wege leitete. Irgendwann musste er schwarzes Kopfhaar gehabt haben. Jetzt war es im wesentlichen grau wie die Haare seines Vollbarts. Der Professor trug gerne Blue-Jeans und Pullover und seine krausen, ergrauten Haare erzeugten einen Eindruck der Unaufgeräumtheit. Seine Frau war vor sechs Jahren an Brustkrebs gestorben. Dr. Schwarz hingegen sah aufgeräumter aus. Er pflegte gewöhnlich dunkelblaue Anzüge zu tragen, trug zu fast allen Anlässen Krawatten und weiße Hemden, war von mittlerer Statur, aber nicht ohne Bauch. Sein Haupt wurde durch eine Halbglatze geziert. Irgendwann einmal hatte er in Geschichte promoviert, hatte aber nur wenige Jahre als wissenschaftlicher Assistent in seinem Fach gearbeitet. Dann musste er sich eine andere Möglichkeit des Gelderwerbs suchen. Er bekam eine Anstellung als politischer Redakteur der hiesigen Tageszeitung. In den darauf folgenden Jahren zeigte sich, dass ihm der Journalismus nicht im Blut lag, aber er war trotzdem fähig, fundierte

Artikel zu schreiben und intelligente Analysen zu erstellen. Ihm fehlten aber alle journalistischen Instinkte, der journalistische Riecher, Durchsetzungsvermögen und Rohheit, die einem Vollblutjournalisten nützlich sind. Mit anderen Worten: Er nutzte seine Ellbogen, um sich aufzustützen.

Wenn wir nicht viel beziehungsweise gar nichts über die Ehe von Professor Hügel gesagt haben, so soll an dieser Stelle nicht unerwähnt sein, dass Dr. Schwarz praktisch keine Erfahrungen mit dem weiblichen Geschlecht gemacht hatte. Zum einem lag das an seiner Schüchternheit, zum anderen daran, dass er in jungen Jahren geglaubt hatte, sich mehr dem männlichen Geschlecht hingezogen zu fühlen. Dies stellte sich irgendwann als fataler Irrtum heraus, vielleicht war es auch nur eine Laune der Natur, die ein heftiges - quasi inverses - Coming-out hervorbrachte. Fort an fühlte er sich auf heftigste Weise zu jüngeren Frauen hingezogen, nur war es zu spät für ihn, seine Neigung auszuleben. Nicht nur seine moralischen Überzeugungen verboten ihm, seine Neigung mit jüngeren Prostituierten auszuleben, sondern letztendlich, so dachte er, ginge von der Prostituierten ein natürliches Moment der Abstoßung aus, da der Körper der Prostituierten ihn, seinen Körper nicht wollen konnte und er stellte sich vor, dass er sich dem Nicht-Wollen anpassen würde. Insofern würde der Verlauf des heutigen Abends für ihn besonders heikel werden und er hatte sich, als Robert Unmuth den Vorschlag auf den Tisch brachte, gegen diesen zuerst vehement gewehrt, ließ sich aber nach heftiger Überzeugungsarbeit seitens Robert Unmuth umstimmen. Skeptisch blieb Professor Hügel, der nur halbherzig zugestimmt hatte.

Elfriede hatte auch ihre Befürchtungen. Deshalb war sie ja trotz ihrer Freistellung heute im Salon. Sie fühlte sich verantwortlich für ihre Diskutanten und würde es nicht zulassen, dass man diese über den Tisch ziehen würde. Notfalls würde sie es dieser angeheuerten Schlampe zeigen, und wenn es sein musste mit ihrem eigenen Körper. Vielleicht umtrieb sie ein jugendlicher Idealismus, auf ihre weltfremden Philosophen aufzupassen und im Fall der Fälle diesen eine Schulung in Erotik zu verpassen. Ratlos, aber trotzdem selbstbewusst und auch leicht amüsiert stand sie dem Unterfangen ihrer alten Leutchen gegenüber. Mit nichts scherte sie sich um die Konsequenzen ihrer heutigen Anwesenheit.

- 3 -

Robert Unmuth war in der Welt rumgekommen. In jungen Jahren hatte er einmal Theologie und vergleichende Religionswissenschaften studiert, hatte aber seine Studien nie zu Ende geführt. Eine nicht unerhebliche Erbschaft, aber auch stärkere Zweifel am Katholizismus, verhinderten, dass er katholischer Priester oder Mönch wurde. Statt dessen wurde er Weltenbummler und hatte sich auf mehreren Kontinenten herumgetrieben. Südamerika, Indien, Südostasien und Afrika hatte er kennengelernt. In früheren Jahren hatte er auch unzählige Frauen jener Länder aufgesucht und hatte diese an seiner Erbschaft teilhaben lassen. Versuche, seine Reiseerlebnisse in Bücher zu fassen, scheiterten. Er hatte sich an einem Roman und mehreren Reiseberichten versucht, fand aber keinen Verleger oder kümmerte sich vielleicht zu wenig darum, einen zu finden. Nun, er hatte es nicht nötig einen Verleger zu finden, da das Geld seiner Erbschaft reichte, bis zu seinem Lebensende die Welt bereisen zu können, ohne dabei in die billigsten Hotels absteigen zu müssen. Das Geld reichte auch, um damit zeitweise brasilianische, marokkanische, nigerianische oder thailändische Prostituierte auszuhalten. Ihn hatte es nie interessiert, eine Familie zu gründen oder einer interessanten Arbeit nachzugehen, ebenso wenig hatte er den Ehrgeiz, Schriftsteller zu sein und das wenige, dass er in seinem schon recht langem Leben geschrieben hatte, entstand aus einer Laune.

Man würde Robert Unmuth allerdings nicht gerecht, ihn als oberflächlichen Playboy zu bezeichnen, obwohl das bisher gesagte diesen Schluss zulässt. Er wollte leben, erleben und die Welt, in die er hineingeworfen war, kennenlernen, statt an einem festen Platze zu leben und zu arbeiten. Er las sehr viel und das tat er lieber, als zu schreiben. Wer wollte ihm vorwerfen, dass er nicht arbeiten musste? Irgendetwas hatte ihn veranlasst, vor mehr als zehn Jahren sein Weltenbummlersein aufzugeben und sich hier in der Stadt niederzulassen. Er hatte sich ein größeres Haus gekauft, dessen Etagenwohnung er bewohnte, machte hin und wieder Ausflüge in die Umgebung und manchmal zog er sich für ein paar Wochen (im Frühjahr oder im Herbst) auf eine griechische Mittelmeerinsel zurück, obwohl er ein paar Jahre in den Maghrebstaaten und im Vorderen Orient verbracht hatte, hielt sich aber im wesentlichen in seiner Stadt auf. Hier ansässige Prostituierte suchte er nicht auf, und es war so, als ob er in dieser Beziehung eine Lebensweise angenommen hatte, die sein früheres Theologiestudium vorgezeichnet hatte. Jemand, der hier nach einfachen Erklärungen sucht, findet keine. Das eher unstete Leben, das er früher geführt hatte, führte er nur in einer Beziehung fort: Er suchte gerne Kneipen auf, in denen er sich manchmal die Nacht um die Ohren schlug. Robert Unmuth hatte in früheren Jahren Coca gekaut, Kokain probiert, Haschisch, Marihuana und Opium geraucht und bei indianischen Peyote- und Pilzzeremonien teilgenommen, nun aber, sesshaft, beschränkte er sich auf alkoholische Getränke. In seinem früheren Leben hatte er sich nie wie mancher Beatnickpoet oder Hippie, denen er auf seinen Reisen begegnete, den exotischen Drogen verschrieben, sondern sie nur, hin und wieder - zwar intensiv - ausprobiert, um sie, genau wie Land und Leute kennenzulernen, denn konnte man Marokko oder Indien verstehen lernen, ohne jemals Haschisch geraucht oder die Verhältnisse Perus ohne Coca gekaut zu haben. Aber das lag alles weit zurück, und wenn er auch für den "Haschischabend" wertvolle Erfahrungen mitbrachte, lagen diese soweit zurück, dass auch ihn an jenem Abend eine Erregung ergriff, so als ob er das erste Mal in seinem Leben einen Joint geraucht hätte und im Übrigen war auch er auf die Hilfe Elfriedes angewiesen, einen solche zu drehen. Er hatte es nie gelernt. Elfriede hatte er bei einem seiner Kneipengängen kennengelernt.

In wieweit das bisher über Robert Unmuth Gesagte ihn in der Gegenwart charakterisiert, sei dahin gestellt, da das schillernde Leben von Robert Unmuth zehn, zwanzig bzw. dreißig Jahre zurückliegt. Jedenfalls war er an diesem Abend aufgeregt wie ein Junge, der durch professionelle Seite seine Unschuld verliert. Er hatte seit neun Jahren keinen Beischlaf mehr vollzogen und die vielen Huren, die er gehabt hatte, waren blasse Erinnerungen eines anderen Lebens. Insofern ist es auch richtig, Robert Unmuth diesem dumpfen, erregten Kollektiv zuzurechnen, dessen einzelne Mitglieder sich kaum unterschieden. Robert nicht ganz so groß wie Professor Hügel, von hagerer Statur, trug saloppe Kleidung, einen kurzen Haarschnitt und einen Schnäuzer.

Elfriede konnte nicht verstehen, dass Robert Unmuth von der gleichen Aufregung ergriffen war wie die beiden anderen Herrschaften. Was der doch alles erlebt hatte. Vermutlich hatte er auch irgendwann, irgendwo in den Tropen, gemeinschaftlichen Sex gehabt. Sie öffnete für die Männer eine weitere Flasche Rotwein, die eine Weile hätte offenstehen müssen, damit der Wein vollen Geschmack entwickelt hätte, aber die Philosophen brauchten etwas zur Beruhigung und Valium wollte sie den Intellektuellen nicht verabreichen, da dies wohl ihr Projekt gefährdet hätte. Was mochte das für ein Luder sein, die ihre Denker aufmischen würde? Man kannte die Nutte, die kommen würde, nicht. Etwas angewidert hatte sich Robert Unmuth an eine Agentur gewandt und in Rücksichtnahme auf Dr. Schwarz eine Prostituierte verlangt, die nicht älter war als dreißig; zwanzig bis dreißig sollte sie sein, im gängigen Sinne attraktiv und ein bisschen Intelligenz war auch angesagt. Elfriede schenkte den Wein ein und statt sich zu bedanken, äußerte das Kollektiv unzusammenhängende Bedenken wegen ihrer Anwesenheit. Dieses dumme Gerede konnte sich Elfriede nicht länger anhören. Sie vermutete, dass zurzeit ihr Intelligenzquotient um dreißig Punkte höher lag als der kollektive Quotient der Männer. Irgendjemand musste hier einen klaren Kopf behalten.

"Professor Hügel, macht es ihnen etwas aus, dass ich sie vielleicht nackt sehen werde? Vielleicht macht es ihnen ja etwas aus, wenn ich sehe, wie sie in diese Schlampe eindringen werden.

Das finde ich nicht fair. Stört sie die Anwesenheit von Dr. Schwarz und die von Herrn Unmuth nicht genauso?" Der Professor blieb eine Antwort schuldig. "Ich gehöre einfach dazu! Ich bin Teil ihres Projekts, ob sie wollen oder nicht. Gerade, weil sie sich vermutlich mit diesem Projekt übernommen haben, gehöre ich dazu." Es war eine

Schwäche der Männer, dass sie nicht energischer protestierten und eine gewisse innere Lähmung verhinderte, dass man sich zu dem Entschluss durchrang, das Ganze sein zu lassen. "Ich höre da abblasen. Wer A sagt, sollte auch B sagen. Sie sollten nichts abblasen, sondern sich einen blasen lassen." Dr. Schwarz wurde offensichtlich rot im Gesicht. "Sie sollten sich einen blasen lassen, und wenn sie dabei nicht philosophieren können, daraus ihre Schlüsse ziehen. Mir macht es nichts aus, sie nackt oder mit der Nutte zusammen zusehen. Ich gehöre dazu, ob sie wollen oder nicht. Ich bin ihre Angestellte. Unter diesen außergewöhnlichen Umständen, und damit sie sich nicht unnötig wegen mir schämen, könnte ich, als gleiche unter gleichen, meine Dienste nackt verrichten. Ich trage ein paar nette Dessous, und falls sie das auflockern könnte, würde ich mich ausziehen und sie in der von ihnen gewünschten Freizügigkeit bedienen. Dieser Abend ist eine Ausnahme, etwas wird passieren, dass sich vermutlich nie wiederholen wird. Das soll nicht heißen, dass ich den Platz der Nutte einnehmen will. Aber meine Herren, wenn sie mich nackt oder halbnackt sehen wollen, dann soll es sein!"

- 4 -

Der Vorschlag von Elfriede stürzte die Philosophen in weitere Verlegenheit. Unfähig zu diskutieren, unfähig Entschlüsse zu machen oder sich durchzusetzen, brachte einer des Kollektivs nur ein "Sie können doch nicht ..." hervor. "Ich kann meine Herren, ich kann", konterte Elfriede und zum Beweis knöpfte sie ihre Bluse auf. Es zeigte sich, dass sie unter dieser einen feilchenfarbenen BH trug, der zwar ihre Brustwarzen bedeckt hielt, aber ansonsten mehr zeigte als verdeckte. Elfriede hatte nicht vor, die Bluse wieder zuzuknöpfen, sondern legte die Bluse ganz ab. Ihre unerlaubte und auch unerhörte Tat blieb vorerst ohne Konsequenzen. Nun, es mochte sein, dass sich in den Männern etwas regte. Eine Weile konnten sie nicht ihre Augen von ihren großen Brüsten abwenden. "Vielleicht ist es besser, dass bevor die Nutte kommt und sie komplett überfordert, sie sich ein bisschen an den Anblick einer nackten Frau gewöhnen. Vielleicht finden sie ja zu ästhetischen Betrachtungen. Ich fühle mich geschmeichelt, wenn ich sie etwas erregt habe:" Sie drehte sich langsam, um den Männern von allen Seiten ihren Körper zu zeigen. Kollektiv breitete sich ein Sehnen nach ihrem Körper aus. Ihre Angestellte, ihre Haushälterin hatte die Leitung des Abends an sich gerissen. "Ich denke nicht, dass das, was ich ihnen zu sehen gebe, eine Zumutung ist. Es gibt Tage, da werden die Gesetze des Universums auf den Kopf gestellt. Heute ist so ein Tag. Dies hier ist eine Quantenfluktuation weg vom Gewöhnlichen, und da ich Teil ihres Projekts bin, nicht nur heute, sondern für das Bestehen des philosophischen Salons, werde ich mich weiter ausziehen. Ich gefalle ihnen doch?" - "Fräulein Elfriede, es ist schwer und die Unwahrheit das Gegenteil zu behaupten. Sie sind sehr schön!" Das sagte ein geistesabwesender Dr. Schwarz. Die Männer saßen in ihren Sesseln und sahen zu, wie Elfriede ihre Pumps auszog und Anstalten machte, ihre Hose aufzuknöpfen. "Ich muss sie einfach ein bisschen abhärten, damit sie ihre Nutte nicht mehr so sehr in Verlegenheit stürzen kann." Als sie die beige Hose auszog, wandte sie ihren Philosophen ihren Hintern zu. Ihr feilchenfarbenes Höschen war beängstigend klein, sodass es kaum die prallen Arschbacken von Elfriede bedeckte. Die halterlosen schwarzen Strümpfe, die sie trug, waren vielleicht ein weiteres Indiz dafür, dass sie diesen Verlauf des Abends geplant hatte. Schnell zog sie wieder ihre Schuhe an und verschwand mit den ausgezogenen Klamotten in ihre Küche. Die kollektive Sprachlosigkeit der Männer führte dazu, dass sie schnell ihre Weingläser leerten. Robert Unmuth fing an, in sich hinein zulächeln. Vielleicht kamen bei ihm Erinnerungen an alte Zeiten hoch, die ihm auch Selbstsicherheit zurückgaben. "Sie hat Quantenfluktuation gesagt", stammelte Professor Hügel. "Wir müssen akzeptieren, dass sie schön ist und das sie uns nun zeigt, wie schön sie ist", kommentierte Robert Unmuth die Situation. "Und sie hat recht. Sie gehört zu uns und zu unserem Projekt" - "Ich habe noch nie so etwas Schönes gesehen", piepste Dr. Schwarz.

Elfriede war indessen stolz auf sich. Vielleicht umtrieb sie auch der Wunsch, die Nutte auszustechen. Sie begann ihre Vorbereitung für das Essen. Es würde heute Abend viel Fleisch geben. In ihrem Aufzug war ihr nicht kalt und das war eigentlich die Hauptsache. Ein wenig nervös war sie gewesen, als sie sich ausgezogen hatte, aber sie war zufrieden darüber, dass sie sich durchsetzen konnte und zufrieden über ihre Spontanität, denn keineswegs hatte sie geplant, sich an diesem Abend den Gelehrten nackt zu zeigen. Elfriede konnte sehr spontan handeln. Es war auch lustig in Dessous Zwiebeln zu schneiden. Hingegen waren die Männer wie berauscht und damit wuchs ihr Selbstbewusstsein, und es konnte vielleicht doch sein, dass man diesen Abend bestehen konnte. Es schlich sich allerdings auch der Gedanke in ihre Köpfe, dass es unproblematischer und bequemer sei, die beiden Frauen einfach nur zu betrachten. Man könnte vielleicht über die Geilheit, die von diesem Betrachten erzeugt wurde, reden und das alles in alkoholisierter, euphorisierter Laune. Die Nutte konnte alles zeigen, was sie zu zeigen hatte. Es würde sie sicher nicht in Verlegenheit stürzen; es wäre leicht verdientes Geld für sie. Es wuchs allerdings auch unterschwellig der Wunsch, Sex mit Elfriede zu haben. Sie mochten Elfriede. Elfriede war nicht dumm - sie kannte das Wort Quantenfluktuation - und vor allen Dingen war sie ihnen vertraut. Und war sie nicht auch freizügig? Der Gedanke, immer an ihren Abenden Sex mit Elfriede zu haben, ließ sich nicht so leicht verdrängen. "Nein, wir rühren Elfriede nicht an", sagte Robert Unmuth plötzlich, so als ob er die Gedanken der beiden anderen gelesen hätte. Es waren kollektive Gedanken.

Lächelnd kam Elfriede aus der Küche. "Was höre ich da? Anrühren? Gewiss, ich hatte nicht beabsichtigt, an die Stelle der Nutte zu treten. Aber sie können meine Dienste mit Klapsen belohnen. Jeder Klaps von ihnen bestätigt mir, das Richtige getan zu haben. Sie näherte sich Professor Hügel, zeigte ihm ihre Kehrseite und sagte zu ihm: "Nun zeigen sie mir schon, dass ich unartig war und nicht auf sie gehört habe." Sie streckte ihr Hinterteil zu ihm aus und forderte Professor Hügel erneut auf. "Nun machen sie schon, Herr Professor, ein Klaps ist schon erlaubt." - "Aber gerne doch", kam es aus dem Professor hervor und tatsächlich gab er ihr einen schüchternen, leichten Klaps. "Nun Sie Dr. Schwarz!" In gleicher Position stellte sie sich vor Dr. Schwarz auf. "Dr. Schwarz, haben sie schon mal einen nackten Frauenarsch gesehen, der sich ihnen entgegenstreckt? Wenn er ganz nackt ist, klatscht es besser!", und ohne das jemand protestieren konnte oder wollte, zog sie ihr Höschen etwas runter, sodass ihr Hintern nun frei war. Dr. Schwarz war erstarrt und blickte auf das nackte Hinterteil. "Nun geben sie mir schon einen

Klaps!" Etwas löste sich in der Versteinerung von Dr. Schwarz und es kam zu einem Klaps. "Aber das hat doch keiner gehört", protestierte Elfriede. "Ein bisschen fester, Dr. Schwarz!" Und er versuchte es nochmal, sodass alle es hören konnten. Zufrieden zog Elfriede ihr Höschen über den Hintern, wandte sich Robert Unmuth zu und gab ihm einen Kuss auf die Wange. "Danke, dass sie mich vor diesen Raubtieren in Schutz genommen haben, aber ich kann schon selber auf mich aufpassen. Ich kann mir schon vorstellen, was in ihnen vorgeht. Sie wandte sich dem Rotwein zu und spontan gab ihr Robert Unmuth einen Klaps. "So ist das richtig", murmelte sie. Sie schenkte den Herren ein, sodass deren Blicke wieder auf ihre Brüste fielen. "Das war eben nicht ganz korrekt von mir. Dr. Schwarz, ich meine, es war zu sexuell, als ich meinen Hintern ihnen entgegen gestreckt habe. Aber so ein Klaps ist erlaubt. Und ich muss sie einfach auf das vorbereiten, was gleich auf sie zukommt. Und spätestens dann, wenn sie nackt sind, bin ich es auch ganz und dann gibt es jede Menge Gelegenheiten für einen Klaps auf einen nackten Arsch. Oder wollen sie, dass wenn sie nackt sind, ich mich in meiner Küche einschließe? Ich bin die Garantie dafür, dass der Abend in ihrem Sinne abläuft. Robert Unmuth hatte eine Frage. "Und was machen wir Elfriede, wenn die Nutte nicht kommt?"

- 5 -

Unbeantwortet nahm Elfriede die Frage mit in die Küche. Sie vermied es dabei, mit dem Po zu wackeln. Kleinere Gewissensbisse nagten in ihr. Das war so nicht richtig gewesen. Sie hatte ohne jede Reflexion eine spielerische Laune in die Tat umgesetzt. Wenn eine Frau demonstrativ ihren Hintern darbot, dazu noch das Höschen herunter-

19

zog, so war das eigentlich eine Aufforderung zu mehr als einem Klaps. Der arme Dr. Schwarz. Er musste doch denken, dass sie die Nutte sein wollte. So war das aber nicht. Wie sagt man? Elfriede hatte keine weiteren kommerziellen Absichten. Das, was sie machte, war gewissermaßen eine Gratwanderung, und als sie ihren nackten Arsch Dr. Schwarz entgegenstreckte, war das wie ein kleiner Absturz. Es war nur fair, die Herren halbnackt oder nackt zu bedienen. Inkonsequent waren die Dessous, die sie trug, denn sie sollten nichts anderes, als sie aufreizend und schön zu machen. Andererseits war sie sich bewusst, dass zu ihrem Job gehörte, an jedem Abend schön und aufreizend zu sein. Sie musste dem Philosophen helfen, ihre Verlegenheit zu überwinden. Statt ihrer Verlegenheit konnte in ihren Gemüter ein wenig Derbheit Platz nehmen. Das war zwar philosophisch gesehen nicht ganz korrekt, führte aber vielleicht zu der Ausgelassenheit, die die Männer an diesem Abend brauchten. Sie hatte den Männern versucht klarzumachen, dass sie nicht die zweite Nutte war, aber andererseits würde sie gerne einen Klaps hinnehmen, auch wenn sie ganz nackt war. Es machte ihr nichts aus, an diesem Abend ganz nackt zu sein und beim Servieren einen Klaps auf ihr nacktes Hinterteil zu bekommen. Irgendwie war es auch logisch, den Herren Gelegenheit zu geben, diesen Klaps einzuüben. War es nicht folgerichtig, beim ersten Mal eine Position einzunehmen, die demonstrativ und auch ohne Worte zu einem Klaps aufforderte? Sie hätte aufrecht bleiben können, aber sich zu beugen, um das Ziel zu präsentieren, war vielleicht beim Einüben, beim ersten Mal suggestiver, überzeugender; aber natürlich auch schockierender. Da sie klargestellt hatte, dass sie diese kleine Handgreiflichkeit zulassen würde, war es wohl richtig, die Männer am nackten Objekt üben zulassen. Elfriede wusste, dass sie einen "guten" Arsch hatte, einen heißen Arsch. Etliche Liebhaber hatten ihr dies versichert. Das Problem war, dass wenn sie diesen "guten" Arsch irgendjemand entgegenstreckte, so war dies nicht nur eine Aufforderung ihrem Arsch einen Klaps zu geben, sondern auch eine unausgesprochene Aufforderung, sie zu ficken und es löste mit Sicherheit auch die Begierde aus, sie zu ficken. Der arme Dr. Schwarz. Sie war vielleicht zu weit gegangen, obwohl alles logisch und folgerichtig erschien. Sie hätte das Höschen aufrecht stehend herunterstreifen sollen.

Aber vielleicht hatte ihre Aktion doch etwas Gutes. Sie musste die Hemmungslosigkeit demonstrieren, die die Männer annehmen mussten. Kurzzeitig spielte sie mit dem Gedanken, jede Hemmung fallen zu lassen und als Gespielin den Männern zu dienen. Nein, sie wollte nicht das Geld der Nutte, aber es erschien ihr, wenn sie den Abend vollständig in ihre Hand nehmen würde, dieser ein voller Erfolg sein würde. Sie würde die Nutte lenken, ihr Befehle geben und die Männer könnten sich mit zwei Frauen vergnügen. Ein wenig berauschte sie sich an der Macht, die sie haben könnte. Nein, dies ginge zu weit. Es würde schon so nicht einfach sein, die kommenden Ereignisse dieses Abends folgenlos zu lassen. Es würde ihr unausgesprochenes Geheimnis bleiben. Wenn die Herren sich wieder gewöhnlichen Themen annehmen würden, wenn sie über den Urknall diskutierten oder über die neue Nato-Doktrin, würde sie ihnen dienen, im kleinen Schwarzen wie üblich und die Herren würden sich vielleicht sehnen, sie nochmals in Dessous zu sehen. Seltsamerweise konnte sie sich vorstellen, was in ihren alten Herrschaften vor sich ging. Sie wusste, dass die Philosophen genug Disziplin und Anstand besaßen und irgendwie traute sie Robert Unmuth zu, die zukünftige Situation souverän zu beherrschen. Und wenn aus einer Laune heraus, ein Klaps oder lockere Bemerkung entstehen würde, könnte man darüber lächeln. Wenn sie sich von den Männern ficken lassen würde, wäre es später nicht so einfach. Elfriede zog sich wieder auf sichere Positionen zurück. Es war fair und vollständig okay, dass sie nackt bedienen würde. Nur so konnten die Männer ihre Gegenwart akzeptieren, so war sie gleiche unter gleichen, ohne Objekt zu werden. Sie wurde hier gebraucht. Nicht nur musste sie sich um das Übliche kümmern, nein ihre Präsenz musste den Männern Sicherheit geben, denn ihre nackte Anwesenheit würde der Nutte unmissverständlich klar machen, dass sie mit den Männern nicht umspringen konnte, wie sie vielleicht wollte. Die Nutte musste in ihr eine Kollegin sehen, eine Konkurrentin. Sie würde für ihr Geld arbeiten müssen.

Indessen war unter den Männern eine erste Diskussion entstanden. "Sie gibt sich ja ein bisschen nuttig und mir wäre sie ja allemal lieber als eine Fremde, die primitiv und vulgär sein mag und vielleicht sogar gewöhnlich aussieht. Wir sollten Elfriede das Doppelte bieten." Professor Hügel sprach das aus, was Dr. Schwarz denken mochte. Robert Unmuth widersprach Professor Hügel energisch. "Elfriede ist keine Nutte, und ich werde es nicht zulassen, dass derartige Angebote ihr gemacht werden. Das, was sie tut, macht sie aus freien Stücken. Wenn sie heute Abend hier ist, dann deshalb, weil sie sich verpflichtet fühlt, auf uns aufzupassen und sich um alles zu kümmern. Elfriede ist ein modernes Mädchen und kennt nicht viel Hemmungen. Ich verstehe auch, dass sie sich ausgezogen hat. Damit will sie uns alten Böcken zeigen, dass sie auf unserer Seite ist. Ihr macht es nichts aus nackt zu sein. Vermutlich geht sie an warmen Sommertagen nackt in einem Baggersee schwimmen und sie hat vermutlich auch keine Probleme damit, eine gemischte Sauna aufzusuchen. Ihre

Dessous sind ein Zugeständnis an unsere Inkonsequenz. Ein bisschen weit gegangen ist sie eben, aber ich denke, das hatte sie nicht geplant. Ich denke Franz, wenn sie mit dir schläft, dann aus tausend möglichen Gründen, nur nicht um Geld zu machen." - "Robert, du glaubst sie ist eine Idealistin?" Die Frage hatte Dr. Schwarz gestellt. "Wenn man meiner Argumentation folgt, könnte man oberflächlich betrachtet zu diesem Schluss kommen. Selbstverständlich will sie hier arbeiten und ihr Geld verdienen. Und sie weiß, dass sie hier gutes Geld verdient, vielleicht das Doppelte, was sie in ihrer Kneipe bekommt. Sie bekommt eigentlich soviel, dass man darin eine versteckte Berechtigung sehen könnte, sich nicht ganz korrekt zu verhalten. Sie hat gesagt, dass sie dazugehört und irgendwie tut sie es ja auch, und wenn dies vielleicht nie deutlich wurde, so hat sie dies heute Abend ganz klar gezeigt. Ich weiß nicht, ob man das idealistisch nennen kann. Vielleicht ist sie ja eifersüchtig." - "Auf die Nutte?" - "Vielleicht wird sie ja von Revierinstinkten getrieben, die nicht zulassen wollen, dass sie einer anderen Frau Platz macht." - "Gehst du soweit, dass du Beschützerinstinkte für ihr Verhalten verantwortlich machst?" - "Es kann noch tausend andere Gründe geben. Vielleicht ist sie neugierig, vielleicht will sie ein bisschen spielen, die Nutte ausstechen, ohne dass es zum Sex mit ihr kommt. Tatsächlich will sie mit ihrem Verhalten uns in unserer verfahrenen, verlegenen Lage helfen. Am Besten fragen wir sie selber, aber Franz, du solltest nicht versuchen, sie zur Nutte zu machen." Professor Franz Hügel versuchte sich nicht in einer Rechtfertigung. Ein wenig seltsam war es schon, dass ausgerechnet Robert Unmuth, der im früheren Leben Hunderte von Huren gehabt haben musste, sich so energisch dagegen verwehrte, Elfriede diesbezüglich ein Angebot zu machen. Er hatte den Vorschlag quasi aus dem Bauch heraus gemacht. Elfriedes Aktionen waren auch sehr verwirrend. In ihm war der Wunsch, dem nicht ganz braven Mädchen einen Klaps auf ihren Hintern zu geben, sodass es klatschte. Und dann musste sie auch ihm ihren nackten Hintern entgegenstrecken. Ihr Körper, ihre nackte Haut erschienen ihm perfekt. Es konnte für eine schöne, junge Frau kein Anreiz bestehen, mit ihm, mit einem alten Mann wie ihm Sex zu haben. Seine Haut sah aus wie eine Müllhalde, hier und dort entstanden Flecken und Warzen und seine Körperfülle mochte ihre eigene Ästhetik besitzen, es war nicht die, die gewöhnlich an Sex denken lässt. Gleiche unter gleichen wollte sie sein, aber sie war wie ein Wesen aus einer anderen Zeit. Diese völlig überflüssigen Gedanken des Professors wurden durch ein Klingeln abgebrochen, die im Salon die Erregung ansteigen ließ. "Ich mach schon auf", rief Elfriede aus der Küche.

- 6 -

Mit dem Klingeln hob sich rasch der Adrenalinspiegel der Männer - oder was auch immer. Diese Form von Energie brachte es mit sich, dass ähnlich wie bei einer atomaren Kernverschmelzung die drei Individuen wieder zu einem emotionalen Kollektiv zusammenwuchsen. Bekanntlich steht es mit dem Intelligenzquotienten eines solchen Kollektivs nicht besonders gut. Nach einer Faustregel ist dieser der Quotient des Dümmsten durch die Anzahl der Mitglieder des Kollektivs. Man konnte Elfriede nicht daran hindern, die Tür zu öffnen.

Dr. Schwarz hatte die Phantasie, es könne die eineiige Zwillingsschwester von Elfriede eintreten. Dies war an sich unwahrscheinlich, vermutlich unwahrscheinlicher als ein Lottogewinn mit sechs Richtigen, aber Dr. Schwarz

24

gelang es, in den wenigen Sekunden, die er Zeit für diese Phantasie, diesen Traum hatte, sich in diesen hineinzusteigern. Elfriede hatte niemals erwähnt, dass sie eine Zwillingsschwester hatte. Andererseits hatte sie nie viel über ihre Familie erzählt und Dr. Schwarz wusste auch nicht, ob sie überhaupt Geschwister hatte. Im Moment nahm er an, dass Elfriede eine Zwillingsschwester hatte, was an sich nicht so unwahrscheinlich ist. Die Chancen dafür lagen etwa so hoch wie ein Lottogewinn mit drei Richtigen. Dass diese bisher unerwähnt geblieben war, verringerte etwas die Wahrscheinlichkeit ihrer Existenz. Aber das die Zwillingsschwester eine Nutte war, hätte keiner von ihnen angenommen. Vermutlich wünschten sich die beiden anderen Männer unbewusst auch, dass Elfriedes Alter Ego, äußerlich eine perfekte Kopie, zur Tür hereinkommen würde. Obwohl Dr. Schwarz nicht sonderlich mathematisch begabt war, versuchte etwas in ihm kurzzeitig die Chance, dass die Phantasie Wirklichkeit war, hochzurechnen. Es gab jede Menge Nutten in dieser Stadt und Robert Unmuth hatte vermutlich die größte Agentur angerufen. Wie sich gezeigt hatte, war Elfriede hemmungslos, ein Luder und hatte wahrscheinlich selbst das Zeug für eine Nutte. War es da so unwahrscheinlich, dass ihre Zwillingsschwester eine Hure war? Wenn man von Elfriedes Qualitäten ausging, würde diese für die beste Agentur arbeiten. Vielleicht hatte Elfriede Robert Unmuth bei der Auswahl der Agentur beeinflusst und anschließend dafür gesorgt, dass ihre Schwester zum Einsatz kam. Das war irgendwie logisch, denn es handelte sich um einen lukrativen Auftrag; immerhin waren die Männer bereit, neunhundert Mark für diesen Abend der Lust zu bezahlen. So einen Auftrag schanzt man gerne einem Familienmitglied zu. Die beiden Schwestern würden die gleichen Dessous tragen und ein ziemliches Verwirrspiel könnte eingeleitet werden. Im Grunde genommen waren zwei Szenarien denkbar. Die Elfriede, die man kannte, würde ihnen servieren, war nackt oder in Dessous, würde aber nicht mehr zulassen als einen Klaps auf ihren nackten Arsch, während die "andere" Elfriede - Dr. Schwarz fand keine bessere Bezeichnung für den Zwilling - sich ficken lassen würde. Während Elfriede vielleicht an den Diskussionen teilnehmen würde, würde die "andere" Elfriede gespielte Lustgeräusche von sich geben. Ein weiteres Problem war, ob man nicht lieber mit der, die man kannte, den Beischlaf vollziehen sollte und die Unbekannte servieren lassen oder eben umgekehrt. Mit jemand Vertrautem ist man lieber intim, zumindest meistens. Wenn sie Sex mit der "anderen" Elfriede hatten, konnten sie sich vollständig der Illusion hingeben, die richtige Elfriede zu ficken, ohne das anschließend das Verhältnis zu der richtigen Elfriede belastet wurde. Das zweite Szenario bestand einfach darin, dass die Frauen ein Verwirrspiel begannen, sodass man sich nicht sicher sein konnte, welcher man einen Klaps gab und welche damit beschäftigt war, mit sinnlichem Mund die Genitalien der alten Männer aufzurichten. Die Frauen hätten sich abgesprochen und die richtige Elfriede hätte der falschen einiges über die Geschichte des Salons erzählt. Zudem hätte man verabredet, gar nicht so viel zu sagen und statt dessen Lustgeräusche oder Lachen von sich zu geben. Als Höhepunkt des Abends würde man gemeinsam mit beiden Frauen Sex haben; das Gekicher hätte ein Ende und würde in lustvolles Stöhnen übergehen. Nun war eh alles Einerlei und auch die Frage besser die Bekannte oder die Unbekannte vor sich zu haben, stellte sich nicht mehr. Fairerweise müsste man der Richtigen das gleiche Geld zu kommen lassen.

26

Es war schon wirklich erstaunlich, dass Dr. Schwarz diese kurzen Augenblicke nutzte, sich in diese Phantasie zu flüchten. Es blieb ihm keine Zeit, im Falle des ersten Szenarios für sich zu entscheiden, ob es besser sei, Elfriede oder die unbekannte Zwillingsschwester zu ficken. Untersucht man das Unbewusste von Dr. Peter Schwarz, so findet man eine Präferenz für den zweiten Fall. Bis dato war Elfriede sein Objekt der Begierde; dass diese in Dessous im Salon herumging, verfremdete die Situation. Elfriede hatte sich gefährlich vom Subjekt zum Objekt verwandelt und nur das Auftreten einer äußerlich gleichen Zwillingsschwester konnte den gänzlichen Verfall von Elfriede zum Objekt aufhalten. Die unbekannte Zwillingsschwester würde dafür bezahlt, Objekt zu sein. In dieser Situation konnte sich Elfriede auch wieder anziehen. Nein! Besser war es, wenn sie weiterhin nur Dessous tragen würde. Man würde einen Traum von Elfriede ficken, ohne der echten Elfriede zu nahe zu treten. Man könnte, während der Traum neben einem lag, sich mit Elfriede unterhalten, mit ihr diskutieren und sich artig bei ihr mit einem Klaps aufs Hinterteil dafür bedanken, dass der Traum soviel Lust bot. Dadurch, dass Elfriede nur Dessous trug, war sie gleichsam eine reizvolle Vermittlerin zwischen lustvollem Traum und philosophischer Wirklichkeit. Und letztlich wäre es an späteren Abenden im Salon so, als habe man wirklich von Elfriede geträumt.

Stimmen wurden laut, die Dr. Schwarz aus seiner Phantasie herausrissen. Die Frau, die in Begleitung von Elfriede in das Herzstück des Salons herein trat, sah gar nicht so aus wie Elfriede. Sie war blond, trug einen Kurzhaarschnitt und auf dem ersten Blick schien sie nur aus einem grellgeschminkten Gesicht, beängstigend großen Titten, einem drallen Arsch und fleischigen Schenkeln zu bestehen. Offensichtlich war sie nicht die Zwillingsschwester von Elfriede und sie sah ganz so aus, als ob sie nicht näher mit Elfriede verwandt war. Den überaus körperlichen Eindruck, den die Frau machte, wurde dadurch verstärkt, dass sie nicht sonderlich groß war. Jedenfalls war sie um einiges kleiner als Elfriede, sodass ihr Arsch und ihre Titten im Verhältnis zum restlichen Körper größer erschienen. Bei näherem Vergleich hätte man vielleicht herausfinden können, ob sich die üblich angegebenen Maße für Frauen bei den beiden deutlich voneinander unterschieden. Die Frau sah etwas älter aus als Elfriede, aber ihr wahres Alter zu schätzen, war schwierig, da sich ihr Gesicht unter dem Make-up verbarg. Neben ihren weißen Pumps mit hohen Absätzen trug sie weiße Hot-Pants, aus denen ihr Arsch hervorquoll und eine blaue Seidenbluse, unter denen die schweren Brüste lagen. Robert Unmuth vermutete, dass sie unter ihrer Bluse keinen BH trug. Die Frau versuchte ihre Belustigung darüber zu verbergen, dass sie alte Männer vor sich hatte. Sie versuchte sich, an die Vertragsbedingungen zu erinnern. Es war von drei Männern die Rede gewesen und somit waren die neunhundert Mark, die sie gleich abkassieren würde, ja schon ein Sonderangebot. Von einer anderen Nutte war nicht die Rede gewesen. Das war offensichtlich ein Vertragsbruch, den man in bare Münze umwandeln konnte. Sie traute den alten Säcken nicht so viel zu und eine Kollegin hätte ihr Arbeit abnehmen können, aber vielleicht verlangten die geilen Böcke eine Lesbennummer, ganz gewiss ein Extra. "Extras kosten mehr und diese Nutte hier ist ein Extra. Von einer anderen Nutte wurde nichts geredet und nichts vereinbart. Das macht weitere dreihundert Mark!" Robert Unmuth versuchte, die Situation zu retten. "Setzen sie sich erstmal und machen sie sich's bequem." Er bot ihr den freien Platz neben Dr. Schwarz an, der befürchtete, dass aus seinem Traum ein Alptraum wurde. Ihm war

nicht ganz wohl dabei, neben sich ein so primitives Wesen sitzen zu haben. Die Nutte nahm Platz und beäugte
argwöhnisch Dr. Schwarz. Elfriede sah noch keine Veranlassung in das Geschehen einzugreifen, denn Robert Unmuth wandte sich weiter an das Callgirl. "Fräulein Elfriede ist quasi die Veranstalterin des heutigen Abends und
kümmert sich um unser leibliches Wohl, ich meine um
die anderen Dinge, für die sie nicht zuständig sind. Oder
wollen sie das Essen vorbereiten und den Champagner
servieren? Sie wollen den Champagner doch lieber trinken, oder?" War die Frau in den Dessous eine Spannerin?
"Von vier war nicht die Rede und eine Lesbennummer
kostet jede Menge extra" - "Ich denke nicht, dass Fräulein
Müller irgendein Interesse hat, sich mit ihnen einzulassen" - "Aber vielleicht sind sie geil auf so etwas. Warum
ist diese Frau denn halbnackt?" - "Das fragen sie sie wohl
besser selbst."

 Elfriede stellte sich mächtig vor ihr auf, sodass die Nutte
den Eindruck bekommen konnte, sie wäre hier für den
masochistischen Part einer Sado-Maso-Nummer engagiert. Dr. Schwarz schaute auf den Schritt von Elfriedes
Höschen. "Kleine, wenn du nicht spurst, gibt's nur wenig
Geld und ich übernehme deinen Job."

Daraufhin nahm Elfriede aber einen versöhnlicheren
Ton an und fragte "Willst du Rotwein oder
Champagner?" Ein wenig verunsichert sagte die Nutte:
"Wenn es recht ist, Champagner" und da es für Nutten
üblich ist, ihr Geld vorab zu kassieren, kam sie auf diesen
Punkt zu sprechen. "So, jetzt will ich mein Geld, die
neunhundert Mark!" Dr. Schwarz nutzte die Gelegenheit,
sich von dem drallen Persönchen zu entfernen und ging
zu der Bücherwand, wo auch ein Holzkästchen stand, indem sich das Geld befand. Dann kam er zurück, drückte
ihr das Geld in die Hand, sodass die Nutte sich ihrerseits

veranlasst sah, sich in Bewegung zu setzen; sie ging in die Diele zur Garderobe, wo ihre Handtasche und ihr Mantel hingen. Immerhin ließ sie ihre Handtasche vertrauensvoll außer Sichtweite hängen. Währenddessen klappte Elfriede unaufgefordert im Salon das schwere, noch verlassene Ledersofa auf. Der Salon bot kaum passende Möbelstücke für eine gemeinsame Orgie. Die Betten im Gästezimmer waren eine Möglichkeit, aber man wollte nicht im kargen, kleinen Gästezimmer diskutieren und lieben; der schwere Eichentisch, um den man herumsaß, bot eine weitere eher unbequeme Möglichkeit, das eben aufgeklappte Sofa und der Teppichboden waren weitere Alternativen. Als die Nutte zurückkam, forderte Elfriede sie auf, sich aufs Sofa zu begeben und sich auszuziehen. "Eigentlich wollten wir mit ihr noch etwas besprechen", wandte Robert Unmuth ein. "Ich denke, sie kann auch nackt zuhören und sprechen", wusste sich Elfriede durchzusetzen.

- 7 -

Robert Unmuth machte sich Gedanken, wie er Elfriedes Eingriffe in den heutigen Abend zügeln konnte. Sie war selbstverständlich nicht die Veranstalterin des heutigen Abends, sondern ihre Hausangestellte. Sie hatte die Prostituierte nicht aufzufordern, sich auszuziehen. Die knöpfte tatsächlich, auch in Unkenntnis über die theoretischen und wahren Machtverhältnisse im Salon, ihre blaue Seidenbluse auf. Es gab keinen Büstenhalter, wie schon vermutet, und ihre Brüste wirkten etwas wie außerirdische Monster, begierig die Macht auf der Erde zu übernehmen. Die großen festen Nippel der Titten wirkten wie Sinnesorgane, wie Augen, die feindselig die Verhältnisse im Salon begutachteten. Die Prostituierte war Opfer eines Aliens, Wirtskörper eines kosmischen Parasiten. Wie fremd das Gesamtwesen aussah, halb Mensch, halb Alien. Verlangten die Monsterbrüste nicht, dass man sie in den Mund nahm? Die fremdartigen Warzen, gleichzeitig Augen und Giftdrüse, bestimmt um Aliensubstanz in andere Körper zu spritzen. Die beiden Brüste hypnotisierten vermutlich, sodass man die Warzen in den Mund nahm.

Es war nur eine Frau mit großen Titten. Diese waren weniger dazu gedacht, Säuglinge zu stillen, sondern waren eine Kapitalanlage, die Lust verschaffen sollte. Aber wie konnte es sein, dass die Brüste so befremdlich wirkten? Die Menschen waren schon immer zweigeschlechtig. In der Geschichte der Menschheit waren Millionen Männer mit Millionen Frauen tausendfach intim gewesen, im Übrigen selbstverständliche Voraussetzung dafür, dass die Menschen überhaupt millionenfach existierten. Gab es nicht die kollektive Erfahrung des Sexes? Nicht nur, dass Brüste beim Sex erfahren wurden, die meisten Kleinkinder dieser Erde wurden durch sie gestillt. Wer erklärt das Befremden der Männer, als sie die Brüste der Hure sahen?

Wer von ihnen die Alienfantasie hatte, bleibt ein Geheimnis dieses Abends. Dennoch könnte man darüber mutmaßen, wem man solche Vorstellungen unterstellen konnte. Professor Hügel war wohl derjenige von ihnen, der am häufigsten an außerirdisches Leben dachte. Er war allerdings kein ausgesprochener Fan von Science-Fiction Literatur oder SF-Filmen. Es gab ein paar recht intelligente Werke, die er mochte. Jedenfalls die Science-Fiction, die ihre Berührungspunkte mit dem Horror-Genre hatte, war nicht sein Fall. Im Übrigen war er langjährig verheiratet gewesen und es war anzunehmen, dass er des öfteren die nackte Brust seiner Frau gesehen hatte. Nun ja sicher konnte man nicht sein, da er ja selber Kind einer Generation war, die vor dem Liebesspiel das Licht ausgemacht hatte. Vielleicht lag ja die Paradoxie beim Sex darin, dass das Selbstverständliche, das Natürliche, das milliardenfach praktizierte, seinen Reiz dadurch bekam, dass es im Dunkeln stattfand, somit geheimnisvoll blieb und an sich verboten war. Es ist ja auch nur schwer zu erklären, dass das Gewöhnliche soviel Erregung freisetzen konnte. Vielleicht gehörte ja Professor Hügel noch zu denjenigen, die das Licht ausgemacht hatten und tunlichst vermieden hatten, ins Badezimmer einzutreten, wenn die eigene Frau badete und vergessen hatte, abzuschließen. Andererseits war Professor Hügel Astronom und ein Astronom schaut sich gerne Sachen an. Wenn man vom Wahrscheinlichen ausging, so hatte Professor Hügel die Brüste seiner verstorbenen Frau mehrere tausendmal gesehen. Dieser Gewöhnungseffekt sollte eigentlich ausschließen, in Titten außerirdische Monster zu sehen. Robert Unmuth schied aus ähnlichen Gründen als Kandidat für solch abstruse, fast pathologische Vorstellungen aus, hatte er doch in früheren Jahren mit Hunderten von weiblichen Brüsten gespielt, mit großen und kleinen, dunklen und hellen und hatte sicher nicht dabei das Licht ausgemacht. Die bisher verfolgte Argumentation deutet an, dass der Fantasiegestörte Dr. Peter Schwarz war. Hatte er sich eben nicht eine Zwillingsschwester von Elfriede als "Gast" gewünscht, genau aus dem Grunde, Entfremdungserscheinungen klein zu halten. Und stattdessen trat diese vulgäre, dralle Person ein. Entfremdung, Verfremdung, war es nicht das, was Dr. Schwarz empfinden musste, zum einem, als sich die Nute neben ihm befand, zum anderen, als die Nutte - zwar in sicherem Abstand - ihre Bluse aufknöpfte und ihre großen, beunruhigenden Titten freilegte. War die Entfremdung zuvor noch mehr ein Gedanke, der sich von den Schenkeln, den zu ahnenden Arschbacken und den verborgenen Brüsten nährte, so wurde die Entfremdung real, konkret, als der Oberkörper der Prostituierten nackt war. Folgt man nun dieser Argumentation, so könnte der Eindruck entstehen, dass wenn man in seinem Leben kaum Gelegenheit gehabt hat, große, nackte Titten zu sehen, es normal sei, bei einem ersten Mal bei ihrem Anblick an außerirdische Monster zu denken, und nur der häufige, wiederholte Anblick der Monstertitten einen Gewöhnungseffekt mit sich bringt, der nicht mehr an Außerirdische denken lässt. Wenn die Sache an sich aber psychopathologisch ist, so könnte sie vielleicht auch auftreten, wenn genügend Gelegenheit im Leben bestanden hatte, weibliche Brüste kennenzulernen. Vielleicht war das mit den Außerirdischen auch nicht so ernst zu nehmen, weniger ein krankhafter oder perverser Gedanke, sondern ein Spaß, ein Spiel, dass man selbst Elfriede zutrauen konnte, die vielleicht in der Lage war, die Selbstverständlichkeit des eigenen Körpers auf den Kopf zu stellen. Immerhin gibt es eine Zeit im Leben einer jeden Frau, in der die Brüste anfangen zu wachsen und in der sie mit etwas Argwohn oder Ratlosigkeit die langsame Veränderung des Körpers beobachtet. Diese Erfahrung sollte in die Lage versetzen, später über die Anhängsel Witze zu machen. Somit konnte jeder im Salon Quelle der Fantasie, auch wenn es auf den ersten Blick wahrscheinlich erscheint, dass Dr. Peter Schwarz sich in solche Gedanken hinein geflüchtet hatte, vielleicht um sich stärker ängstigen zu können.

Die halbnackte Nutte saß auf dem aufgeklappten Ledersofa und wartete darauf, dass ihr Elfriede Champagner brachte. Im Grunde wartete sie darauf, dass überhaupt etwas geschah. Die Atmosphäre im Salon schien allen zu vermitteln, dass nichts geschehen würde, aber konnte das sein? Elfriede zögerte damit, ihren BH auszuziehen, war es doch offensichtlich, dass die Philosophen von den tollen Dingern der Nutte schockiert oder zumindest stark beeindruckt waren. Robert Unmuth war wieder der Erste, der die Sprache zurückfand, und sich aus dem emotionalen Verband, aus dem dummen Kollektiv löste.

"Das Ziel des heutigen Abends ist es über den Sex und über die Lust zu philosophieren, wenn es auch den Anschein hat, dass Beklemmung Peinlichkeit, Entfremdung und alles andere Unangenehme zum Gegenstand der heutigen Diskussion werden. Dies sind ja durchaus nicht uninteressante Themen und es liegt nahe, wenn man schon keine Lust empfinden kann und nur Peinlichkeit, über Letztere zu philosophieren." Zurzeit konnte sich niemand im Salon vorstellen, dass es zu einer gemeinschaftlichen Orgie kommen konnte und somit auch nicht zu einer Diskussion über eine gemeinschaftliche Orgie. Die Nutte fragte, ob sie ihre Bluse wieder anziehen sollte. So schnell wollte Robert Unmuth aber nicht aufgeben. "Sie sehen so reizend aus. Vielleicht fällt ihnen ja etwas ein, wie sie uns auflockern können. Sie müssen wissen, dass Philosophen im Grunde schüchterne Menschen sind, die die Welt gewöhnlich aus einer meist notwendigen Distanz betrachten. Nun ist es wirklich die Frage, ob, wenn man über das Leben philosophiert, sich vom Leben fernhalten sollte oder sich mittendrin befinden müsste, um zu relevanten Diskussionen zu kommen. Wir wollen heute Letzteres versuchen."

In der Nutte keimte der faule Gedanke, die alten Säcke würden sich damit begnügen, ihre Titten anzustarren. Sollten sie doch über ihre Titten diskutieren, auch wenn sie sich das nicht vorstellen konnte.

- 8 -

34

Es ist fraglich, ob es biologisch einen Sinn macht, dass alte Männer beim Anblick einer halbnackten, jungen Frau eine Erektion bekommen. Offensichtlich hatte die Natur so etwas wie eine Vorahnung, dass irgendwie und irgendwann das Phänomen der Prostitution auftreten würde, denn nur so konnte es vorstellbar sein, dass eine jüngere, attraktive Frau sich einem alten Knacker hingab. Es gibt natürlich Ausnahmen, aber bei derartigen Ereignissen sollte Prostitution die Regel sein. Wenn eine junge Frau einen dreißig Jahre älteren Reichen heiratet, ist dies eine besondere Form von luxuriöser Prostitution, da die Prostituierte sich verpflichtet, ausschließlich diesem einen mit ihrem Geschlecht zu dienen, es sei denn, ihr Mann verlangt etwas anderes. Es müssen schon einige Millionen im Hintergrund stehen, um diese Form von Prostitution finanzierbar zu machen. Die Prostituierte muss so geschickt sein, dass sie die Illusion aufbauen kann, sie liebe ihren Mann. Sie liebt ihn (angeblich) wegen seiner Intelligenz, seiner Erfahrung, seiner Macht, weil er erfolgreich ist und war; das sind die Gründe, die sich die betroffenen Männer vorstellen können. Er kann sich, mit 60 oder 70, auch vorstellen, dass er ein einfühlsamer, erfahrener Liebhaber ist, an den kein jüngerer rankommt. Mit etwas Geschick kann die Prostituierte auch dies vermitteln, und es soll auch Frauen geben, die das alles selber glauben.

Die Nutte im Salon konnte nicht glaubhaft vermitteln, dass sie die drei Gestalten lieben würde. Vielleicht konnte sie einem der geilen, alten Böcke die Illusion geben, dass er es besonders gut machen würde, durch gezieltes Aufstöhnen und geiles Gerede, sodass das Alterchen voll auf Touren kommen würde. Derartige Ereignisse lagen in der Luft. Mit Sicherheit würde der heutige Abend ein teurer Abend werden, aber ansonsten gab es keine Gewissheit über das, was passieren würde und es lag sozusagen alles in der Luft, was in der Luft liegen konnte. Auch als Elfriede das zweite Klavierkonzert von Chopin auflegte, wollten sich die in der Luft liegenden Möglichkeiten nicht konkretisieren. Mit Sicherheit hatte das derbe Persönchen unter Umständen gefickt, bei denen man klassische Musik gehört hatte. Vielleicht hätte Elfriede die Nutte fragen sollen, bei welcher Musik sie am besten arbeiten könnte. Im Salon gab es dummerweise keinen Whirlpool, somit war es wohl unpassend "Underwater Love" laufen zu lassen. Ein Whirlpool hätte die verkrampfte Atmosphäre auflockern können. Die Herren Philosophen hätten entkleidet sein, aber gleichzeitig im Nass des Whirlpools ihre Nacktheit verbergen können. Wasser steigert bekanntlich die Laune. Man hätte sich gegenseitig nass spritzen können und die im Wasser agierende, nackte Nutte hätte sicher auch etwas empfunden; würden sie nass gespritzt, hätte das Temperament der alten Männer und das der Nutte nicht gereicht, um an die Ausgelassenheit von im Wasser spielender Kinder zu erinnern. Die kleine Nutte mit den großen Titten hätte steif mit ihrem Champagnerglas in der Hand gestanden, während die alten Herren verkrampft im Wasser gesessen hätten, um ihre Glieder und Säcke zu verbergen. Vorstellbar wäre noch gewesen, dass man ebenso wie die Nutte mit Handtüchern und einem Champagnerglas im Whirlpool gestanden hätte, um sich gepflegt und steif zu unterhalten. Und aus dem Lautsprecher würde "This is Underwater Love" ertönen ... "Underwater Love" gehörte nicht zum musikalischen Repertoire des philosophischen Salons, das nur aus einigen Klassik-CDs und wenigen alten Jazz- und Popaufnahmen bestand.

Elfriede befreite sich von ihren Whirlpool-Phantasien, öffnete für die Nutte eine Flasche Champagner und brachte dieser ein prickelndes Glas. Das, was in der Luft lag, gehörte zum potentiellen Ereignisfeld, das in verschiedene Wahrscheinlichkeitsräume unterteilt ist. Dass alles in allem dieser Abend ein Flop würde, war einem Wahrscheinlichkeitsraum mit größtem Rauminhalt zugeordnet. Der Flop lag also in der Luft und von verschiedener Seite waren Bemühungen angesagt, um zu verhindern, dass er sich im Wahrscheinlichkeitsraum weiter ausbreitete. Der Flop hatte zwei Seiten. Auf der einen konnten die Umstände verhindern, dass irgendeine Lust empfunden wurde und zum anderen war mit oder ohne Lust nicht garantiert, dass eine konstruktive Diskussion entstehen würde. Der Erfolg dieses Abends definierte sich durch empfundene Lust und erfolgreicher Diskussion. Soviel hatte auch Elfriede begriffen, obgleich sie den alten Herren auch einen Erfolg zugestanden hätte, wenn diesen nur eine Orgie gelingen würde. Aber wie sollte dies gelingen, denn die Philosophen saßen versteinert in ihren Sesseln und starrten ins Leere bzw. auf die großen Titten der Nutte. Durch die Musik von Chopin bekam der Salon eine festliche Stimmung mit Pathos, die nahe ans Lächerliche grenzte. Indessen schlürfte die Nutte am Champagner. Ihr konnte es recht sein, wenn wenig passierte, zumal sie den Eindruck hatte, dies alles sei eine einmalige Veranstaltung, die sich nicht wiederholen würde. Es war allerdings nicht ausgeschlossen, dass ihr Einsatz so überzeugend werden konnte, dass vielleicht der eine oder der andere von den alten Männern auf sie zurückkommen würde, würde es ihr gelingen, dass dieser sie lustvoll fickte. So war es vielleicht doch besser, sich mit den Schwänzen der Männer zu beschäftigen.

- 9 -

Nicht nur die Musik im Salon verhinderte, dass die Nutte anfing zu tanzen. Es war vermutlich auch nicht so einfach, einen Striptease zu Chopins zweitem Klavierkonzert zu machen. Viel auszuziehen hatte die Nutte allerdings nicht mehr. Sie stand von ihrem Sofa auf und fragte unverkrampft in die Runde: "Wer will mich denn als Erster ficken?" Chopins Musik war zu hören, aber keine Antwort der Männer. Robert Unmuth hätte etwas sagen können, aber hielt sich zurück, und die beiden Männer waren nicht in der Lage, auch nur einen Gedanken oder Wunsch zu äußern.

"Die Herren wollen nicht nur ficken, sie wollen auch philosophieren. Philosophieren war bisher das Einzige, was sie konnten. Und heute Abend wollen sie etwas dazulernen. Vielleicht statten sie den Herren mal einen Besuch ab und lockern sie etwas auf." Elfriedes Vorschlag machte für die Nutte Sinn, allerdings verstand die Nutte nicht, was es bedeuten sollte, dass die Männer philosophieren wollten. Was war philosophieren? Entweder wollte man ficken oder labern. Die Nutte vermutete, dass philosophieren eine besondere Form des Laberns war. Aber diese alten Männer machten weder Anstalten sie zu ficken, noch sagten sie etwas. Sie saßen in ihren schwarzen Ledersesseln, Dr. Schwarz auf dem Zweisitzer und alles, was sie machten, war bestenfalls sie anzustarren und dem Klavierkonzert zu lauschen. Sollte sie ihre Pants ablegen? Vielleicht sich nackt zu der romantischen Musik am Boden räkeln, bis etwas geschah. Die Nutte beschloss, sich auf den Schoß des Riesen zu setzen. Sie ging zu Professor Hügel, der vielleicht ein wenig verkrampfte, als er sah, was auf ihn zukam. Sie stand dann vor dem Professor, der auf ihre nackten Schenkel schaute. "Gefalle ich dir?" War dies ein Satz, den man von einer gewöhnlichen Nutte erwartete? "Gefällt dir Lulu?", fragte sie nochmals. "Lulu ist mein Name, mein Künstlername sozusagen." - "Du bist sehr aufregend, Lulu!" Wie ein Wunder konnte der Professor sprechen. Elfriede schaute sich die Szene aus einigem Abstand an und bedauerte ihrerseits, dass die Musik nicht zuließ zu tanzen. Der Professor konnte sprechen, was für ein Wunder. Lulu beschloss, ihre Pants und ihren unverschämt kleinen Slip abzulegen. Sie drehte Professor Hügel ihre Kehrseite zu, knöpfte ihre Hose auf, streifte Pants und Slip gleichzeitig runter und zeigte allen im Salon anwesenden, - aber besonders Professor Hügel - ihren Arsch. Elfriede überlegte, ob es an der Zeit war, sich ebenfalls ganz auszuziehen. Die Nutte, Lulu, schien nicht so zickig zu sein, wie sie sich zuerst gezeigt hatte. Robert Unmuth fühlte sich an alte Zeiten erinnert. Er hatte immer ein Vorurteil gegenüber deutschen Huren gehabt, unter anderem ein Grund dafür, nun seit Langem in Deutschland lebend, sich nicht mit Prostituierten einzulassen. Er schaute auf die blonden Schamhaare von Lulu und bekam eine unbändige Lust, sie zu ficken. Das Persönchen setzte sich auf den Schoß von Professor Hügel und dieser Schoß hatte eine deutliche Delle bekommen. Lulu konnte den erigierten Schwanz, auf dem sie saß, spüren. Der Professor, der zuvor die Sprache wiedergefunden hatte, war stumm. Lulu streckte ihre Zunge aus ihrem Mund und befeuchtete mit einer eindeutig erotischen Aktion ihre Lippen. "Darf ich dich küssen, Alterchen?" Professor Hügel fiel auf, dass die Nutte jede Menge Lippenstift aufgetragen hatte. Der Professor für Astronomie sagte etwas hölzern: "Wenn sie mich küssen wollen, dann küssen sie mich!" Dass Nutten ihre Kunden nicht küssen, ist ein allgemein gehegtes Vorurteil, das Robert Unmuth mit seinen Erfahrungen nicht bestätigen konnte. Vielleicht traf es ja für deutsche Nutten zu, aber Lulu schien sich jedenfalls nicht um das Vorurteil zu kümmern. Professor Franz Hügel fragte sich einen Moment, ob er sich küssen lassen sollte. Würde er einen Ekel empfinden? Die Lippen von Lulu näherten sich denen von Franz, der mit Worten nicht hätte beschreiben können, wie das war, dass diese Nackte auf seinem Schoß saß. Er hatte es gewagt, den Rücken der Nackten zu berühren und als die Lippen der Nutte die seinen berührten, suchten seine Hände die großen Titten von Lulu. Es war schon ein unsagbares Gefühl den Rücken der Nackten zu berühren - wie unangenehm und unwirklich -, aber als Professor Hügel die Augen schloss und gleichzeitig eine Hand von ihm sich zu der nackten Brust der Hure vortastete und die Zunge in seinem Mund eindrang, hatte er das Gefühl, in eine vollkommen andere Dimension geschleudert zu werden. Dr. Schwarz starrte auf das Schauspiel, dass er nicht glauben konnte. Die Nutte bewegte etwas ihren Arsch, sodass Professor Hügel mehr spüren konnte. Womöglich würde sich Lulu auf den Schoß von Peter Schwarz setzen und ihm einen Kuss geben. Elfriede sah, dass die Weingläser der Philosophen leer waren, und begann den Männern Wein einzuschenken. Franz Hügel sah nicht, dass sich Elfriede mit einer Flasche Rotwein näherte. Indessen fühlte eine Hand von ihm den weichen Arsch von Lulu. Elfriede goss Dr. Schwarz Wein ein, der mit Sicherheit einen Alptraum hatte, und stand dann vor Robert Unmuth. "Robert, soll ich meinen BH ausziehen?" Es gibt Momente, bei denen man die Kontrolle verliert und vielleicht sein wahres Selbst zeigt. Es war nicht korrekt von Elfriede, ihn mit Robert anzureden. Er sagte nur: "Bitte Elfriede, tun sie es."

- 10 -

40

Dr. Schwarz wandte kurz seine Augen von Lulu zu Elfriede hin. Viel verbarg ihr BH ohnehin nicht. Es war für Dr. Schwarz weniger ein ästhetisches Vergnügen als ein zweiter Schock, während Franz Hügel, vermutlich ebenfalls geschockt, aber aktiv, sich in einer anderen Dimension befand. Eher indirekt massierte Lulu mit ihren Arschbacken den Schwanz des Professors. Elfriedes Brüste, ebenfalls groß, sahen definitiv anders aus als die der Nutte. Die Brüste der Nutte standen eher aufrecht, so als wollten sie die Gesetze der Schwerkraft ignorieren, während Elfriedes Titten sich auf eine sehr schöne Weise mit der Schwerkraft arrangiert hatten. Die Farben der Brustwarzen unterschieden sich so wie ihre Form. Wenn man auch ohne eine Messung durchzuführen nicht sagen konnte, welche Titten die größeren waren - und diese Fragen konnten nach verschiedenen Kriterien beantwortet werden - so konnte man eindeutig feststellen, dass Lulus Brüste größere Vorhöfe hatten. Alles in allem erinnerten Elfriedes Titten nicht so sehr an Außerirdische. Lulu forderte den Professor auf, einen der Außerirdischen in seinen Mund zu nehmen, währenddessen sie mit ihrem nackten Gesäß unruhige Bewegungen auf des Professors Schoß machte. Der Professor spielte brav mit. Seine Zunge ertastete die große Brustwarze von Lulu, und die gab kleine, leise, aber provozierende Lustlaute von sich. Die ganze Brust konnte unmöglich in den Mund des Professors hineinpassen, aber es schien genau so, als ob der Professor dies versuche und die kleine Lulu belohnte ihn dafür mit gut vorgetäuschten Lustgeräuschen. Wenn man dem Freier zu verstehen gab, dass er seine Sache gut mache, so steigerte das die Lust des Freiers und somit seine Bereitschaft, sich ein nächstes Mal mit der Hure einzulassen. Sie überließ dem Professor ihre andere Brust und dieser versuchte, die Titte zu verschlingen. Dr. Schwarz schaute dem Ganzen fassungslos zu. Wie war es möglich, dass der Professor vor allen Augen alle Hemmungen verlor? Für Dr. Schwarz war es schon schlecht vorstellbar, dass sich sein Freund Franz ohne die Anwesenheit von Augenzeugen so enthemmt verhalten konnte. Vielleicht wollte der Professor - für die Zwecke des Salons - seine Sache besonders gut machen und zeigte sich so, wie er sich alleine mit der Nutte nie gezeigt hätte, aber andererseits war zu befürchten, dass der Professor willentlich gar nichts mehr beeinflussen konnte und der geschickten Nutte ausgeliefert war. Elfriede gesellte sich zu Dr. Schwarz, um ihm einerseits Wein einzuschenken, andererseits um ein wenig mit ihm zu plaudern. An sich wäre die fast nackte Erscheinung von Elfriede ebenfalls schockierend gewesen, aber wie bei zwei konkurrierenden Schmerzreizen, bei dem im wesentlichen nur der stärkere wahrgenommen wird, so wurde Dr. Schwarz von den Ereignissen abgelenkt und schockiert, die einen Sessel weiter stattfanden.

Elfriede war eine durchaus schockierende Erscheinung. Hatte Dr. Schwarz vergessen, wie sie für ihn ihr feines Höschen hinuntergezogen hatte, um ihm ihren nackten großen Arsch entgegenzustrecken? Auch so verbarg ihr kleines feilchenfarbenes Spitzenhöschen nicht viel von ihrem famosen Hintern und vorne verdeckte das Höschen so wenig, dass ein paar Schamhärchen den Weg ins Freie gefunden hatten. Mit ihren halbhohen Pumps, den schwarzen halterlosen Strümpfen und ihrem kleinen Höschen war sie eine äußerst reizvolle Erscheinung. Sie goss dem Doktor Wein ein und geistesabwesend schaute der Historiker auf die schweren Brüste von Elfriede. Kein bewusster Gedanke in ihm, diese in seinen Mund zu nehmen. "Sind sie schockiert, Doktor?" Der Historiker schaute Elfriede fragend an, konnte sich aber dennoch äußern. "Ich glaube ja. Ja, ich bin schockiert!" - "Das kann ich gut verstehen. Ein wenig überrascht bin ich auch. Irgendetwas regt sich in mir, auch mein Höschen auszuziehen und mitzumachen. Ich könnte mich auf ihren Schoß setzen. Aber das geht wohl nicht. Es ist auch nur eine Laune. Finden sie nicht, ich habe so unartige Gedanken, dass ich mir einen Klaps eingehandelt habe?" - "Da es bisher nicht spontan zu solchen Aktionen der Männer kam, musste Elfriede die Regie in die Hand nehmen, zumindest wenn es darum ging, einen Klaps auszulösen. Ihr fiel dann ein, dass der arme Dr. Schwarz nicht zum ersten Mal an diesem Abend schockiert war. Den ersten richtigen Schock hatte ihr nackter Arsch ausgelöst. "Du hast einen schönen Hintern, Elfriede." Dr. Schwarz konnte tatsächlich sprechen, obwohl es den Anschein hatte, dass auch er fremdbestimmt agierte. Etwas Fremdes mit nicht unerheblicher Eigendynamik mochte den philosophischen Salon übernehmen wollen. Konnte es sein, dass eine Diskussion zustande kam, die nicht von den drei Philosophen geführt wurde, sondern von etwas, das sich von den Philosophen abgespalten hatte. Die schockierenden Ereignisse des heutigen Abends hatte die Wucht, die Persönlichkeiten der Philosophen, zumindest die von Dr. Peter Schwarz und Professor Franz Hügel aufzulösen. Robert Unmuth schaute erregt und fasziniert dem Treiben zu, war aber noch Herr seiner selbst. Seine Erfahrungen, auch wenn zwischen ihnen und diesem Abend Jahrzehnte lagen und sie somit vergessen oder unwirklich waren, verhinderten, dass er sich in einem Auflösungsprozess befand. Elfriede wollte sich für das Kompliment von Dr. Schwarz bedanken, wenn es denn der wirkliche Dr. Schwarz war, der gesagt hatte, dass sie einen schönen Arsch habe. Nein, er hatte sich dezenter ausgedrückt. Er hatte schöner Hintern gesagt. Hatte er nicht verdient, dass sie ihm diesen zeigte? Man musste Dr. Schwarz aktivieren und ihr schien ein Klaps auf ihren Arsch das rechte Mittel, der rechte Sport zu sein. Sollte sie ihn wieder schockieren und ...? "Mein Arsch mag schön sein, aber er ist nicht ganz artig. Er hat somit einen Klaps verdient." Diese meschugge Klapslogik hatte sie ganz gut drauf, jedenfalls konnte sie die Männer damit fast um den Verstand bringen, was nicht heißen soll, dass sie ein Fall für die Klapse waren, vielmehr das in diesem Fall Klapse angesagt waren, um noch mehr den Verstand zu verlieren. Diese Bemerkung nur am Rande, Elfriede klagte fünf Klapse ein, streckte ihren fast nackten Hintern Dr. Schwarz entgegen und überschritt somit erneut ihre Kompetenzen als Hausmädchen. Das feilchenfarbene Nichts, dieses Höschen, das wohl verhindern sollte, dass sämtliche Tabus einbrachen, konnte nicht verhindern, dass es klatschte, womit bewiesen war, dass es vorhin völlig unnötig war, das Höschen herunterziehen und den armen Doktor bis aufs Blut zu erregen, aber es entsprach der Klapslogik, das Höschen herunterzuziehen. Dr. Schwarz oder etwas in ihm - wir sind uns ja nicht ganz sicher, ob Dr. Schwarz als ganze, vollständige Persönlichkeit angesehen werden kann - legte Hand an Elfriede an. Elfriede stellte fest, dass sie erregt war. Sie war feucht und irgendwie stand zu befürchten, dass auch sie sich in einem Selbstauflösungsprozess befand. Es klatschte, und sie zählte laut mit und konnte somit der philosophischen Gesellschaft beweisen, dass sie bis fünf zählen konnte. Das Klatschen, dass auf ihrem wunderbaren Arsch erzeugt wurde, machte Lulu Konkurrenz und die überlegte sich, ob es nicht Zeit für einen ersten Fick wäre. Robert Unmuth hatte ebenfalls Lust auf Handgreiflichkeiten. Vielleicht wäre es besser gewesen, statt einer, drei Nutten zu engagieren. Oder sollte er zu Franz gehen und sich mit

44

den Schenkeln von Lulu befassen? Er kam - trotz Lust - gut zu Recht damit, jetzt der Beobachter zu sein. Er konnte es auch genießen, seine schockierten Freunde agieren zu sehen. Gleich würde auch Elfriede von ihm einen Klaps bekommen, aber nur einen, wie es sich gehörte. Was Elfriede von Dr. Schwarz verlangt hatte, war ein Vorspiel zu Sex. "Das war sehr schön", sagte sie auch noch zu Dr. Schwarz. Als ob es schön wäre, bestraft zu werden. "Ich will deinen Arsch" zu sagen, ließ das Selbstbewusstsein von Peter Schwarz nicht zu. Er sagte aber auch nicht: "Ich bete ihren Arsch an, Elfriede", was tatsächlich der Fall war. Elfriede kämpfte damit, ihr Höschen anzulassen. Sie hatte ja angekündigt, eventuell nackt zu bedienen, aber sie hätte nicht gedacht, sich in diesen Erregungsstrudel hineinreißen zu lassen. Sie ahnte, wenn sie dieses kleine Ding abstreifen würde, würde sie auch ficken. Sie würde sich auf einen Schoß setzen, auf den von Dr. Schwarz oder auf den von Robert Unmuth und alles würde seinen "natürlichen" Verlauf nehmen. Nur ihr Höschen stand noch für ihre Absichten, hier ihre Pflichten zu erfüllen, verhinderte, dass ihre Persönlichkeit verfiel und sich einem orgiastischen Kollektiv anschloss. Schaute man aber auf das Höschen - von vorne oder hinten - so hatte es den Anschein, dass sich dies nicht verhindern ließ.

- 11 -

Einige grundsätzliche Überlegungen sind anzustellen, wenn dies auch eigentlich die Aufgabe der Philosphen war.
Im Übrigen wollte Elfriede auch Philosoph sein. In ihrem Auflösungsprozess überkam sie der große Wunsch,

gleichberechtigt zum philosophischen Salon zu gehören. Sie wollte auch über die Lust philosophieren; vielleicht war nur sie in der Lage, den richtigen Anstoß zu finden, damit im philosophischen Salon so etwas wie Philosophie in Gang kam.

Ihre Metamorphose vom Dienstmädchen, das so gut wie es ging seine Pflichten erfüllte, zu einer agierenden Gespielin, die Lust empfinden und philosophieren wollte, war für sie selber schwindelerregend. Aber folgte nicht alles einer logischen Konsequenz? Als sie an diesem Abend im Salon erschien, hatte sie die Rolle des folgsamen Dienstmädchens aufgegeben und statt dessen die des verantwortungsbewussten Dienstmädchens übernommen, dass die Pflicht fühlte, sich über Anweisungen hinwegzusetzen. Es wäre falsch, Elfriede pure Neugierde zu unterstellen. Sie wollte helfen, eine blamable Katastrophe an diesem Abend zu verhindern. Um die Männer an die kommende erotische Spannung zu gewöhnen, hatte sie sich fast ausgezogen und bediente fortan in Dessous. Sie gab dem Salon damit das Flair eines Privatbordells oder einer besonderen Art von Nachtclub. Sie war vielleicht so etwas wie eine Animierdame in diesem merkwürdigen Etablissement, gewissermaßen auch mit der sich selbst gestellten Aufgabe versehen, sich um einen ordnungsgemäßen Verlauf im Salon zu kümmern. Ihre Aufgabe war auch, die Nutte bei der korrekten Ausführung ihres Jobs zu kontrollieren. Selbstverständlich war sie in Dessous für diese Aufgabe in korrektem Aufzug. In Dessous hatte sie mehr Autorität, zumal sie in diesem Aufzug den Männern einen Grund nahm, sich zu schämen. Dieses an sich folgerichtige Vorgehen unterlief sie damit, dass sie ihren nackten bzw. halbnackten Arsch bewusst in Szene setzte, zwar noch nicht, damit sie in diesen gefickt wurde, aber immerhin um erotische Schläge zu kassieren. Diese Grat-

46

wanderung und Lulus Aktivitäten beschleunigten den Fortgang ihrer Metamorphose und verwirrt stellte sie fest, dass sie heute Abend nicht Dienstmädchen sein wollte, sondern Gespielin und etwas in ihr forderte sie auf, die Rolle des Dienstmädchens ganz abzustreifen, sich ganz zu entpuppen, und das wäre geschehen, wenn sie ihr Höschen abgelegt hätte. Wie konnte es sein, dass sie Lust hatte, sich sexuell mit diesen alten Männern einzulassen? Tatsächlich wollte sie sich nur auf diese einmalige Situation einlassen; zu dieser gehörte der Salon, die Nutte, aber eben auch die Männer. Ihre Identifikation mit dem Salon hatte unter diesen besonderen Umständen dazu geführt, dass sie mitphilosophieren, aber eben auch mitficken wollte. Es konnte nicht wahr sein, aber was es auch immer bedeuten sollte, unter ihrem Höschen war sie feucht.

Das Projekt des Abends war, über die sexuelle Lust zu philosophieren, während die Lust empfunden wurde. Überspitzt lässt sich auch formulieren: Übers Ficken philosophieren, während man fickt. Glücklicherweise kann man sagen, dass man über das Leben philosophieren kann, während man lebt und Tote philosophieren keineswegs besser. Möglicherweise lässt sich aber nur über Aspekte des Lebens philosophieren, die man zurzeit gerade nicht durchlebt. Lässt sich der Zustand der Erleuchtung beschreiben, während man diese gerade hat? Die Erfahrungen in der Welt haben fast alle einen flüchtigen Charakter, zumal sie im Prinzip nirgendwo aufgeschrieben sind, aber besonders über das, was sich in Worte fassen lässt und über das, was in Worte gefasst wurde, lässt sich gut philosophieren. Vereinfachend könnte man auch sagen, über die Philosophie lässt sich am besten philosophieren. Es gibt nun durchaus Erfahrungen bzw. Zustände, die sich über einen längeren Zeitraum erstrecken, die aber flüchtig sind. Das Verliebtsein zum Beispiel oder irgendein Rausch. Es scheint nicht einfach zu sein, solche Erfahrungen in Worte zu fassen oder gar über sie zu philosophieren, aber sie zu erfassen scheint einfacher zu sein, wenn diese Zustände durchlebt werden. Selbstverständlich dürfen beispielsweise die Auswirkungen eines Rausches die Ratio und die Formulierungsfähigkeit nicht zu stark beeinträchtigen. Über den Rausch light lässt sich also währenddessen prächtig philosophieren; bei sehr intensiven Erfahrungen, die kurzfristig das Ich auflösen oder stark deformieren und einem die Sprache rauben, ist dies nicht so ohne Weiteres möglich. Ein Tonbandprotokoll oder eine Videoaufzeichnung könnte der Nachwelt einen gewissen Aufschluss bringen. Niemand hatte im Salon geheime Kameras installiert, um den Fortgang des Abends aufzuzeichnen; somit war man auf die Erinnerung angewiesen und auf das Vermögen, am heutigen Abend zu philosophieren. Vielleicht gewann man die philosophische Sprache nach einem ersten vollzogenen Akt zurück, wenn dieser nicht Sprachlosigkeit und Verwirrung zurückließ.

Diese Bemerkungen hätte nun einer der Philosophen machen sollen, die an sich dafür bekannt waren, präzise und folgerichtig zu formulieren, aber sie waren gewissermaßen auch entschuldigt. Die Nutte schaffte sich etwas Platz und knöpfte mit geübten Fingern die Hose des Professors auf. Der Professor trug eine konventionelle weiße Unterhose alten Stils, die kaum sichtbar wurde, aber für einen kurzen Moment für alle sichtbar, streckte sich ein mächtig erigierter Penis der Decke entgegen. Die Nutte griff schnell zu einem der Drei auf dem Tisch liegenden Kondomen und zog mit schneller Professionalität das Kondom über das erigierte Glied von Professor Hügel, welches - wie gesagt - aus seiner Unterhose herausschaute. Dann bewegte sie ihren Unterleib auf den Schoß des Professors zu, spreizte etwas die Beine, zielte und bewegte sich nach unten, sodass der Schwanz des Professors in sie eindringen konnte. Tatsächlich fand im philosophischen Salon zum ersten Mal so etwas wie ein Geschlechtsakt statt. Der Professor wusste nicht, wie ihm geschah. Völlig regungslos hatte er die vorbereitenden Aktionen der Nutte über sich ergehen lassen. Das Klavierkonzert von Chopin lief seinem Ende entgegen, Dr. Schwarz war fassungslos und Elfriede kämpfte gegen ihre Lust, bei diesem sich anbahnendem Liebesreigen mitzuwirken. In ihrer Unsicherheit wandte sie sich zu Robert Unmuth, der ihr bei erster Gelegenheit einen Klaps auf den Hintern gab. "Sie verhalten sich nicht ganz artig, Elfriede", sagte er zu ihr. "Es geschieht etwas in diesen Salon, und ich habe den Wunsch, daran beteiligt zu sein. Ich möchte voll und ganz an diesem Abend beteiligt sein. Jedenfalls ein Teil von mir will das. Ich will mitphilosophieren, mitphilosophieren über die Lust" - "Sie dürfen eine Orgie nicht mit Philosophie verwechseln. Bis jetzt ist heute Abend in diesem Salon nicht philosophiert worden" - "Sollen wir Professor Hügel fragen, was er empfindet?" - "Elfriede, sie sind unser Dienstmädchen. Ich finde, wir sollten auch alles tun, sie als Dienstmädchen zu behalten. Sie aber wollen Philosophin werden und vielleicht schieben sie das nur vor, um ihrer spontanen Lust nachgehen zu können. Was treibt sie dazu, Sex mit alten Männern haben zu wollen?" - "Das habe ich nicht gesagt. Ich will - oder irgendetwas in mir will am Geschehen beteiligt sein." - "Wer kümmert sich um unser Essen? Wer bedient uns?" - "Selbstverständlich erledige ich meinen Job" - "Sie wollen sagen, dass ihr Job genügend Freiräume lässt, auch noch anderen Aktivitäten, ich will mal sagen philosophischen Aktivitäten nachzugehen" - "Heute habe ich den Wunsch, Gleiche unter Gleichen zu sein." - "Hier gibt es keine Gleichen unter Gleichen. Hier sind wir Männer - und teilweise könnten wir nicht unterschiedlicher sein -, hier gibt's die Nutte, die ihren Job tut und da sind sie. Sie sind weder ein älterer Herr noch eine Nutte, wie ich denke. Statt dessen sind sie unser Dienstmädchen, das sich erdreistet hat, heute Abend im Salon zu erscheinen, obwohl wir ausdrücklich gesagt hatten, dass sie heute nicht arbeiten. Sie ziehen sich aus, ohne das wir etwas dagegen unternehmen konnten und den armen Dr. Schwarz haben sie schon an den Rand des Wahnsinns gestürzt. Was wollen sie eigentlich? Eine Lohnerhöhung?"

Wie konnte Robert Unmuth so hart mit ihr umgehen. Hatte er nicht selber auf ihrer Anfrage hin, sie aufgefordert, ihren Büstenhalter auszuziehen? "Statt mir Vorwürfe zu machen, Herr Unmuth, sollten sie sich lieber mit der Lust, auch mit ihrer Lust befassen" - "Mädchen, du weißt gar nicht, was du sagst. Und wenn ich Lust auf dich hätte?" - "Und wenn schon, dann würde sich unsere Lust irgendwo treffen. Sie sind geil auf mich? Erzählen sie mehr!" - "Elfriede ist eine wunderbare Frau", unterbrach Dr. Schwarz den Dialog. "Sie ist ein Kindskopf, der es liebt, den nackten Hintern hinzuhalten, damit es klatscht. Nimm sie doch, wenn du willst!" Elfriede hätte nicht gedacht, dass Robert Unmuth so steif argumentierten würde, aber gewissermaßen hatte er auch recht; sie hatte weder vor sich zu prostituieren, noch ihren Job infrage zu stellen. Sie war keine Nutte, sondern Dienstmädchen und in den Kreis der Philosophen war sie noch nicht aufgenommen. Elfriede war allerdings auch so verunsichert, dass sie überlegte, sich wieder anzuziehen. Alles in allem führten ihre Überlegungen dazu, das sie den Status quo nicht änderte; das heißt, sie hielt ihr Höschen an, zog sich aber auch nicht an und hoffte, dass Robert Unmuth ihr nicht wirklich böse war. Er hatte zugegeben, dass er geil auf sie war und Dr. Schwarz war es mit Sicherheit auch. Warum sollte sie nicht geil auf die beiden sein? Deshalb, weil sie das Dienstmädchen war und vierzig Jahre jünger? Sprach nicht einiges dafür, einen kühlen Kopf zu behalten, ebenso wie dieses Höschen anzubehalten, um nicht in dem Strudel der Lust zu versinken. Wie hatte sie irgendwann gesagt: "Ich habe keine Lust auf Banjee-Springen in den Abgrund des Wahnsinns." Nun, sie stand hier nicht am Abgrund des Wahnsinns, sondern musste Verwicklungen fürchten, die keine Lust, aber Peinlichkeiten mit sich brachten. Wenn sie sich nun in die Küche zurückzog, um sich um das Essen zu kümmern, würden dann Dr. Schwarz und Robert Unmuth tatenlos zusehen, wie die Nutte Lulu Professor Hügel fickte? Sollte er nicht über sein Empfinden sprechen, philosophieren? Der Professor war sehr ruhig, so als ob er jedes Lustgeräusch unterdrückte. Stattdessen war die Nutte Lulu nicht ganz leise. Das gehörte zu ihrer Geschäftspraxis. Sie war froh, dass sie Arbeit erledigte. Drei Kondome hatte sie aus ihrer Handtasche gefingert, nachdem sie dort ihren Lohn abgelegt hatte. Es war natürlich optimistisch von ihr, anzunehmen, es würde nur zu drei Ficks an diesem Abend kommen, aber wieso auch sollte sie zehn Kondome auf den Tisch gelegt haben? Der Professor äußerte sich nicht drüber, wie es ist zu ficken. Von außen konnte man nicht erahnen, was er empfand. Irgendetwas ging in ihm vor. Jedenfalls hielt ihn das so in Bann, dass er zumindest nicht laut philosophierte. Philosophierte er innerlich? Wenn es auch kein Philosophieren ist, einen Zustand näher zu beschreiben, so wäre es überaus interessant gewesen, den Gefühlscocktail von Professor Franz Hügel näher kennenzulernen.

Währte der Professor wirklich in einer anderen Dimension oder erlebte er eine zutiefst menschliche Erfahrung? Seine Freunde wussten nicht so recht, wo sie hingucken sollten. Vermutlich war es besser sich mit Elfriede zu streiten als tatenlos auf das auf und ab gehende Gesäß der Nutte und den eingepackten, immer wieder kurz auftauchenden Penis des Professors zu schauen. Elfriede trank selber ein Glas Wein, stand zwischen Robert Unmuth und Dr. Schwarz und schaute auf das Spektakel. Der Professor selber hielt seine Augen in Richtung der sich periodisch bewegenden Brüste, schien aber mehr ins Unendliche zu gucken; jedenfalls war wohl der Ereignishorizont des Universums keine unüberwindliche Grenze mehr. Der Professor für Astronomie schaute in die Bereiche jenseits des Universums, wo selbstverständlich nichts existiert! Diese Plätze sind an sich für die Astronomie uninteressant, da sich diese Wissenschaft besonders für irgendwelche Objekte im Weltraum existiert. Vielleicht war es das Werk der beiden Außerirdischen, zumindest das Interesse des Professors jenseits des Universums anzusiedeln. Jedenfalls legte der Blick des Professors dies alles nahe, sodass man durchaus zu dem Schluss kommen konnte, der Professor oder zumindest dessen Bewusstsein weilten in einer anderen Dimension, statt an einem gewöhnlichen irdischen Vergnügen teilzunehmen. Als der Professor die Nackte nur auf seinem Schoß sitzen hatte und sich mit deren Brüsten beschäftigte, hielt er sich - wir erinnern uns - in einer anderen Dimension auf, aber möglicherweise bewirkte der arbeitende Schoß von Lulu, dass er sich nun in einer völlig anderen Dimension aufhielt. "Ist es nicht phantastisch. Ich hätte es nicht für möglich gehalten", sagte eine begeisterte Elfriede zu Robert Unmuth. "Auch wenn es mir so scheint, als sei der Professor nicht mit einer Philosophie der Lust beschäftigt, sondern geistig völlig abwesend." Der Professor, war er denn wirklich bewusst in diesem Raum anwesend, musste dies auch gehört haben. Er sagte jedenfalls nichts und reagierte nicht. Wenn er nicht vernehmbar schwer geatmet hätte, hätte man hin und wieder den Eindruck haben können, die Nutte ficke mit einem Toten, dessen weit aufgerissene Augen jenseits der Titten von Lulu das Nichts suchten. Man schaute hin und es wäre auch irgendwie albern gewesen, wegzuschauen, etwa auf Elfriedes Höschen oder auf die Bücherwand. Die Nutte japste hin und wieder und alle anderen im Salon waren erregt - vermutlich auch der Professor. Die beiden Männer wussten, auch sie würden bald im Nichts verschwinden. Dr. Schwarz trug eine Unterhose ähnlichen Typs wie der Professor, sodass die Nutte in gleicher Stellung diskret mit ihm arbeiten konnte. Robert Unmuth hingegen hatte einen farbigen, gemusterten Herrenslip an, den man herunterstreifen musste, damit so ein Kraftgenerator freigelegt wurde, der Professor Hügel jenseits der Grenzen des Universums geschleudert hatte. Elfriede hoffte, die Hand von Robert würde sich ihrem Höschen nähern; sie war bereit, bereit es zu tun. Sie war davon überzeugt, eine hervorragende Gesprächspartnerin zu sein. "Seltsam", dachte sie, "wie kann ich mich so verlieren?" Typisch, die Frauen waren nackt, während die Männer selbst noch beim Geschlechtsverkehr angezogen waren. Sie waren angezogen, aber abwesend. Die nackten Frauen hingegen waren präsent. Es kam Elfriede nunmehr völlig überflüssig vor, dass sie fast nackt war. Einer der Intellektuellen tat, was getan werden musste und vermutlich würden die anderen Intellektuellen ihm folgen und der Salon würde des weiteren stumm bleiben. Die Nutte würde gehen und die Philosophen wären sich einig, dass man da zu schweigen hätte, wo es nichts zu sagen gibt. Es wäre eine Lüge, denn es gab etwas zu sagen, und wenn keine Aussagen getroffen wurden, dann einzig und allein, weil man unfähig war und die Situation überforderte. Elfriede war sich nun bewusst, dass auch sie von der Situation überfordert wurde. Was machte sie hier überhaupt? Welchen Sinn machte es, fast nackt neben den Männern zu stehen, mit dem Drang etwas zu tun und zu sagen. Elfriede kam zu dem Schluss, dass sie verrückt sein musste. Aber konnten Verrückte vernünftige Schlüsse ziehen? Wenn sie sich nun anzöge, wäre sie dann geheilt? Würde sie sich anziehen und gehen, wäre sie vermutlich geheilt, da sie sich der verrückten Situation entziehen würde. Robert Unmuth war mit Sicherheit verrückt, denn sonst hätte er sie genommen. Würde man sie hier angezogen weiter arbeiten lassen? Was sollte sie noch im Salon, da der stumme Sex auch ohne sie laufen würde? Elfriede konnte nicht anders als sich mit ihren Pumps, Strümpfen und diesem winzigen Höschen verrückt bzw. lächerlich vorzukommen.

Ein Aufstöhnen des Professors veränderte momentan die Situation im Salon. Der Professor war gekommen.

- 12 -

Eine Zeit lang war Ruhe im Salon; selbst die Musik war verstummt. Welche Ungeheuerlichkeit hatte sich ereignet? Lulu hatte für ihre Aktion keinen frenetischen Beifall erwartet, aber eine derartige Stimmung auch nicht. Es hatte den Anschein, als sei jemand gestorben. Sie konnte nicht sagen, ob der, der unter ihr war, derjenige war, der verstorben war.

Diese Stille ließ es nicht zu, zu philosophieren. Lulu stieg von dem Professor runter, begann mit der Entsorgung des

Kondoms und fragte nach der Toilette. Elfriede erwachte aus ihrer Erstarrung; sie war nicht tot. Sie wies der Prostituierten den Weg. Der Professor war auch nicht tot. Geschwind hatte er das Überbleibsel des Liebesaktes in seine Unterhose versteckt, und auch die Unterhose war kurz danach nicht mehr zu sehen. Die Nutte entsorgte das gefüllte Kondom im Klo, die Wasserspülung ging und dann machte sie sich unnötigerweise noch etwas frisch. Es blieb also für die Vier etwas Zeit, sich ungestört über die Ungeheuerlichkeit, die stattgefunden hatten, zu unterhalten.

War der Geschlechtsakt etwas durchweg Intimes? Etwas für zwei Personen und keine weiteren? Es musste Menschen geben, die Sex in der Gruppe genossen; allerdings war es vermutlich ein verschwindend geringer Anteil, der Gruppensex praktizierte. Viele phantasierten vielleicht davon, manche erträumten es, aber wenige taten es. Lag dies nun daran, dass nur ein besonderer Menschenschlag dazu imstande war? Gab es eine Dreiteilung der Menschen? In diejenigen, die es machten oder jedenfalls irgendwann einmal gemacht hatten, in die, die davon phantasierten oder jedenfalls schon mal ihre Vorstellung in jene Richtung hatten abschweifen lassen und in die, die eine solche Tat in Wirklichkeit, aber auch in ihrer Vorstellung ausschlossen oder die Möglichkeit einer solchen verdrängten. Wann war Sex intim? Sex schließt gewöhnlich den Dritten aus und es liegt nahe, dafür evolutionsbedingte Gründe anzunehmen. Männchen konkurrieren um Weibchen und Weibchen konkurrieren um Männchen.

Es gab keine Diskussionen im Vorfelde. Vielleicht war der Schluss nicht unzutreffend, dass die Philosophen Amateure waren. Es hatte den Anstrich von Unprofessionalität, dass dieser Abend in keiner Weise gemeinsam vorbereitet wurde. Man hätte über Sexualität diskutieren können, bevor man sie, unter unbekannten Umständen, praktizierte. Im Prinzip musste ein Männchen ein anderes Männchen ausspielen, um zum Zuge zu kommen. Warum sollte es erwünscht sein, dass das ausgespielte Männchen beim Sex zugucken sollte. Nun hatte sich die Natur nicht einfallen lassen, die Spermien von verschiedenen Männchen zu kombinieren; etwa damit überlebensfähigere Nachkommen gezeugt wurden. So wie die zweigeschlechtliche Fortpflanzung offenbar Vorteile vor der eingeschlechtlichen hat, könnte ein Drei-Komponenten-Sex Vorteile gegenüber einem Zwei-Komponenten-Sex haben. Die Spermien der beiden kopulierenden Männchen verbinden sich auf geheimnisvolle Weise und diese Verbindung befruchtet dann die weibliche Eizelle. Es würde Sinn machen, dass der Sex mit nur zwei Partnern auch zur Nachkommenschaft führt, aber eben mit einem leicht schlechteren Ergebnis. - Ein kleines Detail von dem, was die Philosophen an einem der Vorabende hätten diskutieren können. Was auch immer dieser Abend noch an Ereignissen bringen mochte, es war nicht ganz ausgeschlossen, dass es ein sehr wortloser Abend würde.

Der Abend hatte keine systematische Vorbereitung. Es hatte im Vorfelde nur eine Diskussion darüber gegeben, ob ein solcher Abend stattfinden sollte. Beispielsweise hatten die drei Philosophen ein bestimmtes, individuelles Verhältnis zur Prostitution, dies blieb aber unausgesprochen. Es war unter den Freunden wohl bekannt, dass Robert Unmuth auf seinen Reisen Umgang mit Prostituierten hatte, aber es war eher typisch für die Freunde über Sexualität nicht zu reden. War der heutige Abend einfach nur ein versuchter Befreiungsschlag, um ihrer Beziehung eine neue Qualität zu geben, unter dem Vorwand, unter nicht leichten Umständen über ein schwieriges Thema philosophieren zu wollen? Sollten wahre Freunde es gemeinsam mit einer Hure getrieben haben? War es denkbar, dass es Charaktere gab, die es allein nie und nimmer mit einer Prostituierten versucht hätten, aber das Abenteuer in der Gruppe gewagt hätten. Sex ist für viele eine quasi geheimnisvolle bzw. intime Angelegenheit und es soll durchaus Menschen geben, denen es leichter fällt, ihn zu praktizieren, als über ihn zu reden. Gehörten die Philosophen zu dieser Gruppe, so war es immerhin denkbar, dass ihnen auch nun im Salon die Aktion leichter fiel als das Wort. Sex mit einer Nutte ist etwas anderes als Sex mit jemandem, mit dem man zusätzlich Liebkosungen austauscht. Die Intimität beim Sex hat an sich mindestens zwei Seiten. Eventuell erlebt man ein besonders intensives Gefühl, welches für einen Außenstehenden nicht zugänglich ist. Das Intime ist vielleicht der Grund, dass niemand Drittes den Ausdruck der Gefühle miterleben soll. Nur der nahestehende Mensch darf mich so erleben. Aber die Nutte steht niemandem nahe. Im Übrigen ist zumindest von Männern bekannt, dass sie sich Sex mit Personen wünschen, die sie gar nicht kennen. Von der Nutte wird nicht erwartet, dass sie einen liebkost, Liebe vorspielt; ein bisschen aber, dass sie anerkennt, dass man ein guter Liebhaber ist. Inwieweit ist man mit einer Nutte intim? Und wenn die Intimität mit einer Nutte eine andere Qualität hat, so ist es vielleicht dann auch leichter sich beim Treiben mit einer Nutte zusehen zulassen, als wenn man es mit seiner eigenen Frau macht. Die Probleme sind vielschichtig und komplex und es wäre die Aufgabe der Philosophen gewesen, in theoretischer Vorarbeit die Probleme anzureißen. Im Übrigen hätte man auf die praktischen Probleme zu sprechen kommen sollen, um in einer Vorwegnahme der Verlegenheit, Peinlichkeit und Sprachlosigkeit auf diese Umstände vorzubereiten, um letztendlich die Sache, die Sache an sich und die Philosophie leichter zu machen. Man hatte sich vielleicht indirekt ein wenig Mut gemacht, aber niemand hatte beispielsweise geäußert: "Ich werde ganz schön verlegen sein!" Insbesondere hatte man nicht ausgesprochen, dass ihr Vorhaben einen ganz besonderen Rahmen darstellen würde und das besondere Experiment wenig über Sexualität im Allgemeinen aussagen konnte. Es wäre eine Überforderung der Philosophen gewesen, die Nutte wie einen guten Wein als Anregung zu nutzen, damit die Ideen besser sprudeln.

Verlegenheit, aber auch eine gewisse nervöse und heitere Ausgelassenheit war an jenem Haschischabend aufgekommen, der im Übrigen auch eine Sonderrolle von Elfriede mit sich brachte, da sie die Joints gedreht hatte und auch an ihnen gezogen hatte. Wie vorauszusehen war, erwiesen sich die Joints als Reinfall, weil bis auf dem Professor und Elfriede niemand rauchte und der rauchte einmal am Tag Pfeife und noch seltener Zigarre. Elfriede war zur Gelegenheitsraucherin von Zigaretten und anderem geworden. So hatte auch der Professor, der es nicht gewohnt war, Lungenzüge zu machen und selbst Elfriede Probleme mit dem ersten Joint, obwohl sie ausgewählt leichten Tabak genommen hatte. Auch der zweite Joint war auf seine Weise ein Mühsal, sodass Elfriede nichts anderes übrig blieb, als später noch einen besonderen Tee aufzuschütten.

Wie der Name Joint sagt, raucht man Haschisch oder Marihuana durchaus gemeinsam und die Gemeinsamkeit ist nicht auf Pärchen beschränkt -, trotzdem trat Verlegenheit auf. Es musste sich um eine Verlegenheit handeln, die einen anderen Ursprung hat, als die Verlegenheit, die entsteht, wenn die Intimität gestört wird.

Das Haschischrauchen und das Praktizieren von Sexualität haben aber einiges gemeinsam. Beidem haftet etwas

Verbotenes an. Sex oder Haschischrauchen in der Öffentlichkeit sind besonders verboten, während man in unserer Gesellschaft das Haschischrauchen im Privaten praktisch duldet. Gleichgeschlechtlicher Sex ist inzwischen auch erlaubt, wohingegen Sex mit Jugendlichen und Verwandten strafbar sein kann. Im Übrigen führt auch Sex zu einem rauschartigen Zustand, wenn dieser auch vollkommen unterschiedlich zum Bekifftsein ist und beide, Sex und Haschisch, gelten als vergleichsweise harmlos, können aber zur psychischen Abhängigkeit führen. Cannabis und Masturbation zum Beispiel wurde in früheren Tagen weit aus Schädlicheres nachgesagt. Trotz dieser Gemeinsamkeiten erschien es so, dass die Verlegenheit an diesem Abend einen völlig anderen Charakter und einen vollkommen anderen Ursprung hatte.

- 13 -

Lulu fragte - es klag fast belanglos - in den Raum: "Welcher Herr möchte mich nun ficken?" Wie selbstverständlich stellte sich vorerst keine Antwort ein. Die Frage hatte vermutlich die Ausschüttung von Hormonen in die Wege geleitet, aber dem sprachlosen Raum gelang es, Lulus Worte zu absorbieren und wenige Momente später hatte es den Anschein, als seien keine Worte gefallen. "Ich werde weitere Musik auflegen", meldete sich Elfriede. Sie bewegte ihren aufregenden Körper zum Musikschrank und wählte eine CD mit den zwei Klavierkonzerten von Franz Liszt aus. Das dritte Stück der CD war der "Totentanz" von Liszt? Glich die sexuelle Aktivität einem Totentanz. Vielleicht konnte die Musik von Liszt den Männern den nötigen Esprit vermitteln, zu philosophieren und zu ficken. Professor Hügel hielt sich an seinem Glas Wein fest, aber zeigte keine Anstalten, von seinem Erlebnis zu berichten. "Herr Unmuth, sie müssen etwas tun. Sie können es doch!" Elfriede konnte nicht davon lassen, sich einzumischen. Im Übrigen war sie Gefangene ihrer paradoxen Situation und an sich wäre ihr Platz in der Küche gewesen, um weitere Vorkehrungen für ein Essen zu treffen. Der Braten war schon im Ofen, aber was machten die Beilagen? Es schien so, als ob Elfriede selber eine Beilage wäre, jedenfalls signalisierten das ihre nackten Brüste und der pralle Arsch, der in ihrem kleinen Höschen steckte. Die Situation war an sich so unwirklich, dass sich niemand hätte wundern müssen, wenn sich der philosophische Salon in Luft aufgelöst hätte bzw. in einer anderen Dimension verschwunden wäre.

"Lulu, ich werde Sie dort an der Wand nehmen!" Robert Unmuth stand auf, um etwas zu tun. Lulu kam zu ihm rüber und strich mit ihrer Hand zwischen die Beine von Robert Unmuth. Der Schwanz von Robert Unmuth war erigiert. Robert Unmuth hatte ein zwiespältiges Gefühl ergriffen; einerseits war er sexuell erregt, andererseits herrschte in ihm ein Gefühl von kalter Leere vor. Sie standen nun an der Wand, wo ein weiterer Akt geschehen sollte. Er ließ seine Hose zu Boden fallen und streifte seine Unterhose runter. Das Glied von Robert Unmuth war groß und fest und er forderte die Nutte auf, ihm das Kondom zu geben. Die beiden anderen Philosophen starrten sprachlos in die Richtung des ungleichen Pärchens und wurden Zeugen, wie Robert Unmuth, so als wäre es die leichteste Übung, das Kondom über sein mächtiges Glied schob. "Du scheinst ja Übung zu haben", kommentierte Lulu die Fünf-Sekunden-Tat. "Du bist zweifellos die Geübtere von uns beiden. Und nun streck mir deinen Hintern entgegen. Lulu stützte sich mit ihren Armen an der Wand und spreizte ihre Beine, damit sie ihren Arsch mit seinem käuflichen Paradies preisgeben konnte. Die beiden ande-

60

ren Männer hatten so etwas noch nie gesehen und Elfriede wunderte sich über die Routiniertheit von Robert Unmuth. Der hatte keine Schwierigkeit, in die Fotze von Lulu einzudringen. "Das war's also", meinte er, als er zu stoßen begann. Elfriede überlegte über eine Offerte für Dr. Schwarz, Ähnliches mit ihr zu treiben. Lulu stöhnte etwas und imitierte damit Lust, was zu ihrem Service gehörte. "Dr. Schwarz, wir könnten das auch!" Was sollte der arme Doktor sagen? "Willst du Doktor?" - "Ich wage es nicht!" War es nur natürlich, dass Elfriede so reagierte. Sie stand am Tisch, trank an einem Glas Rotwein, war feucht und kämpfte mit der Paradoxie. "Ich wage es auch nicht, Doktor!" So kam es, dass bis auf Weiteres Elfriede nicht das tat, was sie eigentlich tun musste. Der Doktor verzehrte sich nach ihr und Elfriede wollte den philosophischen Salon mit Orgasmen überfluten. War sie dazu verurteilt, nur zuzuschauen? Dabei wusste sie, sie war vor Lulu das Objekt der Begierde. Sie hatte etwas Unerhörtes vorgeschlagen, kniff aber nun selbst. Sie wusste, dass Dr. Schwarz um einiges lieber mit ihr Sex gehabt hätte. Sie war attraktiver als Lulu, zeigte Gefühl und was bot schon Lulu. Lulu bot sich an, aber sie wollte wirklich partizipieren. Wie leicht wäre es, ihr Höschen auszuziehen. Aber noch war es verboten, ihr Höschen auszuziehen. Was machte sie hier überhaupt?

Professor Hügel fing an, sich von dem ihm angetanen Schock zu lösen und sich Gedanken zu machen. War der Sinn dieses Abends sich Schocks zu versetzen, damit ein neues Denken in die Wege geleitet wurde?

Was sollte dieses neue Denken bewirken? Womöglich hatten sie sich heute Abend auf ein intellektuelles Abenteuer eingelassen, dessen Ergebnis noch auf sich warten ließ, aber dieser Abend betraf auch das elementar persönliche. Was zeigte dieser peinliche Abend deutlicher, als dass sie alte Männer waren - sie waren noch nicht ganz so alt, denn wie zwei von ihnen gezeigt hatten, funktionierten noch bestimmte alte Teile des Körpers - in denen noch, bisher fast vergrabene, Wünsche vorherrschten, die bei zwanzig, dreißig Jahre jüngeren Männern einen Sinn gemacht hätten. Mit zwei nackten, schönen und vor allen Dingen jungen Frauen konfrontiert, mussten sie feststellen, dass sie diese begehrten, aber niemand von diesen entrückten Zauberwesen begehrte sie. Sie hatten sich ihr altes Leben bequem eingerichtet und ihr Trieb war wohl auch nicht mehr so stark, aber existierte und ihre versteckten Sehnsüchte und Wünsche deuteten sich an, wenn sie mehr unbewusst einem jüngeren Weiberrock hinterher guckten oder Gefallen an ihrer Elfriede fanden, wenn diese im adretten Kleidchen sich um ihr leibliches Wohl - Gaumen und Magen-Darmtrakt betreffend - kümmerte. Die Philosophen hatten noch keinen Themenabend über das Altern abgehalten, aber nach den schockierenden Verhältnissen an diesem Abend bot sich dieses Thema für einen der nächsten Abende an. Mit Ausnahme von Dr. Schwarz konnte man durchaus behaupten, dass die Männer ein erfülltes Leben gehabt hatten, jeder von ihnen kannte die Illusionen und die Fallstricke der Jugend, sodass sie nicht unbedingt das wiederholen wollten, was allerorts mit schönem Schein blendete.

Das Ding mit Lulu war äußerst reduziert. Sie schockierte allein mit ihrem nackten Körper, sie bot sich nur dar zum Ficken und vermochte all das nicht zu vermitteln, was den Sex zur Liebe erhebt. Während Robert Unmuth sie langsam stieß, heuchelte sie etwas von Lust, indem sie manchmal gekonnt leise aufstöhnte, aber der erregte Robert Unmuth registrierte die imitierten Lustgeräusche nur am

Rande und vermochte vielleicht mehr die Musik von Liszt mit seinem Akt verbinden. Auch die anderen taten das Gejapse als irreal ab, aber Lulu überzeugte letztendlich mit ihrer körperlichen Präsenz. Sie war nur Körper, nicht ein liebenswertes Wesen, mit dem man intensive Gefühle teilte, und bot daher nur Einkomponentensex, der an sich mit einer lieblosen Masturbation verglichen werden kann. Die Männer konnten nun in sich hinein hören, ob sie einen derartigen Sex brauchten. Jedenfalls brachte diese eindimensionale Geschichte einen voll und ganz aus dem Häuschen und Robert Unmuth war gewissermaßen emotional engagiert bei der Sache.

Für jeden der drei Männer war es ausgeschlossen, es mit einer neuen, gleichaltrigen Frau zu versuchen. Mit denen konnte man Kuchen essen und Kaffee trinken, nett plaudern und Spaziergänge machen, aber sie lösten kaum körperlich Begehren aus. Man vergisst leicht, dass man selbst alt ist, aber wenn das Gegenüber alt ist, löst es nicht das kleine Programm aus, dass den Penis anschwellen lässt und die Gefühlswelt wie durch eine Droge in einen Erregungszustand versetzt, auch wenn das Gegenüber eine äußerst liebenswürdige Person ist. Sicherlich gilt das nicht für alle Männer und ebenso ist sicher, dass es Sex zwischen gleichaltrigen Alten gibt, aber wie häufig ist dieser? Ein Persönchen wie Lulu hätte es aber zustande gebracht, den Professor zum Beispiel jeden Tag zum Sex zu verführen; wenigstens für eine gewisse Zeit. Das kleine Programm steckte - vielleicht nicht ganz überraschend - noch in den alten Männern; es hatte dort Jahrzehnte geschlummert und nur manchmal mehr unbemerkt aufgefordert, eine schöne Frau anzugucken, aber das Wesentliche des kleinen Programms schlief und war jahrelang nicht zum Einsatz gekommen. Seine Existenz war nun an sich sinnlos, es existierte aber, narrte und schockierte die Männer. Dieses Programm erkannte auch, dass Elfriede ein weitaus begehrenswerteres Ziel war als Lulu mit den außerirdischen Brüsten. Und besaß Elfriede ein Programm, das sie veranlassen konnte, mit alten Männern zu schlafen? So rätselhaft es war, dass das kleine Programm noch in den Männern existierte, umso rätselhafter war das Gefühlsleben von Elfriede. Nur eine eher fragwürdige Moral auf beiden Seiten verhinderte, dass Dr. Schwarz zum Beispiel sein Verlangen ausdrückte oder Elfriede ihr Höschen auszog, um die Männer vollkommen zu verführen.

Robert Unmuth fickte Lulu und zeigte sich ausdauernd, während die anderen drei eher unfreiwillige Voyeure des kleinen Ereignisses waren. Was sollten sie auch tun? Eine Sitzgruppe bilden und sich gegenseitig anguckend über die Musik von Liszt diskutieren, was ohne Weiteres auch nicht möglich gewesen wäre, weil Elfriede fast nackt war und auch in einer Diskussion das Begehren von Dr. Schwarz zumindest ebenso auf die Spitze getrieben hätte. Der gute Doktor konnte froh sein, ein wenig von Elfriede abgelenkt zu sein. Die drei Voyeure kennzeichnete durchaus eine unterschiedliche Stimmungslage. Doktor Schwarz war fassungslos und erregt; er ahnte wohl auch, dass demnächst mit ihm etwas passieren würde, Elfriede war auf ihre Weise erregt und in ihre Widersprüche verwickelt, während Professor Hügel eine seltsame Entspannung verspürte und sich tatsächlich Gedanken machte, wie man den weiteren Abend gestalten könnte.

Vielleicht war es das Beste, dass Dr. Schwarz als nächster an die Reihe kam. Danach könnte man weitersehen. Die Männer wären sowieso wieder angezogen, aber Elfriede und die Nutte sollten sich ebenfalls anziehen. Man könnte am Tisch sitzen, essen, trinken und diskutieren. Man wäre sicher entspannter; die beste Voraussetzung, um zu irgendwelchen Schlüssen zu kommen.

Professor Hügel wollte an sich auch nicht ausschließen, dass die reizvolle Anwesenheit von Elfriede kontraproduktiv war. Vielleicht hatte sie zu Beginn geholfen, die Männer zu stimulieren. Dass die Männer durch ihr freizügiges Verhalten enthemmter wurden, war nicht bewiesen. Es wäre aber nicht ohne Härte gewesen, Elfriede nach dem Essen nach Hause zu schicken, um sich dann ungehemmter mit der Nutte zu beschäftigen. Erst einmal musste Dr. Schwarz seine erste, vermutlich sehr zwiespältige Erfahrung machen. Professor Hügel konnte sich sogar vorstellen, dass sie sich in Abwesenheit von Elfriede kollektiv auszögen, um den weiteren Abend mit der Nutte nackt zu verbringen und die Nutte soweit es ihre Leistungsreserven zuließen, nach Belieben fickten. Es würde ein sehr später Abend werden, der vielleicht bis in die frühen Morgenstunden reichen würde. Nur so konnten Erfahrungen und Ergebnisse erreicht werden. Neben Elfriede war zu viel Alkohol eine Gefahr für den Abend.

Es ist schon erstaunlich, zu welcher Radikalität ein entspannter Geist bereit ist. Allerdings war der Geist von Professor Hügel nicht radikal genug, um sich vorstellen zu können, Elfriede in das orgiastische Treiben zu integrieren.

Dr. Schwarz wäre es sicherlich nicht leicht gefallen, auf die Anwesenheit von Elfriede zu verzichten. Womöglich hatte er sich ein wenig in das Mädchen verliebt, jedenfalls war es nicht ausgeschlossen, dass seine erregte, paralytische Verwirrung solche Verirrungen zuließ. Dies war wider die Vernunft. Der verwirrte Doktor Schwarz ahnte, dass es kaum ein Wort bedurfte, um Elfriede ihn übernehmen zu lassen. Aber durfte dies unter den Augen der anderen Männer geschehen? Andererseits konnte es nur hier, mit den anderen geschehen.

-14-

Robert Unmuth machte praktisch keinen Laut, als er kam, jedenfalls musste er so leise sein, dass das erste Klavierkonzert von Liszt ihn übertönte und dass trotz der dezenten Zimmerlautstärke, mit der die Musik den Salon erfüllte. Robert Unmuth würde es sicherlich nicht abstreiten, dass seine sexuelle Erregung mit seinem Orgasmus auf einen intensiven Höhepunkt gelaufen war und so geschah es wohl aus peinlicher Zurückhaltung gegenüber jedermann im Salon, dass er seine Erregung und letztendlich ihre Auflösung nicht nach außen zeigte. Lulu war von einem schweren Stück Arbeit befreit und trotz dieser Schufterei gab sie für alle deutlich vernehmbar folgende Wertschätzung ab: "Sie sind ein erfahrener Liebhaber, Herr Unmuth." Diese Aussage war für sie an sich belanglos und gehörte zur Kundenmotivation, ließ aber indirekt erkennen, dass die getane Arbeit keine leichte Arbeit gewesen war.

Angesichts ihrer zurückliegenden Leistung nahm ihr Robert Unmuth ein weiteres kleines Stück Arbeit ab, indem er die Entsorgung des Kondoms selber übernahm und im Bad verschwand. Im Bad betrachtete er das gefüllte Tütchen und kam zu dem Schluss, dass dessen Inhalt vollkommen sinnlos war. In seinem Alter, aber auch zu jeder Zeit davor, wollte er keine Kinder zeugen, obgleich es nicht ausgeschlossen war, das genau dies vor langer Zeit in einem fremden Land geschehen war, denn genauso, wie er sich damals von den vielen Frauen etwas eingefan-

66

gen hatte, konnten sich diese von ihm etwas eingefangen haben. Er musste seinem Körper zugestehen, dass dieser von seinen Absichten nichts wissen konnte, aber vielleicht bis ins hohe Alter Spermien erzeugen zu können, war eine absurde Konstruktion. Wenn ein Greis denn schon sexuelle Lust verspüren wollte, so konnte er diese doch auch ohne die Ejakulation von Spermien erreichen, wie sterilisierte Männer bewiesen. Dadurch, dass ein alter Mann zeugungsfähig blieb, konnte vielleicht dessen Anlage, alt zu werden, weitergegeben werden, aber an sich gewinnt eine Spezies keinerlei Vorteile daraus, besonders alt zu werden. Vielleicht ist aber der Schluss erlaubt, dass ein rüstiger, zeugungsfähiger alter Mann in seinen jungen Tagen besonders leistungsfähig gewesen war; dann wäre es für die Spezies nützlich, dass diese fitten Männer auch noch im Alter ihre Gene weitergeben. Für Frauen ist Ähnliches nicht vorgesehen, demnach - könnte man schließen - sind sie für die Kinderaufziehung unabdingbarer. Diese darwinistischen Überlegungen bestätigten aber Robert Unmuth mehr, dass seine erhaltene Fähigkeit zur Spermienerzeugung absurd war. In ihm stellte sich einerseits eine Entspannung ein und andererseits eine gewisse Erleichterung, es getan zu haben. Er versuchte seine Gedanken auf das Ziel zu lenken, einen erfolgreichen Abend zu gestalten, aber seine Gedankenwelt wurde von alten Erinnerungen eingenommen. Auch waren diese Erinnerungsfetzen während des Aktes aufgekommen; sein Bewusstsein glich einer Flipperkugel, die zwischen dem Hier und Jetzt, das sich durch den Kontakt mit dem nackten Körper Lulus manifestierte und Vergangenem - beispielsweise dem letzten Mal - hin und her geschossen wurde. Zielgerichtetes Philosophieren über Sex gelang ihm nicht. Dieses Erinnern an Vergangenes begleitete ihn schon den ganzen Abend, aber irgendwie war es seltsam, dass sich

dies beim Sex nicht einstellte und an sich klingt es glaub-
würdiger, Robert Unmuth habe sich beim Ficken Gedanken über Sex gemacht, als das ihn Erinnerungen - allge-
meiner und konkreter Art - beschäftigten. Es war aber sicher so, dass die Flipperkugel mehr im Bereich des Hier
und Jetzt der nackten Lulu weilte, die er sah und die er
mit seinen Händen, während er sein Glied immer wieder
in die Frau schob, an allen aufregenden Stellen berührte.
Die Haut von Lulu ließ nicht direkt erkennen, dass sie
sich prostituierte. Sein Befinden ließ auch nicht zu verba-
lisierende Gedanken - Eindrücke - zu, wie Sex war, aber
dies hätte man schlecht als "über Sex philosophieren" bezeichnen können. Wieso dabei Bilder der Vergangenheit
durch seinen Kopf schossen, war rätselhaft.
Robert Unmuth bedankte sich förmlich bei der Prostituierten und erkundigte sich bei ihr, ob sie eine Pause wolle. "War es geil?", fragte eine vorwitzige Elfriede, die damit einen nicht unerheblichen Teil zum Philosophieren
beitrug. Sie hatte damit Lulu das Wort abgeschnitten,
aber Robert Unmuth schien der Vorwitz von Elfriede
nicht zu stören und antwortete prompt: "Es war geil, Elfriede!", eine Äußerung, die man als bisherigen philosophischen Höhepunkt des Abends ansehen musste. Elfriede führte ihre Quasi-Moderation fort und fragte Robert
Unmuth, was er empfunden hätte. Lulu konnte sich über
die aufkommende Gesprächigkeit im Salon nur wundern.
Sie setzte sich neben Dr. Schwarz, der sich wieder von
Außerirdischen, zugegeben erregenden Außerirdischen, in
die Zange genommen fühlte. Er erlaubte sich, zwischen
die Beine der Nutte zu schauen, und wenn Außerirdische
und Kosmos merkwürdigerweise in der Gedankenwelt
des Dr. Peter Schwarz eine Rolle spielten, so bot die nicht
rasierte Frau an dieser Stelle den Anblick eines versteckten Malstrom - das unabdingbare schwarze Loch in der

schwarzschen Phantasie - welches seine Lebensgeister in Form von Erregung in Bewegung setzte, zum Sieden brachte und letztendlich würde das verborgene Loch das in Bewegung geratene aufsaugen und es - oder auch ihn - verschwinden lassen. War es an sich unklar, ob er noch existierte, während er ficken würde, so schien es sicher, dass nach einem dramatischen Finale seine Existenz nur noch eine Schattenexistenz sein würde.

Die Frage war nun, wann der Untergang eingeleitet wurde. Es schien so, dass die beiden Außerirdischen mittels Telepathie zu einem schnellen Handeln aufforderten.

Lulu gestattete sich an ihrem Glas zu nippen, ohne damit eine größere Pause einzuleiten. "Ich bin professionell genug, den nächsten Herrn sofort zu bedienen!" Sie hatte sich angewöhnt häufig ältere und noblere Kundschaft mit "Herr" anzureden. Sie dachte sich, dass die Anrede bei diesen gut ankommen würde. Der nächste Herr schien ein schwieriger Fall zu werden. Warum befasste sich dieser nicht mit ihren Titten? Dr. Schwarz war ein Herr in der Klemme. Er konnte sich schlecht aus seiner erregten Versteinerung lösen: Sollte er sich entschuldigen, nach Hause gehen? Seinen Rückzug ins Gästezimmer einfordern? Die Bedrohung saß neben ihm und Elfriede war nun für ihn wie unerreichbar. Er konnte sich doch nicht vor seinen Kollegen verdrücken, weder nach Hause noch ins Gästezimmer, denn so etwas wie eine zu leistende Mutprobe schwang im Salon mit und glücklicherweise ließ seine Versteinerung ebenfalls aktive Feigheit nicht zu.

Seine schwere Zunge löste sich überraschend und machte erregt Elfriede zum Thema, die zwar unerreichbar war, aber dennoch in der Nähe. "Elfriede soll in die Küche gehen!" Und er brachte sogar den Mut aufzusagen: "Ich schäme mich vor ihr." Da Elfriede unerreichbar war, wandte er sich mit seinen Worten nicht direkt an Elfriede, sondern allgemein an den Salon und dieser entwickelte ein gewisses Verständnis für seine Forderung. Elfriede würde sich ums Kartoffelgratin und die Gemüsebeilage in Tomatensauce - denn das war von ihr vorgesehen, kümmern müssen, während sich die Außerirdischen Dr. Schwarz vornahmen. Eine gewisse Enttäuschung breitete sich bei Elfriede aus, aber einerseits war es durchaus richtig, dass das Kartoffelgratin nach ihr verlangte, auch musste sie sich ein wenig um den Braten kümmern, und andererseits hatte sie das Gefühl, Dr. Schwarz zu verstehen. Ihre Präsenz war nur damit zu rechtfertigen, den erwünschten ungehemmten Verlauf des Abends zu fördern und in ihrer Anwesenheit gab's für den Doktor offensichtlich ein Problem, so sehr sie dies auch bedauerte. Ohne eine weitere direkte Aufforderung abzuwarten, verschwand die aparte Elfriede in die Küche und schloss sogar die Tür. Der Hauch von Verliebtsein, den Dr. Schwarz für Elfriede empfunden hatte, wurde durch die massive Präsenz von Lulu in eine andere Dimension verschoben, die dem Bewusstsein von Dr. Schwarz nicht zugänglich war, und wenn man auch als ein Motiv des erregten, verzweifelten und versteinerten Doktors vermuten kann, dass er seine Angebetete unter deren Augen nicht betrügen wollte, so war eine überwiegende Scham Hauptgrund Elfriede zu verbannen. Seine Philosophenfreunde mochten diskutieren und philosophieren, während Lulu über ihn kam. Diese öffnete geil ihren Mund und fuhr ihre Zunge raus, um an dem Doktor zu lecken. Wie gesagt ist es ein Vorurteil, dass gut bezahlte Nutten nicht küssen. Die Hände des Doktors kamen - vielleicht ferngesteuert - in Berührung mit dem Rücken der Nutte, während diese zu einem Kuss ansetzte. Freier von Nutten wird nicht nachgesagt, dass sie ihre Damen nicht küssen wollen, wenn man mal die ausgezehrten und abgehalfterten Nutten nicht in Betracht zieht. Der Kuss war befremdlich, umwerfend, aber auch kurz, Lulu konnte es aber nicht lassen, die Zunge, weit aus ihrem Mund gestreckt, tanzen zu lassen und bot dem Mund von Dr. Schwarz ihre großen Titten an und vielleicht aus Routine brachte sie es fertig, dass deren Nippel, groß und fest das Gesicht des Doktors anvisierten. Dr Schwarz presste seinen Kopf in die Tittenlandschaft, wurde zum Säugling, etwas Exzessives löste seine Versteinerung, während eine verwirrte Elfriede in der Küche Kartoffel schnitt.

- 15 -

Das Szenario hatte für Professor Hügel etwa den Charakter eines untergehenden Weltbildes. Ein untergehendes Weltbild, eine untergehende Weltanschauung haben mit einem untergehenden Gestirn gemeinsam, dass an sich nichts untergeht, sondern die Erde oder etwa ein kugelförmiger Betrachter, allgemein die Perspektive, sich dreht und anderen Objekten zu wendet.

Der Aktivismus, der sich bei Dr. Schwarz entfaltete, setzte die beiden anderen Männer in Erstaunen, während Elfriede es nicht wagte, das Geschehen durch das Schlüsselloch der Küchentür zu verfolgen, obwohl doch der Beobachtungswinkel recht günstig war. Es kam ihr selbstverständlich vor, nur in Höschen, halterlosen Strümpfen und Pumps das Essen für die Philosophen vorzubereiten. Man könnte sie nicht die ganze Zeit in der Küche einsperren, zumal die Vorbereitungen für das Essen nicht soviel Zeit in Anspruch nahmen. Die Kartoffeln waren schnell geschnitten, ebenso der Knoblauch. Salz, Pfeffer, Käse und Sahne und das Gratin konnte in den Ofen neben dem Braten. Die Küche war mit einer kleinen Tiefkühlbox ausgestattet, in der verschiedene Gemüse lagerten. Elfriede

71

brauchte sich nicht mit frischem Gemüse herumschlagen, kein Gemüse putzen, sodass die Gemüsevorbereitung eine Kleinigkeit war, die kaum Zeit bedurfte und deren abschließende Zubereitung zu einer Zeit getroffen werden konnte, wenn Gratin und Braten sich einem essbaren Zustand genähert hatten. Sollte sie nun die ganze Zeit in der Küche eingesperrt bleiben. Sie musste zugeben, dass sie nicht eingeschlossen war; vermutlich deshalb nicht, weil kein Schlüssel in der Küchentür steckte. Was für eine zusätzliche Schmach wäre es gewesen, wenn einer der Männer die Tür mit einem Schlüssel verschlossen hätte. Dies hätte schon an eine sexuelle Spielart erinnert, an eine sadistische Spielart, bei der die Bestrafung damit beginnt, dass die Schuldige wie ein Kind oder eine Gefangene weggeschlossen wird, um das Opfer zuerst zu verunsichern und zu demoralisieren, um dann ihren Körper zu züchtigen und ihren Geist weiter zu demütigen. Sie müsste sich bücken, ihr Höschen, dieses Hindernis, herunterstreifen, damit ihr nackter Arsch die Schläge empfangen konnte, die er verdiente und es würde sich nicht um leichte Klapse handeln, die ein wenig die Arschbacken verformen, sondern um schmerzhafte Schläge, vielleicht mit einer Rute ausgeführt. Was hatte sie getan, um diese Strafe zu verdienen? Sie war zu selbstbewusst, zu neugierig; jedenfalls waren es diese Eigenschaften von ihr, die es ihr als Strafe vorkommen ließen, in die Küche verbannt zu sein. Ja, sie würde später Schläge auf ihren nackten Arsch bekommen, angekettet würde man ihre Sexualität mit Vibratoren untersuchen; sie würde bei jedem Versuch aufstöhnen. Die Wissenschaftler würden mit ihren erigierten Gliedern die Forschung fortsetzen bis Elfriede kein Geheimnis mehr hatte.

Elfriede erschrak so sehr über ihre Gedanken, dass sie sich mit dem Küchenmesser in den Finger schnitt, der darauf hin nicht unerheblich zu bluten anfing. Ohne sexuelle Hintergedanken steckte sie den Zeigefinger in den Mund, um das Bluten zu einem Stillstand zu bewegen. Dies half aber nicht, sodass sie sich genötigt sah, das Bad aufzusuchen und dazu musste sie praktisch durch den ganzen Salon. Dr. Schwarz musste Verständnis für sie haben. Sie zögerte noch ein wenig, aber das Bluten ließ sich so nicht zum Stillstand bringen. Sie öffnete die Tür und lief dann mit hüpfenden Titten durch das Wohnzimmer. Um das Wohnzimmer des philosophischen Salons eilend zu durchqueren, braucht man nur wenige Sekunden, aber diese reichten zum einem, dass Elfriede sah, dass Dr. Schwarz nackt auf dem Sofa war, die ebenso nackte Nutte ihn ritt und er mit seinem Mund an einer ihrer Brüste saugte. Das Luder Lulu hatte es geschafft, den verklemmten Doktor auszuziehen und das in Gegenwart angezogener Kollegen, die ungeniert und durchaus mit Interesse verfolgten, wie der erigierte Penis von Dr. Schwarz periodisch in der Vagina von Lulu verschwand. Dies war also ein Weltmysterium, obgleich es fast milliardenfach täglich auf der Erde geschah. Das an sich häufige Auftreten von Mysterien ist kein Grund, den Ereignissen beispielsweise einen geheimnisvollen Charakter abzusprechen, das häufige Auftreten gibt aber Anlass und Gelegenheit, sich über die Dinge Gedanken zu machen. Lulu war eine geübte Reiterin, gewieft, und kannte jede Menge Tricks, um aus dem gerittenen Objekt das Letzte herauszuholen. Jedenfalls ließ sie sich nicht durch die einfallende Elfriede von ihrem professionellen Ritt abbringen und es ist durchaus nicht sicher, dass der beschäftigte Dr. Schwarz mitbekommen hatte, dass sie in den Salon eingedrungen war, jedenfalls nicht bis zu dem Zeitpunkt, in dem Elfriede sich damit entschuldigte, dass sie blute. Elfriede blieb kaum Zeit sich zu entschuldigen, da war sie schon im Bad verschwunden, um sich zu verpflastern. Welch ein netter Anblick war da durch den Salon gehuscht. Das Pflaster war an sich Nebensache und sie hatte sich schnell verpflastert. Elfriede war keineswegs eifersüchtig auf Lulu und gönnte es dem Dr. Schwarz, dass sein lang vernachlässigtes Teil zwischen den Schenkeln eines Profis zu einem sensiblen, Glückshormone auslösendem Organ wurde, aber sie sagte sich auch, dass sie ebenso die Arbeit des Profis hätte übernehmen können, vielleicht mit der Folge, dass bei ihr auch Glückshormone freigesetzt wurden. Sie befasste sich dann ernsthaft mit dem Gedanken, ob sie nun im Badezimmer ausharren müsste, bis die Nutte kam, um das gefüllte Kondom zu entsorgen bzw. bis Dr. Schwarz Gelegenheit gehabt hätte, sich wieder anzuziehen, wenn er das denn wollte. Das war an sich ein alberner Gedanke und es war keineswegs unartig, sich mit schnellem Schritt durch das Herzstück des Salons zu bewegen. Vielleicht wurde sie ja aufgefordert zu bleiben, von den beiden anderen Männern, die Lust auf sie hatten oder sie zumindest betrachten wollten oder von Dr. Schwarz selbst, aber das würde vermutlich nicht geschehen. Sie würde brav die Küchentür hinter sich schließen.

Nicht ohne Neugier bewegte sie sich wieder durch das Wohnzimmer, warf einen Blick auf die gaffenden Philosophen und auf das fickende Pärchen, nicht ohne auch einen Blick auf den Schwanz von Dr. Schwarz zu werfen - wie blass der Doktor doch war - und verschwand wieder in ihrer Strafkammer. Sie setzte sich und genehmigte sich ein Glas Wein, dass sie, ohne genießen zu wollen, in schnellen Zügen leerte. Was für eine dumme Idee am heutigen Abend teilnehmen zu wollen. Wie konnte sie wünschen, von dem fahlen, alten Dr. Schwarz oder von Robert Unmuth gefickt zu werden? Wie konnte sie sich in solch obsessive und masochistische Gedanken verlieren, sodass sie sich in den Finger schnitt? An einem folgenden Abend wäre sie für den masochistischen Part zuständig. Ein Abend über gewöhnliche Sexualität wie dieser hier müsste von einem Abend mit SM-Praktiken begleitet werden. Der verwirrten Elfriede war nicht klar, ob die Gedankenfilme der letzten Minuten als Coming-Out eines Masochismus zu werten waren. Sie hatte eindeutig absurde, masochistische Gedanken gehabt und eine Seite von ihr gezeigt, die sie sich in ihrem jungem Leben noch nicht bewusst gemacht hatte, wenn dies denn nicht alles auf eine Verwirrung zurückzuführen war und im Übrigen: Machte ein masochistischer Gedanke sie zur Masochistin? Ein gewalttätiger Gedanke machte niemand notwendigerweise zu einem Gewalttäter. Hatte sie sich nach dieser masochistischen Situation gesehnt? Sicher nicht, obgleich eine gewisse Erregung die Phantasie begleitete. Vielleicht war die Phantasie nur ein billiger Trick, der es ermöglichen sollte, am Sex beteiligt zu sein. Was für ein Gedanke, sich von sadistischen, alten Männern traktieren zu lassen. Sie ein Opfer schwächlicher alter Männer. Ein wenig erhellte sie der Gedanke, dass sie von ihrer Phantasie in einen widerlichen Sumpf geführt worden war. Sie wollte derartige Gedanken nicht allgemein werten, für sich selber aber wertete sie sie. Ein schlechter Tausch, das Höschen herunterzuziehen, damit die Arschbacken Schläge kassieren, statt erfüllende Liebkosung zu empfangen. Das Ausgesperrtsein erinnerte an Strafe und deswegen vielleicht der Gedanke, mit anderen Strafformen sich eine Beteiligung am Geschehen zu ermöglichen. Aber warum wollte Elfriede beteiligt sein? Hatte sie vielleicht ein Bedürfnis über Sex zu philosophieren? Möglicherweise konnte mit ihrer Beteiligung der Bann gebrochen werden und neben dem Sex würden Gespräche über Sex entstehen, die ihresgleichen suchten, weil sie unter einmaligen Begleitumständen entstanden. Waren es diese nie gehörten Gedanken, die sie hören wollte und an die sie letztendlich beteiligt sein wollte. War die sexuelle Erregung in ihr ein Umweg zu ein bisschen Erkenntnis?

Dr. Schwarz stöhnte auf, was bedeuten mochte, dass ihre Verbannung aufgehoben wurde.

- 16 -

Die Leidenschaft des Dr. Schwarz hatte etwas von einem epileptischen Anfall, und nun war der Anfall vorbei. Es hatte Befürchtungen im Salon gegeben, die annahmen, Dr. Schwarz würde vor der ihm gestellten Aufgabe vollkommen versagen; er selbst war furchtsamer Träger dieser Bedenken, aber es war alles anders gekommen. Seine Erstarrung war zu einem bewusstlosen Aktionismus mutiert. Dennoch bleibt festzustellen, dass auf die Nutte die Hauptarbeit fiel. Sie hatte sich wirklich Mühe gegeben und auch schnell erkannt, dass der Doktor für Geschichte ein sehr verklemmter Pappenheimer war. Es war großartig von ihr, dass sie es verstanden hatte, Dr. Schwarz auszuziehen und ihn zu Küssen zu bewegen. Der blasse Körper des Mannes wurde zum zuckenden Aktionsträger, der den in ihm innewohnenden Geist in ein unbekanntes Reich verbannte. Es fällt vielleicht leichter zu verstehen, den Orgasmus eines Mannes, die unwillkürliche Ejakulation in die Nähe eines epileptischen Anfalls zu rücken, besonders wenn das ruckartige, konvulsivische Herausschleudern der Samenflüssigkeit sich auf den ganzen Körper und das Bewusstsein überträgt; ein ersehnter, erwünschter kurzer Anfall, aber bei dem Doktor war es wohl so, dass ihn im Vorfeld ein ähnlicher Zustand befiel und neben der sowieso unwillkürlichen, schweren Atmung seinen Körper zu einem zappelnden Etwas machte, gewiss vielleicht im übertragenen Sinn, aber dennoch wirklich, sodass man unmöglich annehmen konnte, seine Aktionen wären von einem Bewusstsein gesteuert. Seine Finger verkrampften und erlitten Anfälle im Fleisch der Nutte, als sein Mund, in einer Umkehrung ejakulationsähnlicher Motorik, an den Titten von Lulu saugte. Selbst seine Beine zuckten gelegentlich, während Lulu ihn ritt. Nur der Pol seines denkwürdigen Zustandes, das erigierte Glied blieb ruhig und ließ sich nur von Lulus Reitkünsten bewegen. Er bewegte also nicht zuckend und ruckend seine Hüften, sondern sein Schwanz in Paralyse empfing die emsig rhythmischen Bewegungen von Lulus Schoß, steuerte aber das krampf- und reflexartige Verhalten seines Restkörpers. Wir können nun nicht mit Sicherheit behaupten, dass dem Dr. Schwarz eine schöne Erfahrung widerfuhr, zumal er in seiner vermutlichen Bewusstlosigkeit gar nichts mitbekam. Stärkere Zweifel sind erlaubt, ob Dr. Schwarz überhaupt ein geeigneter Kandidat für die erwünschte philosophische Exkursion des Abends war. Man kann schlecht erwarten, dass ein zuckender, bewusstloser Körper in der Lage ist, zu philosophieren, aber vielleicht gewann ja Dr. Schwarz Ruhe, Souveränität und Bewusstsein zurück, um sich über den merkwürdigen Zwischenfall, der sich nun mal ereignet hatte, Gedanken zu machen. Selbstverständlich entsorgte Lulu das gefüllte Kondom. Elfriede hörte davon nur die Betätigung der Wasserspülung. Sie wagte noch nicht, einen Blick in den Salon zu werfen.

Sie hätte eine leblose, lang ausgestreckte Gestalt auf dem Sofa gesehen, die keine Anstalten machte, sich anzuziehen. Die Gestalt starrte an die Decke und löste Sorgen bei den anderen Männern aus. Diese wagten noch nicht, ein Wort an die leblose Gestalt zu richten. Indessen kam Lulu aus dem Bad zurück - sie hatte sich nach getaner schwerer

Arbeit etwas frisch gemacht - und verlangte nach einem Glas Champagner. Überlegungen schlichen sich in den Raum, dass es nötig sei, einen Krankenwagen zu bestellen. Champagner war das Stichwort für Elfriede in Aktion zu treten. Beherzt trat sie in den Raum der unerfüllten Sehnsüchte, den Raum des Schweigens und der Bewusstlosigkeit, mit einer Schale gut gekühlten Champagner, um dem leidenschaftslosen, aber sich immerhin abrackernden Früchtchen eine verdiente Erfrischung anzubieten. Mit einem Blick sah sie das Desaster, das - wie ihr erschien - leblose Schlachtfeld, das die Professionelle zurückgelassen hatte, die nun überging, ihren Sieg mit Champagner zu feiern. Verbittert stellte sie die prickelnde Schale auf den Tisch und fand ein paar unschöne Worte, die sie an Lulu richtete. "Was hast du Sau mit dem Doktor gemacht?" Lulu war clever genug, sich auf keinerlei Streitereien einzulassen. Sie hatte ihren Champagner und überhaupt, was wollte dieses eifersüchtige Weib? Sollte sie doch selbst mit den neurotischen, gestörten Fastgreisen ficken. Sie war clever, nippte an ihrem Champagner und erwiderte: "Ich habe ihn vielleicht etwas zu hart ran genommen." Sie kicherte mit professionellem Selbstbewusstsein, was nicht ganz so clever war. "Er verträgt wohl nicht soviel." Nach dieser nicht ganz falschen Aussage konnte sie ein lauteres Auflachen verhindern; im Übrigen ist es ja auch nicht sonderlich professionell, unangesagte und echte Gefühle nach getaner Arbeit zu zeigen. Elfriedes Wut - vielleicht war ja Lulu auch unschuldig - wich einer Sorge um den leblosen Doktor, dessen Augen vielleicht schon Antworten in der weißen Decke suchten. Während Lulu es geschafft hatte, den Doktor auszuziehen, sollte es Elfriede gelingen, den Doktor wieder anzukleiden. Dr. Schwarz konnte unmöglich so weiter liegen bleiben. Warum eigentlich nicht? Vielleicht war seine provozierende Nacktheit als eine Aufforderung an die übrigen zu werten, sich Lulu und ihm - der wie gesagt ganz weiß war - anzupassen. Sollten sich Professor Hügel und Robert Unmut ausziehen, um in eine ähnliche Leichenstarre zu verfallen? Statt also ihr Höschen auszuziehen, ein Moment, auf den das kollektive Unbewusste des Salons immer wieder gewartet hatte, nahm sie sich die schwarzsche Unterhose - die im Übrigen auch weiß war - und streifte sie über die Beine des Doktors, um sie dann über sein Gesäß zu ziehen und sein noch angeschwollenes, aber regloses Glied zu bedecken. Wie ein besonders stilles Baby zog sie den Doktor an. Doktor Schwarz lebte offensichtlich noch. Seine Augen wandten sich von der keine Antwort darbietenden Decke Elfriede zu. Sie schauten Elfriedes Gesicht, aber auch ihre nackten Brüste an, und wenn man wollte, konnte man in ihnen Dankbarkeit lesen. Jede Peinlichkeit war vergessen, die Philosophen fanden es gut, dass sich Elfriede um den Zurückgekommenen kümmerte. Wie ein wochenlang der Schwerelosigkeit ausgesetzter Astronaut, dem Hilfe geboten werden muss, sich an die Erdschwere zu gewöhnen, um das sichere Gehen wieder zu erlernen, versuchte Elfriede das in die Jahre gekommene Baby durch ihre Fürsorge aufzurichten, damit die Metamorphose hin zu einem Philosophen gelinge. Socken und Hose zog sie ihm noch an und man konnte den Eindruck gewinnen, dem Baby könne dies gefallen und entscheiden in seinem Zustand zu verbleiben und auf die Metamorphose verzichten, aber nachdem sie den Doktor behutsam aufgerichtet hatte und ihm sein weißes Unterhemd übergezogen hatte, griff dieser selbstständig nach seinem Oberhemd, sagte "Danke Elfriede, das war lieb von ihnen" und war tatsächlich in der Lage, die Knöpfe seines Hemdes korrekt zuzuknöpfen. Elfriede blieb noch eine Weile neben ihm sitzen, während das Wunder gelang, dass sich Dr. Schwarz geschickt seine rote Krawatte anlegte. Selbst Lulu, die schon viel in ihrem kurzen Leben gesehen hatte, staunte. Als Elfriede erleichtert aufstand und zu dem Doktor sagte: "Nun sind sie wieder ein richtiger Philosoph", teilte dieser einen kräftigen Klaps auf ihren einladenden Arsch aus. War dies noch ein Rest von unwillkürlicher, unbewusster Bewegung, der Elfriede jedoch kurz in eine wonnige Erregung versetzte? Sie versuchte sich nichts anmerken zu lassen, wurde aber etwas rot und gab vor, ihren Geschäften nachzugehen. Sie schenkte den beiden anderen Männern Wein ein, guckte Lulu nicht mehr böse an und konnte vom Professor noch ein Kompliment einstreichen. "Den haben sie wieder hingekriegt!" Dann gab der Professor ihr auch einen Klaps, was ihn vielleicht erregte, jedenfalls erregte dies Elfriede, sodass sie in die Küche lief, um ihr Glas Rotwein zu holen. Die Männer zeigten ihre Dankbarkeit, indem sie ihren Hintern zum Klatschen brachten. Ihre Wertschätzung zeigten sie symbolisch, indem sie Elfriedes Hinterteil tätschelten, das offensichtlich mit soviel Vorzügen ausgestattet war, dass es wie selbstverständlich zum Objekt erregender Sympathiebekundungen wurde. Der kleine Widerspruch, dass die Wertschätzung in Form eines Schlags oder Tätscheln ausgeteilt wurde, verstärkte die Erregung in Elfriede, sodass sie schon in der Küche einen kräftigen Schluck Rotwein nahm. Würden die Männer doch mehr mit ihrem famosen Hinterteil anstellen. Sie behielt ihr Höschen aber an und versuchte ihre Gedanken in philosophische Richtung zu lenken.

- 17 -

80

Elfriede kehrte mit einem Glas Rotwein in den Salon zurück. Der Doktor war wieder angezogen und wirkte, als ob er wieder unter den Lebendigen weilte, gleichsam schien es so, als sei noch kein Geist in diese Räumlichkeit der hohen Diskussion eingezogen. Die Herren waren angezogen und die jungen Damen praktisch nackt. Die Nutte Lulu war bis auf ihre weißen Pumps splitternackt, während das obligatorische Höschen bei Elfriede Stellung behielt und ihre langen Beine von halterlosen Strümpfen und Schuhen geziert wurden. Das ist ja an sich nichts Neues.

Elfriede wusste nicht so recht, ob sie nicht eine sicher notwendige Moderation des weiteren Abend in die Hand nehmen sollte. Man konnte meinen, dass dieser Abend quasi eine Art Work-Shop sei, mit der Aufgabe besonders sinnliche Erfahrungen zu erschließen und aufzuarbeiten. Dies brauchte eine psychologische Führung, damit die Arbeit auf den Punkt gebracht wurde. Gewissermaßen war dies eine Überforderung für ein auch aufgewecktes Dienstmädchen, das selbst in den Erregungsstrudel mitgerissen wurde. Es darf bezweifelt werden, ob Elfriede noch in der Lage war, ihren Job als Dienstmädchen souverän bzw. professionell zu erfüllen. Professionell war Lulu, da sie vorzüglich verstand, ihr "Handwerk" - das Ficken - auszuüben, darüber hinaus konnte man von ihr aber nicht verlangen, eine vakante psychologische Leitung zu übernehmen. Die äußeren Begleitumstände ihrer Arbeit kam ihr immer noch etwas seltsam vor - dies hier war ein philosophischer Salon, das hatte sie verstanden, aber was immer das sein mochte -; gefickt wurde oft, aber die Kerle taten dies doch, um ihren Trieb zu befriedigen und ihren Spaß zu haben, aber dieser seltsamen Gesellschaft ging es anscheinend um etwas anderes. Jedoch schien diese Gesellschaft ihre Schwierigkeiten zu haben, denn das, was sie beabsichtigte und wollte, tat sie nicht. An sich benötigen Philosophen keine psychologische Lenkung, um ihrer Arbeit nachzugehen. Man konnte, dass was sie bisher getan hatten, unmöglich als Arbeit bezeichnen und musste das bisher Geleistete - zu schweigen, Rotwein zu trinken und zu vögeln - in die Kategorie Freizeitbeschäftigung einordnen, wenn man ihnen auch bis auf Robert Unmuth statt Vergnügen Krankhaftes zusprechen kann. Es ist aber vielleicht verfrüht, die Geschichte jenes Abends als reine Krankengeschichte zu bezeichnen, vielmehr kann man auch sagen, dass zu Beginn dieses Abends, quasi im Vorfelde, eine ekstatische Arbeit geleistet wurde, die alle Kategorien sprengt.

Elfriede begab zu bedenken, dass es etwa noch eine halbe Stunde dauern würde, bis das Essen aufgetischt werden könnte. Sollte bzw. konnte man in der Zwischenzeit über das Erlebte reden und diskutieren oder gemeinsam beschließen, wie der weitere Abend zu gestalten sei, oder wollte man weiteres Erleben? Womöglich hatte Professor Hügel sich insoweit regeneriert, dass er diesmal selbstbestimmt ein zweites Mal angehen konnte. Selbstverständlich machte niemand den Vorschlag, die nackten jungen Frauen sollten zum zweiten Klavierkonzert von Franz Liszt tanzen, während sich die Männer über Weiteres unterhalten könnten. Neben ein paar Jazzplatten, die zur eigentlichen Salonmusik gehörten, gab's ein paar Pop-CDs, die durchaus tanzbar waren. Darüber hinaus gab es noch Ballettmusik von Ravel, Strawinsky und Prokofiev, aber es hätte mit Sicherheit die professionelle Lulu überfordert, zu dieser Musik zu hüpfen. Seltsamerweise war irgendwann Elfriede der Gedanke gekommen, zur Musik zu tanzen und das, weil sie Lust dazu hatte. Es ist rein spekulativ, ob sie bei ihrem Tanz nochmals das Höschen heruntergezogen hätte, um den Anwesenden ihren schönen

Arsch zu zeigen, jedenfalls gleich, ob es zu einer vulgären und obszönen Darbietung gekommen wäre - gespreizte Schenkel, einem zum Publikum ausgestreckten, rotierenden Arsch, einer akrobatischen Zunge, die zum Publikum hinausfahren will oder an den in die Hände genommenen Titten leckt und Ähnliches ..., oder zu einem einfachen Tanzen ohne provozierenden Schnickschnack, bei dem sich die Philosophen begnügen mussten, einen reizvollen nackten Körper sich harmlos bewegen zu sehen, hätte das vermutlich Lulu als saftiges Extra in Rechnung gestellt. Auf die Idee, einfach zu ihrem Vergnügen, zu ihrer Entspannung zu tanzen, wäre Lulu mit Sicherheit nicht gekommen.

Die Zeit bis zum Essen musste für die Männer ohne Tanzeinlage vergehen. Da die Männer auch keine zwanzig mehr waren - ein Umstand, auf den schon mehrfach hingewiesen wurde, war eine Erholungspause mit zusätzlicher, anschließender Stärkung durch ein Essen, angesagt. Was also anderes tun, als zu diskutieren und zu philosophieren, mit einem Erfahrungsaustausch anzufangen bzw. Weiteres zu planen und zu verhandeln. Statt dessen schien die Gesellschaft aufmerksam der Musik zuzuhören und sich in das Klavierkonzert zu vertiefen. Allerdings schlich sich eine Frage in das Bewusstsein der Anwesenden, nämlich die, ob eine gewisse Etikette nicht verlangen würde, dass sich die Damen zum Essen anzuziehen hätten. Vielleicht könnten die Herren dann gar nicht abwarten, gegessen zu haben, auf den Moment wartend, dass die Damen sich wieder auszögen. Wie gesagt wäre dann aber nicht zu erwarten, dass die Damen von sich aus einen pikanten Striptease im Salon aufführen würden; auch Elfriede sollte man dies nicht unterstellen und man konnte ebenso nicht erwarten, dass die Männer die Frauen dazu auffordern würden. Vielmehr musste Elfriede befürchten, dass sie nach getaner Arbeit nach Hause geschickt würde. Noch schien man der Musik zu lauschen und selbst Fragen zur Etikette nicht beantworten zu wollen. Es ist fraglich, inwieweit Lulu ein Einsehen gehabt hätte, sich für ein Essen anzuziehen, um sich anschließend wieder auszuziehen, was gewissermaßen für sie unbezahlte Mehrarbeit gewesen wäre. Elfriede schien zu befürchten, dass wenn sie sich einmal angezogen hätte, sie sich nicht mehr ausziehen dürfte, vielmehr nach Hause geschickt würde. Das war die Ansicht von Professor Hügel gewesen, der sich vorgestellt hatte, dadurch größeren Handlungsspielraum zu bekommen. Obgleich nicht wissend, was sie wollte, würde sie dem Widerstand entgegenbringen und sie konnte sich berechtigte Hoffnung machen, dass dieser Widerstand von anderer Seite unterstützt wurde. Lulu hielt es offenbar selbst für unnötig, nun in der Pause ihr kleines Höschen überzuziehen, obgleich dies andere Nutten gerne tun. Wozu auch, es war ja nicht kalt. Es lässt sich nicht eindeutig sagen, ob die attraktive Nutte splitternackt oder im kleinen Höschen ein besseres Bild abgegeben hätte, da es sich dabei offensichtlich um eine Geschmacksfrage handelt, die jeder anders beantwortet und jeder bisweilen für sich selbst unterschiedlich beantwortet. Es soll nicht verschwiegen werden, dass der Erzähler es vorgezogen hätte, wenn die Nutte ihr winziges Höschen übergezogen hätte, dem war aber nicht so, und wenn man weiterhin nur dem Klavierkonzert lauschen würde, würde sich daran auch nichts ändern. Hin und wieder würden Blicke zwischen die Schenkel der Nutte fallen, die durchaus mehr als nur Schamhaare freigaben. Bei einer Orgie ist es ja durchaus üblich, nackt zu speisen, aber es mochte am mangelndem Selbstbewusstsein der Männer liegen, an Scham oder Etikette, dass sie nicht alle nackt beisammensaßen. Gewiss, es wäre kein sonderlich erbaulicher Anblick, den anwesenden Frauen zumindest wäre er egal gewesen. Vielleicht ließ sich unter den Umständen dieses Abends nackt besser diskutieren.

Man lauschte der Musik, jedenfalls schien es so, wenn man nicht soweit gehen will, den Männern Denken zu unterstellen. Die Männer nippten auch nur vorsichtig an ihren Gläsern, um nicht vorzeitig besoffen zu werden. Sie hatten offensichtlich ein Gespür dafür, dass der Abend ihnen noch einiges abverlangen würde.

- 18 -

Die Zunge von Robert Unmuth löste sich dennoch. "Ich fände es angesagt, wenn die Damen sich zum Essen anziehen würden." Wer wollte da protestieren? Hatte Robert Unmuth Befürchtungen, der Braten würde den Männern im Halse stecken bleiben, würden die beiden jungen Frauen nackt am Tisch mitessen? Das, was als großzügige Ausgelassenheit gedeutet werden konnte, wäre nur zu einem weiteren Höhepunkt der Peinlichkeiten entartet. Waren die Frauen wieder angezogen, war es vielleicht möglich, dass die Männer wieder reden konnten, wenn vermutlich auch in sehr eingeschränkter Weise. Trotz eines Alkoholspiegels, der selbst nach früherer Gesetzgebung ein Fahrverbot zur Folge gehabt hätte, konnten sich die Männer von ihrem steifen kulturellen Hintergrund nicht lösen. Sie waren in Mehrzahl nicht fähig, eine Orgie zu feiern, obwohl es für Orgien in der Geschichte der abendländischen Kultur genügend Vorbilder gibt. Selbst der Wein, dessen Essenz in den Blutbahnen ihrer Gehirne floss, machte aus ihnen kein enthemmtes Häuflein, das sich von den Fesseln ihres Hintergrundes befreite; es gab keine Tür, kein Fenster aus dem Kerker kultureller Verpflichtungen. Manch einer, der sich durch die ungeschrie-

85

benen Gesetze des menschlichen Verhaltens gegängelt fühlt und den kollektiven Rausch als Gelegenheit empfindet, die eingesperrte Sau herauszulassen, hätte die Gelegenheit zum orgiastischen Treiben nützen können. Die Philosophen verstanden es unter der Mitwirkung von Alkohol nur wenig, sich ungezügelter zu verhalten, wobei es an sich übertrieben ist, den Männern ein befreiendes Bewusstsein zu unterstellen, denn alles geschah einfach. Die geistige Disziplin, die sie sich angeeignet hatten, um ihr Denken in klare Bahnen zu lenken und um zu brauchbaren, reproduzierbaren Ergebnissen zu kommen, war untrennbar mit einer Disziplin verbunden, die ihr Verhalten und ihre Gefühlswelt im Fahrwasser ihrer gutbürgerlichen Verhaltensnormen beließ. Trat etwas auf, dass ihr Regelwerk infrage stellte oder gar bedrohte, katapultierte sie dies in eine Gefühlswelt, deren einziger Sinn darin bestehen konnte, einen Anstoß zu geben, die bedrohliche, störende Situation zu verlassen bzw. zu vermeiden. Dies war mit Angst vergleichbar, die auch keinen weiteren Sinn hat, als den Anstoß zu geben, vor einer gefährlichen Situation zu flüchten. Erstaunlich und vielleicht paradox ist das Ergebnis, dass der jeweilige kulturelle Hintergrund, sozusagen das, was man als Essenz aus den geistigen Leistungen seiner Kultur herauszuziehen vermag, einen Gefühlszustand der Beklemmung bewirkt, der mit Geist und Intellektualität nichts zu tun hat, sondern vielmehr einem dumpfen, geistlosen Zustand ähnelt, vielleicht mit etwas Erregung verbunden. Die sprachlosen Philosophen sprechen für sich.

Es war kein Zufall, dass ausgerechnet Robert Unmuth den Vorschlag machte, dass sich die Frauen zum Essen anziehen sollten, da er von den Männern derjenige war, der sich am leichtesten über die ungeschriebenen Gesetze seiner Kultur hinwegsetzen konnte, wenn auch mit seiner

Disziplin. Sein früheres Leben war auch ein Versuch, die eigenen kulturellen Beschränktheiten hinter sich zu lassen und bot die Voraussetzung, über die Schwierigkeiten des heutigen Abends nachzudenken. Er hatte weniger ein Problem damit, mit den nackten Frauen zu speisen, aber er hatte ein Bewusstsein dafür, dass seine Kollegen damit Probleme haben mussten. Möglicherweise hätte einer der beiden anderen Männer aus seinem Unbehagen heraus, einen ähnlichen Wunsch geäußert, aber da die Denkfähigkeit des Robert Unmuth weniger eingeschränkt war und Denken zu schnelleren Ergebnissen führt als ein unbehagliches Gefühl, das zumindest zum Teil überwunden werden muss, um sich zu artikulieren, war er derjenige, der als Erster die Forderung aufstellte, die Frauen mögen sich anziehen. Er war zu dem Schluss gekommen, dass eine Pause den Männern gut tun könnte. Danach würde man weitersehen.

Elfriede hatte Verständnis für die Forderung, wenn sie auch befürchten musste, dass für sie nach dem Essen das Aus kommen könnte. Dr. Schwarz und Professor Hügel konnten, nachdem das im Raum schwebende von Robert Unmuth artikuliert worden war, kurzfristig wieder reden. Ja, die Frauen hätten sich jetzt vor dem Essen wieder anzuziehen. Damit war die Kleiderpflicht beschlossene Sache. Ob es eine verborgene Regung in den Männern gab, die bedauerte, dass die jungen Frauen sich wieder anzögen? Würde nun wieder die Sprache im philosophischen Salon Platz finden? Die Frauen protestierten nicht, suchten ihre verstreuten Kleidungsstücke und zogen sich an.

Es hätte ein Genuss sein sollen, zu sehen, wie die beiden Frauen sich anzogen. Der weiße Slip von Lulu war winzig klein. Sie hatte sich die Mühe gemacht, ihre Pumps auszuziehen. Die Augenpaare der Männer verfolgten ihre Bewegungen und es schien so, als ob man sich zum ersten

Mal bewusst würde, dass Lulu nackt war. Das war selbstverständlich nicht so, aber es schien so, als ob die Männeraugen ein letztes Mal und in sehr konzentrierter Weise diesen nackten Körper aufsaugten. Ein letzter Blick auf ihre hellen Schamhaare, wohingegen die prallen Arschbacken wegen der Winzigkeit des Slips noch weiter sichtbar blieben. Was für ein delikater Anblick! Ein letzter Blick auf ihre nackten, schweren Brüste, die sich dann in der blauen Bluse verbargen. Wenigstens blieben die Beine nackt, da die Hot-Pants an sich auch sehr knapp gehalten war und die Rundungen ihres Arschs betonten. Obwohl nun Lulu nicht mehr nackt, sah sie sehr nuttig aus und ihre Berufskleidung war, wenn auch in recht primitiver Weise, appetitanregend. Elfriede stach Lulu durch ihre Eleganz aus und dennoch veranlasste der Sitz ihrer Hose, auch weiterhin von ihrem Arsch zu träumen. Lulu wurde gebeten, sich mit an den Tisch zu setzen. Man konnte den Männern immer noch nicht verdenken, dass sie, zumindest in philosophischer Hinsicht, sich noch immer nicht wohl in ihrer Haut fühlten. Das Persönchen, das vorhin mit ihnen gefickt hatte und so primitiv wirkte, war weiterhin ein Störkörper in ihrer kleinen philosophischen Welt. Es fiel einfach schwer, sie zu ignorieren. Man konnte sie nicht als gelehrige Schülerin betrachten, der man in gemütlicher Runde einen kurzen Abriss der Philosophie und ihrer Geschichte geben konnte.

Die elegante Elfriede machte sich in der Küche zu schaffen, um die letzten Vorbereitungen für das Essen zu treffen. Sie hing ihren Gedanken nach, war durchaus philosophisch gestimmt und ging einer sinnvollen Tätigkeit nach, wenn gleich sie auch die emotionale Überforderung des Abends nicht abstreifen konnte. Regte sich in einem der Männer etwa ein Bedürfnis, ihr in der Küche zur Hand zu gehen, um ein paar vertrauensvolle Worte auszutauschen.

Dr. Schwarz, der von den Toten auferstandene Scheintote, war selbstverständlich zu steif, um in die Küche zu gehen, weg von der Nutte, um der doch sehr vertrauten Elfriede zu gestehen, dass er sie begehre, wenigstens liebe. In der Küche konnte der weitere Verlauf des Abends durchdacht und geplant werden.

Dieser Abend war bisher eine Niederlage, aber das Beharrungsvermögen der steifen Männer war zu groß, um den Abend abzubrechen oder Elfriede etwa in ein weiteres orgiastisches Treiben gleichberechtigt zu integrieren und diesen Abend als gemeinsame Orgie zu feiern, als Auszeit für ihre Philosophie. Dr. Schwarz hätte in die Küche gehen können und Elfriede sanft über ihren Hintern streicheln können. Wie harmlos, denn Elfriede war ja nun nicht mehr nackt. Man hatte gefickt, aber dennoch bisher verloren. Kein "Ich denke, also bin ich", sondern ein steifes Verharren, das wohl die komplette Selbstauflösung verhindern sollte, gleichzeitig aber Element der Selbstauflösung war. Vielleicht lag es einfach daran, dass die Philosophen keine Übermenschen waren, sondern einfach Menschen, in ihrem Kontext gefangen. Lulu hatte ihr Bestes getan und das war, sich ficken zu lassen, ohne dabei die Initiative zu verlieren. Gab es noch Hoffnung, die Situation im philosophischen Salon wesentlich zu verändern? Auch Robert Unmuth schien nicht in der Lage zu sein, die Stimmung zu kippen, ein weiteres Vorgehen vorzugeben, Gespräche zu initiieren. Der Alkoholspiegel gab keine Souveränität und es war zu befürchten, dass weiteres Trinken die Männer noch unfähiger machen würde. Das anfängliche Selbstbewusstsein von Elfriede hatte sich auch verflüchtigt, nachdem sie in ihren eigenen emotionalen Strudel geraten war. Sie hatte allerdings den Vorteil, dass sie sich durch ihre Küchentätigkeit von der Gruppe distanzieren konnte, aber ihre Küchenarbeit war kein hinreichendes Mittel der Selbstfindung.

Es war schwer zu sagen, inwieweit sich ein Bewusstsein der Niederlage bei den Männern und auch bei Elfriede breitgemacht hatte, da zeitweilig der Eindruck entstand, es gäbe gar kein Bewusstsein im philosophischen Salon. Wie war es möglich, dass die Nutte Lulu und auch die nackte Elfriede aus dem Salon ein leeres Kleinuniversum gemacht hatten, in dem es wie ausgeschlossen war, auf höhere Lebensformen zu treffen. Männer finden gewöhnlich und insbesondere dann, wenn sie eine längere Zeit der Abstinenz hinter sich haben, durch den Geschlechtsakt ein stärkeres Selbstbewusstsein, sodass man in Abänderung dieses berühmten Satzes - zwar nur plakativ - sagen kann "Ich ficke, also bin ich". Die Allgemeingültigkeit dieses Satzes schien durch die Vorfälle im Salon, durch seine Leere widerlegt. Der Salon war durch den Sex zu einem leeren Universum geworden, indem nur die Bücherwand und die Klaviermusik davon zeugten, dass es in der Welt so etwas wie Geist gegeben haben musste. Das Thema des Abends lag schwer als Hintergrundsrauschen im Salon, dessen Gesetze an den absoluten Nullpunkt geführt hatten. Es gab keine Flexibilität, die es den Philosophen erlaubt hätte, Gesetze umzustoßen. Aus dem Abend eine Vergnügungsveranstaltung zu machen schien ebenso unmöglich, wie neue Themen für den Abend festzulegen. Man hätte über das Wesen der Prostitution diskutieren können, wobei Lulu Auskunft hätte geben können und eine Quelle der Inspiration und Information gewesen wäre. Ebenso schien es unmöglich, gewöhnliche philosophische Themen anzuschneiden, um Lulu nach ihrer Lektion eine Lektion über Philosophie zu geben. Es wäre dennoch sicherlich einfacher gewesen, über den Sinn des Universums zu diskutieren, statt über Sex zu reden. Fand sich nicht die Möglichkeit über allgemeine Themen die Zunge zu lösen, um zum Sexus zu finden? Man darf nicht den Fehler machen, auch erstarrte Philosophen zu unterschätzen. Vielleicht wartete man im leeren Universum auf den philosophischen Urknall, was aber in aller Welt sollte den Urknall auslösen? Von Nichts kommt Nichts ist man versucht zu sagen, aber dieser Satz, der ein gutes Stück gesunden Menschenverstands darstellt, verträgt sich kaum mit Urknallhypothesen. Im Anfang war das Wort und das richtige Wort hätte im Salon den philosophischen Urknall auslösen können. Die Situation war so, wie kein Erzähler sie sich wünschen mag. Nun war Lulu, zwar in Berufskleidung, angezogen, obgleich der Erzähler gewünscht hätte, sie würde in ihrem unverschämt winzigen Höschen am Tisch sitzen, um weiterhin ihre exotischen Brüste betrachten zu können, um auf den kleinen Fetzen, der klar die intimste Stelle markieren und geringfügig bedecken würde. Die Dinge entwickelten sich nicht so, wie man es sich wünscht, ob es nun die Kleiderordnung am Tisch betrifft oder den Fortgang philosophischer Kreativität. Es mag eine Herausforderung sein, eine Niederlage zu beschreiben, aber macht es Spaß die Leere zu beschreiben? Es war durchweg frustrierend, den Niedergang des Geistes zu verfolgen. Wenn doch die Geistlosigkeit in ein primitives, aber dennoch sinnliches Ficken münden würde, ja ohne die arme Elfriede auszuschließen, gäbe es etwas zu betrachten und zu beschreiben, wenn gleich eine hitzige Diskussion, gewürzt mit leidenschaftlichem Sex erbaulicher gewesen wäre. Während der philosophische Salon starb, war es selbst für den Erzähler ein mühseliges Geschäft auf den Urknall zu warten, gleichsam deprimierend und sich an den ansehnlichen Frauengestalten zu erbauen, war ein schwacher Trost, zumal sie sich hatten anziehen müssen. Auf den neuen Urknall zu warten ist ein trauriges Geschäft. Es gibt nicht viel zu sagen und das Warten ist an sich eine heikle Sache, da es vor dem Urknall keine Zeit gibt.

Aber das sterbende Miniuniversum des Salons besaß noch etwas an alter Zeit und die wurde dazu genutzt, auf das Essen zu warten. Als ob das Essen Heil bringen würde. Konnte das Essen der Urknall sein, sodass man sagen könnte: Im Anfang war das Essen. Elfriede gab sich wie immer Mühe bei der Zubereitung. Es gab heute Abend sehr viel Fleisch, für das ein neuseeländisches Lamm hatte dran glauben müssen. An sich war das Essen einfach gehalten, wäre nicht das raffinierte Kartoffelgratin gewesen. Man konnte zwar davon ausgehen, dass die Restzeit dazu genutzt wurde, auf das Essen zu warten, aber wie stand es überhaupt mit dem Appetit im Salon? Dass den Männern eine Kräftigung gut tun würde, war keine Frage, wenn sie denn in gewisser Hinsicht wenigstens wieder aktiv werden wollten. Aber es war nicht ersichtlich, wie es um die allgemeine Fleischeslust der Männer stand. Hatte sich in ihren Köpfen dennoch ein Bewusstsein der Niederlage festgesetzt, würde es mit der Fleischeslust nicht weit her sein. Vielleicht geschah aber doch das Wunder und man konnte sagen: "Im Anfang war das Kartoffelgratin!"   .

"Was ist eigentlich Philosophie?", fragte eine gelangweilte Lulu in die geistige Leere des Raums hinein. Selbstverständlich wollte sie die Männer nicht stören, die so bedächtig still waren. Das waren sie eigentlich den ganzen

Abend schon, aber in den letzten Minuten fiel das Schweigen so richtig ins Gewicht. War es eine Art Meditation, die die Männer trieben? Schweigen schien beim Philosophieren das oberste Gebot zu sein. So etwas wie diesen Abend hatte die Nutte noch nie erlebt. Vereinzelt hatte sie Schüchternheit erlebt, aber was auch immer in diesem Raum vorherrschte, ob kollektive Schüchternheit oder Philosophie, passte nicht in ihr Weltbild. Dies war keine Orgie, dies musste Philosophie sein. Und das sollte Spaß machen?

"Wenn man losgelöst von den alltäglichen Problemen über das menschliche Leben und die Welt nachdenkt, dann philosophiert man", antwortete Robert Unmuth. "Und sprechen ist dabei nicht erlaubt?", hakte Lulu nach. "Im Gegenteil, wir treffen uns hier, um unsere Gedanken auszutauschen, und dies geschieht gewöhnlich, in dem man miteinander spricht. Vertritt man unterschiedliche Positionen, unterschiedliche Meinungen, diskutiert man darüber." - "Davon ist aber nicht viel zu hören." - "Sie können sich vielleicht vorstellen, dass sie uns in eine peinliche Lage gebracht haben" - "Ich kann ja gehen." - "Nein, nein, sie sind für diesen Abend unentbehrlich."

Lulu bekam eine Ahnung davon, dass es den komischen Käuzen nicht nur ums Ficken ging, sondern zusätzlich um etwas anderes. Aber das war nicht ihr Problem; sie wurde fürs Ficken bezahlt. Was hatte die seltsame Elfriede für eine Rolle? Sie bekochte und bediente die Männer, aber wenn sie dies praktisch nackt tat, hätte sie doch auch ihren Part übernehmen können.

"Sie wollten ihren Spaß, ne ganz geile Nummer, aber es scheint so, als ob sie keinen Spaß gehabt hätten." Dies war für eine Nutte eine fast unerlaubte Bemerkung, aber die Verhältnisse des Abends waren so seltsam, dass selbst Lulu eine Tendenz verspürte, aus ihrer Rolle zu fallen.

"Wir wollten über den Spaß philosophieren", antwortete Professor Hügel. "Spaß ist Spaß und ne geile Nummer ist ne geile Nummer." Offensichtlich gelang es Lulu, die Moderation des Abends zu übernehmen. "Wenn ich sie richtig verstehe, wollen sie über ihren Spaß nachdenken und sich über ihre unterschiedlichen Ansichten streiten" - "Vielleicht brauchen wir noch ne Nummer, um uns endlich streiten zu können", platzte es Robert Unmuth heraus. Danach schauten die beiden anderen etwas betroffen drein.

Es war gewissermaßen ein Unding, das in einer Welt, in der es Philosophie, Logik und beispielsweise Mathematik gab, Platz war für Sex. Dieser Widerspruch wurde von den anwesenden Philosophen allerdings noch nicht formuliert; jedoch Lulu äußerte: "Ich glaube Sex und Philosophie vertragen sich nicht." Die dumme, materialistische Lulu hatte da einen Satz gesagt, der wie aus den Herzen der Männer gesprochen war. Aber Philosophie sollte seinen Ursprung nicht in den Herzen, sondern in den Köpfen der Männer finden. Fakt war, dass im Laufe des Abends die Herzen der Männer in die Hosen gerutscht und ihre Köpfe abgeschaltet waren. Derjenige von ihnen, der noch ein wenig beherzt gewesen war, hatte auch noch etwas Kopf gezeigt. Bei Robert Unmuth regte sich der Kopf. Die Macht der Schlampe musste in ihre Schranken gewiesen werden.

Währenddessen überlegte sich Elfriede, ob sie das Essen splitternackt auftischen sollte. Was für eine Überraschung, aber vermutlich auch eine Provokation und ein Schock! Schnell verwarf sie den albernen Gedanken. Sie umtrieb eine Furcht, nach dem Essen von dem weiteren Geschehen ausgeschlossen zu sein. Etwas in ihr wollte voll beteiligt sein. Dieser Abend war dermaßen aberwitzig, dass sie zu allem bereit war. Sie wollte an dieser Orgie beteiligt sein und wenn es ihre Stellung kosten sollte. Sie war alles andere als vernünftig. Im Übrigen war sie davon überzeugt, dass nur sie den Abend retten könnte. Im Salon regte sich etwas; sie hörte die Stimmen von Lulu und Robert Unmuth. Das traf sich prima damit, dass sie nun das Essen auftischen würde, wenn auch nicht splitternackt. Das Fleisch war tranchiert, das Gratin aus dem Backofen genommen und das Gemüse schwamm in der heißen Tomatensauce. Sie schnappte sich fünf Teller, das zugehörige Besteck und drang, nicht nackt, in den Salon ein. "Nun gibt es eine Stärkung für die Akteure", rief sie aus. Sie platzierte die Teller vor Lulu hin, die verstärkt glaubte, im falschen Film zu sein, aber sie zeigte sich tatsächlich häuslich, verteilte die Teller und das Besteck, während Elfriede das Fleisch holte. Die Philosophen arbeiteten, wenn überhaupt geistig und ließen sich von den zwei Dienstmädchen bedienen. Elfriede brachte das Lamm. Glücklicherweise war Lulu keine Vegetarierin. Elfriede brachte zwei Auflaufformen mit dem Kartoffelgratin und schließlich das Gemüse und suchte sich ihren Platz. Lulu wurde gefragt, ob sie statt Champagner Rotwein trinken wolle, aber Lulu blieb bei ihrem Champagner. Die Fleischeslust der Philosophen sprang von den zwei Damen auf die Lammkeule über. Hierbei konnte man sich wirklich gehen lassen. Man wagte überdies wieder, Rotwein zu trinken.

Lulu, die auch Appetit hatte, bemerkte besorgt, dass Knoblauch im Spiel war. Knoblauch war schlecht fürs Geschäft. Bevor sie etwas gegessen hatte, war es so, als ob ihr die Ausdünstungen des Knoblauchs in ihre Nase traten. Dennoch nahm sie beherzt von allem, jeweils ein bisschen. Die Lammkeule hatte in einer Marinade mit Knoblauch gelegen und selbstverständlich gehörte in das Gratin und die Tomatensauce Knoblauch. Ihr kam der ketzerische Gedanke, am nächsten Tag nicht zu arbeiten, aber sie hatte schon Termine. Sie brauchte die Freier ja nicht küssen.

Vielleicht mochte ja der Knoblauch die bösen Geister des Salons vertreiben. Wie ungehemmt sich die Philosophen über das Fleisch hermachten. Das, was sie bei den Frauen nicht vermocht hatten, zeigten sie nun dem Lamm. Und Elfriede wurde für ihr Essen so gelobt wie nie zuvor. Wie fein doch das Gratin war, wie zart das Fleisch. Elfriede wünschte sich, dass im gleichen Maße andere Qualitäten von ihr gelobt würden. Beim Schmaus schienen die Philosophen Dinge überstürzen zu wollen, die ihnen bisher in ihrer delikaten Mission gefehlt hatten.

- 20 -

Die Philosophen zeigten keine Verlegenheit beim Essen und ihre durchschnittliche Geschwindigkeit hätte andeuten können, dass es galt, sich zu beeilen, weil man etwas sehr wichtiges nicht verpassen wollte. Dem Tempo von Professor Hügel und Dr. Schwarz konnte keiner folgen, und das, obwohl Dr. Schwarz den Ruf eines bedächtigen Essers hatte. Um so größer die Verlegenheit gewesen war, um so mehr schlang man. Wussten die Männer nicht, dass nach dem Essen eine schier unmögliche Aufgabe auf sie wartete? Obwohl Elfriede sich auch schneller als sonst über ihr Essen hermachte, bemerkte sie fast besorgt, wie stark sich Dr. Schwarz gewandelt hatte. Professor Hügel war als schneller Esser bekannt, vertuschte dies aber gewöhnlich damit, dass er mehr aß als die anderen. Auch er übertraf sich heute selbst. Nur Lulu ließ sich nicht vom Tempo der anderen anstecken. Es lauerte in dem Essen ja

96

auch eine Gefahr, die man zwar nicht ganz mit einem Tripper oder gar Aids vergleichen konnte, aber der Knoblauch stellte, wenn auch kein gesundheitliches, so doch ein finanzielles Berufsrisiko dar. Immerhin blieb den Anwesenden der Bissen nicht im Halse stecken; ein durchaus denkbares Szenario nach dem Verlauf des bisherigen Abends. Geredet wurde immer noch nicht viel. Das lag einerseits am vorgelegten Tempo, denn es ist auch für Philosophen schwierig mit vollem Mund zu sprechen und dieser schien unentwegt voll zu sein, zum anderen war der befreiende Moment des Essens nicht groß genug, um über die Lust zu philosophieren und einen weiteren Verlauf der Orgie zu planen. Genau das aber musste geschehen.

Elfriede wartete darauf, dass irgendjemand ansprechen würde, dass sie nach dem Essen zu gehen hätte. Sie würde nicht mehr gebraucht werden. Niemand der Philosophen hatte sich darüber gewundert, dass sie Lammkeule aufgetischt bekommen hatten. Elfriede hatte sie am Vortage frisch eingekauft und vorbereitet, ein eindeutiges Indiz dafür, dass sie geplant hatte, an diesem Abend dabei zu sein. Ohne Elfriede wäre ein Essen womöglich ganz ausgefallen, bzw. man hätte einen Pizzadienst oder Ähnliches bemühen müssen, denn es wäre unwahrscheinlich gewesen, dass beim Treiben im Salon einer der Junggesellen die Muße gefunden hätte, etwas Vernünftiges zu kochen. Man musste Elfriede dankbar sein und eine ähnliche Argumentation legte Elfriede sich zurecht, wenn einer der Männer auf die abwegige Idee kommen würde, sie nach Hause schicken zu wollen. Vielleicht würde ja auch die Nutte nach Hause geschickt, da sich eine Einsicht durchsetzte, dass eine weitere Anwesenheit der Nutte ihrem Projekt nur schaden würde. Man könnte dann in Ruhe über die Vorfälle des Abends und ihre philosophischen Implikationen diskutieren. Auch in diesem Fall würde Elfriede darauf bestehen, anwesend bleiben zu dürfen. Sie war ungemein neugierig darauf, was die Männer zu sagen hatten. Selbstverständlich würde sie dann angezogen bleiben, denn wenn sich auch herausstellen sollte, wie unbefriedigend der Sex mit der Nutte gewesen war, wäre ihre Chance, die Männer verführen zu können, um wirklich guten Sex in den Salon zu bringen, äußerst gering gewesen. Oder? Wollte sie das überhaupt? Wenn denn aber die Orgie mit der Nutte fortgesetzt werden sollte, sah sie eine Chance der Beteiligung und ihre Möglichkeit, dem weiteren Treiben auf die Sprünge zu helfen. Wenn gleich sie Angst hatte, ihren Wunsch zuzugeben, vor sich selber und vor den anderen. Sollte sie denn nur weiter als Serviererin dienen, wenn auch in Dessous garniert? Sie wollte sich nicht um die Konsequenzen für ihren weiteren zukünftigen Verbleib im philosophischen Salon scheren. Die nächsten Abende im philosophischen Salon würden kommen, und es war eine absurde Idee, als Nutte oder gemeinschaftliche Geliebte der Philosophen zu verkommen. Genauso wenig war der Salon eine Oben-ohne Bar, in dem sie mit nackten Titten und kleinem Höschen zu arbeiten hatte, um sich unentwegt ihren Arsch tätscheln zu lassen. Oft würden sich das die Männer insgeheim wünschen und es würde schlimmer sein, würde es zum Geschlechtsverkehr zwischen ihr und einem der Männer kommen. Man hätte voraussetzen können, dass die schon älteren Männer erwachsen genug waren, um kindische, sinnlose Wünsche zu unterdrücken, wenn gleich sexuelle Wünsche im wesentlichen - bis auf wenige Jahre Pubertät - bei Erwachsenen auftreten. Vielleicht wurde aus Professor Hügel eine Art Professor Unrat, der der jungen Frau in närrischer Weise verfallen würde, obgleich Elfriede weit davon entfernt war, die Männer ausnutzen zu wollen. Man würde vielleicht am nächsten Abend, einem nüchternen Abend mit ihr ins Gericht ziehen, mit der Konsequenz, dass sie sich ein anderes Dienstmädchen suchten und womöglich eine, die ein ähnliches Alter vorzuweisen hatte wie die Männer. Vielleicht würde man in Zukunft ganz auf weiblichen Beistand verzichten. Keineswegs würde das Strafgericht von ihr verlangen, ihren Arsch zu entblößen, um ihr die nötige Strafe in Schläge zukommen zu lassen. Auch Elfriedes Gedanken drehten sich im Kreis. Sie war sich nicht sicher und eine Folge davon war, dass auch sie schneller aß als üblich. Trotz ihrer zunehmenden Irritiertheit hatte sie ein gutes Essen zustande gebracht und vielleicht dennoch die Suppe ganz schön vermasselt. Sollte sie sich nun freiwillig zurückziehen, um den Schaden begrenzen? Gab es denn noch etwas zu begrenzen. Sie hatte Dr. Schwarz ihren nackten Arsch gezeigt, damit dieser ihn tätschele, ihm Schläge gab, damit es vernehmbar klatschte. Die Männer zeigten ihr gegenüber keinen Unmut, sondern hatten sie vielmehr wegen des vorzüglichen Essens gelobt.

Es war nun Halbzehn und der weitere Verlauf des Abends schien vollkommen ungewiss. Würde es zu einer Wiederholung des verklemmten ersten Teils kommen? Essen war offensichtlich einfacher, als über Sex zu philosophieren oder diesen freizügig zu praktizieren. Nicht zu wissen, was zu tun ist, kann schlimm sein. Bei einer weiteren Anwesenheit Elfriedes könnte man sie nicht ohne Weiteres aus dem Raum schicken. Sollte sie der Spülmaschine beim Spülen zusehen? Die Abräumarbeiten wären schnell getan und die Männer waren durchaus selbst in der Lage, Musik aufzulegen oder sich Wein einzuschenken. Wenn sie schon nicht der Spülmaschine zusehen würde, wem dann? Es schien so, dass sie bei ihrem weiteren Verbleib im Salon nur zuschauen könnte, wem auch immer. Zuhören wäre schon eine andere Sache, wenn gleich sich das auf klassische Musik beschränken konnte. Ihr kam der lustige Gedanke, sich als Protokollführerin anzudienen. Es wäre vielleicht eine gar nicht so schwierige Aufgabe, da ohnehin nicht viel gesagt wurde. Professor Hügel dränge in die Nutte ein und würde sich hektisch in ihr bewegen. Ein Aufstöhnen. Schweigen. Die Nutte würde Dr. Schwarz die Hose aufknöpfen und ihn erneut reiten. Schweigen. Gewöhnlich wurden im philosophischen Salon keine Protokolle geführt. Es schien tatsächlich so, dass sie sich an allem beteiligen musste, damit es Sinn machte, im Salon zu bleiben.

Robert Unmuth wog ähnliche Gedanken ab. Üblicherweise verschwand Elfriede nach einem Essen nicht aus dem Salon. Oft saß Elfriede bei den Philosophen, hörte zu und stellte hin und wieder auch eine Frage und kümmerte sich ansonsten um Kleinigkeiten. Man hatte nie einen Grund, sie nach Hause zu schicken, erfreute sich an ihr und besprach mit ihr den Ablauf des nächsten Abends. Warum sollte man sich heute nicht an ihr erfreuen? Auch Robert Unmuth misshagten die Konsequenzen des Abends. Er war sich sicher, dass Elfriede zu allem bereit wäre, um im Salon bleiben zu können. Sie hatte selten so stark verdeutlicht, dass sie sich mit dem philosophischen Salon identifiziere. Möglicherweise regte sich in Professor Hügel der Wunsch, dass Elfriede zu gehen hätte, nicht weil er persönlich etwas gegen Elfriede gehabt hätte, sondern nur wegen einer verständlichen Zurückhaltung ihr gegenüber. Dr. Schwarz war vermutlich unfähig, irgendwelche Schlüsse zu ziehen. Der Abend schien eine schwere Niederlage für den Salon zu bringen. War es Zeit, die Katastrophe zu beenden oder sollte man bewusst die Niederlage um ein paar Stunden ausdehnen. Robert Unmuth schien es so, als ob Elfriede keine Schuld am katastrophalen

Verlauf des Abends hatte. Sie war vielleicht ein weiteres schockierendes Element. Es bestand kein Grund, ihre Niederlage vor Elfriede zu verbergen. Das katastrophale Vorspiel war nur natürlich und vielleicht auch notwendig, um ein Gelingen des Abends vorzubereiten. Die endgültige Niederlage war sehr wahrscheinlich, wenn auch Robert Unmuth nicht ganz ausschließen wollte, dass der Abend so werden könnte, wie er ihn sich vorgestellt hatte. Er war der Initiator des Abends. Lag hiermit nicht auch die Verantwortung bei ihm, den Abend zu gestalten? In eigene Konflikte verwickelt, aber auch sein Wunsch, die anderen nicht zu bevormunden oder zu gängeln, hatten ihn zum Teil der schweigenden Mehrheit gemacht. Diese Überlegungen brachten ihn dazu, Dinge anzusprechen, die ausgesprochen werden mussten.

"Meine Herren", begann er, " es wird Zeit den weiteren Verlauf des Abends abzustecken. Ich bin nicht bereit, diesen Abend ohne jegliche Anstrengung zu einer einzigen Niederlage des Salons verkommen zu lassen". Auch wenn er nicht die richtigen Worte fand, wusste jeder, bis auf Lulu, was gemeint war. "Machen wir Schluss oder schicken wir Lulu, Elfriede oder beide nach Hause? Das wäre schade, wenn gleich ich auch nicht sehe, wie wir den Karren aus dem Dreck ziehen können." Philosophie muss etwas damit zu tun haben, Karren aus dem Dreck zu ziehen, dachte Lulu. Aber wo war der Karren und wo war der Dreck? "Ein Kompromiss wäre, die beiden Damen zu bitten, nach Hause zu gehen". Er formulierte den Rausschmiss betont höflich. "Wir könnten vielleicht dazu zurückfinden, frei zu reden. Ich muss zugeben, ich habe Lulu lustvoll gestoßen und, entschuldige Elfriede, hatte Lust, Gleiches mit dir zu tun, aber dennoch erscheint mir der bisherige Verlauf des Abends ein Debakel zu sein." Vergeblich suchte Robert Unmuth bei den beiden anderen

Männern auf Resonanz zu stoßen. Elfriede, die gerade zum zweiten Mal von Robert Unmuth geduzt wurde, war sich nun sicher, dass er auf ihrer Seite war, wenn gleich sie natürlich außerstande war, ihre Interessen zu definieren. "Wenn ich sagen darf, ich hatte Lust es ihnen gleich zu tun. Ich hatte Lust, es mit ihnen zu tun. Aber darf ich mir das wünschen? Ich möchte, dass sich nicht viel ändert. Vielleicht wird es Zeit, dass sie Elli und Du zu mir sagen. Was soll ich sagen? Kann man diesen Abend nicht als einmalige, einzigartige Angelegenheit betrachten, der zwar für immer in unserem Gedächtnis bleibt, aber ohne jede Folge für die Zukunft ist, als unser Geheimnis."

Dr. Schwarz bemühte sich um eine Antwort: "Wie soll das folgenlos bleiben, was geschehen ist und vielleicht noch geschehen wird. Auch wenn ich es mir wünsche. Ja, ich wünsche mir, dass noch etwas geschehen wird." War das Dr. Schwarz, der da sprach? "Kann ich euch so verstehen, dass die beiden Frauen bleiben dürfen?", fragte Robert Unmuth, und Professor Hügel murmelte, dass so etwas wie ein Urknall stattgefunden haben könnte, für ihn eine ungeheure Behauptung und Verleugnung seines Lebenswerks. Im kleinen Universum des philosophischen Salons war die Rolle von Elli, vormals Elfriede, weiterhin ungeklärt, aber offensichtlich durfte sie bleiben.

- 21 -

Professor Hügel hatte zwar etwas von einem Urknall gefaselt, aber es wäre doch eine sehr weit gehende Interpretation, diesen als einen Start für eine großartige Orgie anzusehen. Die atemberaubende Geschwindigkeit, mit der gegessen wurde, sagte vergleichsweise wenig über eine zukünftige Arbeitseffizienz aus. Keine Frage, es würde gelingen, dass die Glieder der Philosophen wieder anschwellen würden, vorausgesetzt die beiden Frauen wären etwas behilflich und sei es nur dadurch, dass sie freizügig ihre nackten Körper zeigten. Da die Ernsthaftigkeit des Abends gewahrt bleiben sollte, würde man nach dem Essen kein Strip-Poker spielen, obgleich ein Kartenspiel im philosophischen Salon zur Verfügung stand. Wenn man auch die Philosophie als ein großartiges Spiel deuten kann, war die Variante "Stripphilosophie" noch nicht erfunden und es war auch nicht zu erwarten, dass irgendeinem der Freigeister hier am Tisch ein passendes Regelwerk einfallen würde, um ein solches Spiel einzuleiten. Mögliche Diskussionsbeiträge hätten prämiert werden können; der Preis: die Hingabe einer jungen Frau. Durchaus umstritten ist, ob eine Frau wie Lulu sich bei der Ausübung ihres Geschäfts überhaupt hingibt bzw. hingeben kann. Eine äußerst schwierige Aufgabe lag vor den Philosophen, die innerhalb des zeitlich gesetzten Rahmens von einem Abend kaum gelöst werden konnte. Da die Frage nach dem Sex theoretisch und praktisch angegangen werden sollte, wäre vielleicht ein zeitlicher Rahmen von einem Jahr angemessener gewesen. Fünfzig Abende mit Lulu und Elfriede erscheinen hinreichend für ein Projekt mit solchem Gewicht. Das Projekt hätte allerdings Fördermittel des Bundes bzw. des Landes bedurft. Welch eine Aufgabe und was für ein Vergnügen, sie lösen zu dürfen. Um verschiedene Aspekte der körperlichen Liebe auszuloten, hätte es sich empfohlen, auf verschiedene Frauen zurückzugreifen. Die Rolle der Elfriede war in einem solchen Projekt weiterhin undefiniert. Vielleicht mochte sie den Moment der Eifersucht und Sehnsucht bewirken. Die Arbeit würde von einem Bericht begleitet, der seinesgleichen in der Welt der Philosophie suchen würde, und man hätte getrost annehmen können, dass das

Werk unseres Autorenkollektivs auf den Bestsellerlisten der Fachliteratur zu finden wäre. Allerdings war zu befürchten, dass der Bericht, da von Laien verfasst, auf eine vernichtende Resonanz der Fachkritik gestoßen wäre. Trotz der schwierigen Mission, in der unsere Philosophen unterwegs waren, war noch nicht mal ein weiterer Abend ins Auge gefasst worden, der die Einsichten und Praktiken der Philosophen hätte vertiefen können. Da man gewöhnlich den Verlauf eines Abends nicht protokollierte, würde auch kein Paper in einer philosophischen Fachzeitschrift veröffentlicht werden. Dieses hätte Anstoß geben können für ein zeitlich großzügiges Projekt, unter der Federführung von Männern, die einen Lehrstuhl für Philosophie besaßen.

Die zuständigen Organe der Philosophen begannen schon damit, das Essen zu verdauen, als Robert Unmuth zur Diskussion stellte, ob man sich nach dem Essen ausziehen solle, um sich in geeigneter Weise der weiteren Arbeit zu stellen. Ungefragt äußerte sich Elfriede, dass dies ein guter Vorschlag sei. Dieses permanente An- und Ausziehen würde nur unnötige Brüche verursachen. Sicherlich würde zu Anfang die Männer eine Beklemmung befallen, die sich aber vielleicht schnell legen würde, da man sich an die Nacktheit gewöhnen könnte. Dann würde ein weiteres Arbeiten um so leichter fallen. Elfriede stellte nicht in Aussicht, dass sie sich, dann ebenfalls nackt, auf den nackten Schoß von Professor Hügel oder Dr. Schwarz setzen würde.

Obgleich sich - fast wie ein Wunder - eine optimistische Grundstimmung im Salon gebildet hatte, drohten nach diesen Diskussionsbeiträgen wieder dunkle Wolken des Schwachsinns und der Verlegenheit aufzuziehen. Es schien so, als ob mit dem Ablegen der Kleidung gleichsam die intellektuelle Kompetenz abgegeben würde. Sollte es noch schlimmer kommen, als es schon gewesen war? Lulu fragte, ob sie schon ihre Bluse ablegen dürfte, da es ihr nach dem Essen doch ein wenig warm geworden wäre. War es Angstschweiß, der daher rührte, zu viel von dem teuflischen Knoblauch gegessen zu haben, jedenfalls konnte man die eine oder andere Schweißperle auf ihrer Stirn erkennen. Wer wollte etwas dagegen haben, ein paar von diesen Perlen auf ihren Brüsten zu entdecken? Robert Unmuth nickte ihr zu und sie begann, ihre Bluse aufzuknöpfen.

Offensichtlich war damit der zweite Teil des Abends eingeleitet. Sie hatte ihre schweren Brüste freigelegt, die neugierig die Runde beäugten. Es hatte fast den Anschein, als ob sie mit philosophieren wollten. Die Glieder der Philosophen versuchten, sich in ihren Hosen aufzurichten. Dr. Schwarz und Professor Hügel blieben weiterhin eine Antwort schuldig, möglicherweise verlangsamten die anschwellenden Glieder erneut das Denken, das sich bisher darauf beschränkte, nichts überstürzen zu wollen. In beispielsloser Kürze hatte man sich durchgerungen, weiter zu machen, ohne Elfriede ausschließen zu wollen. Die Entscheidung entsprang nicht einer Diskussion, sondern einem kurzlebigen Gefühlsmoment. Nach dieser weisen Entscheidung hätte man zwar Weiteres nicht vertagen wollen, es hatte sich aber genügend Trägheitspotenzial entwickelt, um alles sehr bedächtig anzugehen. Elfriede schlug vor, einen Kaffee zu machen, der könne belebend wirken. Sie hatte beschlossen, sich während der Kaffeezubereitung auszuziehen. Sie wog ab, ob sie dies unter den Augen der Männer tun solle, oder versteckt in der Küche. Sie entschied sich für Letzteres. Elfriede zog sich in der Küche aus, mit der Konsequenz, dass die Welt weiterhin auf eine Philosophie des Striptease würde warten müssen. Ohne einen praktischen Anschauungsunterricht

würden die Philosophen kaum in der Lage sein, die Ästhetik und die geheimnisvolle Wirkung eines Striptease
beschreiben zu können. Die Kaffeemaschine lief und Elfriede streifte ihren BH ab.

Sollten sich die Philosophen auf das Abenteuer einlassen, im Salon nackt zu philosophieren? Wie viel Zeit hatte man noch eine Entscheidung aufzuschieben, bzw. eine
Entscheidung in die Tat umzusetzen. Man konnte den
Vorschlag nicht einfach als abwegig abtun. "Ich habe
Angst", sagte Dr. Schwarz. "Du hast wahrscheinlich vor
allem vor dem Angst, was kommen mag. Was willst du?
Etwa, dass Lulu oder Elfriede dir diskret die Hose auf-
knöpft, sich auf dich setzt, um dann in fünf Minuten deine
ängstliche Erregtheit zu behandeln." Robert Unmuth
machte sich für eine ausgezogene Variante des Abends
stark. "Mit Angst lässt sich schlecht philosophieren", argumentierte Professor Hügel. "Mit Angst lässt sich auch
schlecht ficken", warf eine vorlaute Elfriede von der Küche aus ein, die damit erste Parallelen zwischen Ficken
und Philosophieren gezogen hatte. Das lag auch wieder
unbeantwortet in der dünnen Luft des philosophischen
Salons. Konnte man Elfriede zumuten, sich die ganze Zeit
nackt zu zeigen. Die kurzen Geschlechtsakte waren zwar
schmerzhaft, aber kurz. Es war wie ein Sprung ins kalte
Wasser, aus dem man versuchte, schnell wieder rauszu-
kommen. Schwer genug, aber es würde insofern zusätzlich leichter fallen, da man den richtigen Zeitpunkt zum
Absprung abpassen könnte. Diese Argumentation kam
zwar nicht explizit auf den Tisch, Ähnliches geisterte
aber in nonverbaler Form in den Köpfen von Dr. Schwarz
und Professor Hügel. Robert Unmuth sollte ja nicht so
tun, als ob er alles im Griff habe, dass er keine Angst und
keine Verlegenheit kenne. Lulu brachte das sachliche Argument, dass es für sie bessere Arbeitsbedingungen wä-

ren, wären die Männer nackt. Das Argument wurde von Professor Hügel als zu geringfügig abgetan. Es war zu befürchten, dass man sich wieder in einem Labyrinth der Peinlichkeit verlief. Wenn schon verklemmt, sprach - und geistlos, dann bitte angezogen. Konnte es sein, dass man nackt in ein Nichts fallen würde, dass an Leere das Nichts übertreffen würde, das im wesentlichen den bisherigen Abend den philosophischen Salon gefüllt hatte. Um es in moderner physikalischer Sprache zu sagen: ein Nichts, ein Vakuum ohne jegliche Quantenfluktuation. Würde sich selbst kein Schwanz regen, ein Prozess, den man als eine geringfügige Quantenfluktuation deuten konnte. "Sie brauchen schon keine Angst haben, ich lache nicht über sie" brachte Lulu als Beitrag zum weiteren Prozedere und um die Praktikabilität ihres Jobs zu erhöhen. Sie war ein Profi, aber die alten Herren schienen weit davon entfernt zu sein, Profis auf ihrem Gebiet zu sein. Dieser Unmuth vielleicht. Das zeigte sich schon, wie er sie genommen hatte. Lulu erlaubte sich, diese Überlegung an die Runde weiterzugeben. Es kam daher, wie ein philosophischer Satz: "Professionelles Philosophieren setzt professionelles Ficken voraus!" Robert Unmuth musste lachen: Selbstverständlich lag in dem Satz eine Übertreibung, denn Lulus Selbstverständnis schloss aus, dass irgendjemand außer ihr hier professionell fickte. Die Leistung des Herrn Unmuth war zwar durchaus beachtbar, aber eben nur die eines leidenschaftlichen Amateurs bzw. Laien, denn fickte man professionell, war man nicht erregt. Trieb man professionelles Philosophieren gänzlich unerregt?

"Ich sehe, sie haben Bestrebungen, in den philosophischen Kreis aufgenommen zu werden. Ihre Aussage ist quasi ein philosophischer Satz, der aber offensichtlich falsch ist." Dieser Unmuth sollte sie nicht so als Dummerchen abtun, darum sagte Lulu altklug: "Darüber lässt sich streiten." Den Philosophen ging's doch ums Streiten. Robert Unmuth versuchte, ihr an einem Beispiel klarzumachen, was Philosophieren bedeutet. "Ihren Satz kann man durchaus unterschiedlich deuten, zum Beispiel so, dass wir nur professionell das Thema Sex bearbeiten können, wenn jemand wie sie da ist, der es mit uns professionell macht. Das haben sie aber mit Sicherheit nicht gemeint. Das ist an sich auch nicht wahr, da das Thema auch theoretisch abhandelbar ist. Auch aus der Erfahrung von leidenschaftlichen Verhältnissen heraus kann man zu einer Philosophie des Sexes kommen. Deutet man den Satz anders, sind sie die Einzige hier, die die Voraussetzung erfüllt, professionell zu philosophieren. Das werden sie wohl nicht gemeint haben. Macht man eine philosophische Aussage, müssen die Bezüge klar festgelegt sein." Konnte es sein, dass Philosophen dumme Besserwisser waren? Es schien so, aber das hätte ihr egal sein können, denn wichtig war alleine nur, dass ihre Bezüge stimmten. Ihr fiel auf, dass das Wort Bezüge doppeldeutig war, denn es konnten auch Bettbezüge gemeint sein und diese zu wechseln zählte zu den lästigen Pflichten ihrer Arbeit. Von wegen, sie verstand sich prächtig aufs Philosophieren. Dazu brauchte man keinen Schwanz.

- 22 -

Da der überwiegende Teil der berühmten Philosophierenden der Geschichte männlich war, ist die Idee nicht ganz abwegig, dass fürs erfolgreiche Philosophieren ein Schwanz unabdingbar ist. Lulu schloss messerscharf, dass jüngere Männer beim Philosophieren erfolgreicher sind als alte Männer. Professor Hügel hatte ob der Dinge, die

kommen sollten, das Bedürfnis die Heizung weiter aufzu-
drehen. Das war völlig überflüssig an diesem warmen
Apriltag. Die beiden nackten Frauen hatten im Übrigen
bewiesen, dass es sich im Salon ganz gut bei den vorherr-
schenden Temperaturen aushalten ließ.

Der Kaffee war durchgelaufen und Elfriede hatte genau
das abgelegt, was sie auch im ersten Teil des Abends abgelegt hatte; mit anderen Worten: sie trug noch ihre halbhohen Pumps, ihre schwarzen halterlosen Strümpfen (war
es doch kalt?) und ihr kleines feilchenfarbenes Höschen.
Sie wollte nichts überstürzen und die Männer nicht mit
vollendeten Tatsachen konfrontieren. So wie sie nun war,
stellte sie den Status quo, der kurzfristig durch das
Abendessen aufgehoben worden war, wieder her. Die
Utensilien für die Kaffeerunde stellte sie auf einem Tablett zusammen und betrat mit dem Tablett den Salon. Ein
bisschen verdeckten Kaffeekanne und Kaffeetassen ihre
nackten Brüste. Die Männer beäugten ihre Elfriede so, als
ob ihr Anblick für sie etwas vollkommen Neues darstellen
würde. Sie stellte das Tablett auf den Tisch, verteilte Tas-
sen und Untertassen, Zucker und Kaffeesahne und goss
dann den Kaffee ein. Sie beugte sich dabei etwas nach
vorne und bot den Männern mit ihren anschwellenden
Gliedern die unterschiedlichsten Perspektiven. Keiner
legte Hand an ihren Po an. Dieser war für die, die ihn sehen konnten, natürlich Blickfang. Robert Unmuth schaute
auf ihre Brüste und die Frontseite ihres Höschen. Es war
unklar, ob die Frage, sich bald ebenfalls auszuziehen, ausdiskutiert war. Bevor sich Elfriede ebenfalls zu ihrem
Kaffee hinsetzte, bewegte sie sich zur Musikanlage und
suchte eine Jazz-CD aus, deren Musik stark von argentini-
schem Tango beeinflusst war. Die Musik war zum Teil
sogar tanzbar, aber keiner der Philosophen würde vermutlich den Wunsch äußern mit einer der Damen zu tanzen.

Dann saß Elfriede in der Runde und nippte an ihrem Kaffee, der schwarz war, eben so, wie sie ihn immer trank. Dr. Schwarz bevorzugte eher eine Art Milchkaffee und viel Zucker, Robert Unmuth trank ihn schwarz mit Zucker, während Lulu und Professor Hügel eine normale Variante des Kaffees bevorzugten. Würde das schwarze Gebräu, das Koffein, das bewirken, was Rotwein und der Anblick der nackten Frauenkörper bislang nicht geschafft hatten, nämlich ein Philosophieren einzuleiten, das die kleine Welt des philosophischen Salons noch nicht erlebt hatte. Vielmehr galt zu befürchten, dass die Kaffeerunde dazu benutzt wurde, Weiteres, die von ihnen geforderte Radikalität, aufzuschieben.

Konnte es mit Kaffee gelingen, inspirierende Einsichten in die Sexualität zu gewinnen? Geschützt, wie gepanzert saßen die Männer in ihren Kleidungsstücken und schlürften an ihrem Kaffee. Wer oder was sollte den Liebesreigen einleiten? Die Runde bedurfte Auflockerungsübungen, tanzende Frauen, die die Männer auf die Tanzfläche zögen, um sie tanzend auszuziehen. Dies jedenfalls hätte eine entspannte, euphorische Orgie einleiten können, die allerdings auch befürchten ließ, dass das Denken auf der Strecke blieb. Es schien Tätigkeiten zu geben, die sich mit Denken, insbesondere mit Philosophieren nicht verbinden ließen. Kaffee lässt sich ausgesprochen langsam trinken und diese Zeremonie wurde nun ausgiebig praktiziert. Selbstverständlich war es eine stille Zeremonie, eine Art Meditation, die nicht von vorlauten Worten gestört werden sollte. Unübersehbar thronten die nackten Brüste der Frauen über allen, weckten eine Begierde, die schier unmöglich artikulierbar war. Die Hände hielten die Kaffeetassen und suchten nicht die Brüste, um sie um Rat zu befragen.

Brüste sind gemeinhin nicht als Quelle philosophischer Inspiration bekannt. Philosophie als solche ist nicht dafür bekannt, sich mit Erotik auseinanderzusetzen; dann schon eher die Literatur. Lulus Gedanken kreisten darum, dass ihre zur Schau gestellten Brüste ein Mittel des Gelderwerbs waren. Ihre großen Titten waren nicht auf die Aufgabe vorbereitet, philosophisch inspirierend zu wirken. Den Herren der Kaffeerunde war bekannt, dass der Name der Prostituierten in der Literatur mit Erotik verknüpft war, aber man kannte weder das Drama von Wedekind noch die Oper von Berg. Da Sex eher ein Thema der Literatur als der Philosophie ist, hätte man an diesem Abend die Diskussion auf die in unserer Kultur breit vorhandenen erotischen Literatur stützen können, aber Professor Hügel und Dr. Schwarz hatten niemals etwas gelesen, dass man zur erotischen Literatur zählen konnte. Auch in diesem eher theoretischen Bereich war ihnen Robert Unmuth voraus, der zumindest behaupten konnte, in seinem langen Leben seine Nase in den einen oder anderen Klassiker gesteckt zu haben.

An dieser Stelle sollte vielleicht festgestellt werden, dass die Freunde Philosophen waren, die durchaus in der Lage waren, eigene Gedanken zu entwickeln und zu diskutieren, beispielsweise über den freien Willen, über die Demokratie oder die Implikationen, die ein naturwissenschaftliches Weltbild mit sich brachten, aber Philosophie selbst las man nur am Rande, sodass praktisch nie das Werk eines bestimmten Philosophen diskutiert wurde. Es handelte sich also mehr um "Stammtischphilosophen", die zwar eine gewisse Allgemeinbildung bzw. Halbbildung mit in die Runde brachten, die ansonsten aber nur Freude am diskutieren und zusammensitzen hatten, ohne sich um historische Zitate zu scheren. Man philosophierte eben mehr, statt über klassische Philosophie zu reden.

111

Vom wissenschaftlichen Standpunkt aus betrachtet, war der philosophische Salon nicht ernst zu nehmen. Das, was hier stattfand, war eher eine nette Freizeitbeschäftigung. Gerade dies hätte den Verlauf dieses Abends beträchtlich erleichtern sollen, da es für den Abend keine Rolle spielte, was Kant, Spinoza oder Aristoteles zur körperlichen Liebe gesagt hatten. Es war hier ähnlich mit einem Malkursus "Malen in Öl" in der Volkshochschule, wo man zu malen hatte und sich auch nicht um die verschiedenen Stilrichtungen der Kunstgeschichte zu kümmern hatte. Das Ziel war nicht Kunst, sondern Malerei. Hätte man sich im Salon zum Malen getroffen, wäre im Übrigen die Aufgabe des Abends wesentlich leichter gefallen. Man hätte sich zur Aktmalerei zusammengefunden, Lulu hätte Modell gestanden, eventuell auch Elfriede, und anschließend hätte man sich an den beiden Frauen delektiert. Hier galt es nicht, mit Bleistift die schweren Brüste von Lulu auf Papier festzuhalten, sondern als Erstes mit Worten zu beschreiben, welche Erregung diese Brüste bei den Männern auslösten. Die erste Übung war, über die eigene Erregung und das eigene Empfinden zu berichten, insbesondere die Phase zu beschreiben, wenn das eigene angeschwollene Glied sich periodisch in der Vagina der Nutte bewegte. Da es sich nicht um einen literarischen Salon handelte, sollten an diesem Abend keine erotischen oder pornografischen Kurzgeschichten entstehen, sondern das Philosophieren umfasste neben der Beschreibung des Sexes dessen Bedeutung für das Leben und das eigene Denken.

"Meine Freunde, ich denke, wir haben uns übernommen. Das ist so sicher wie der Tod". Robert Unmuth hatte Lust, zu drastischen Worten zu greifen. "Lasst uns gemeinsam ficken. Auf das Leben, das wir noch gemeinsam teilen." Entsetzen breitete sich unter den Anwesenden aus; selbst

Lulu wurde es etwas ungemütlich. "Ein letztes Mal, als Freunde zusammen. Stoßen wir in das Fleisch von Lulu. Die Frauen sollen tanzen. Ich möchte den nackten Arsch von Lulu sehen."

Offensichtlich hatten die Ereignisse des Abends Robert Unmuth überfordert und seinen Geist in Verwirrung gestürzt. Indessen nahm Elfriede die Aufforderung zum Tanzen gerne an. Sie erhob sich als Erste vom Tisch und suchte sich die größte freie Fläche im Salon, um zum Tango zu tanzen. Gerne hätte sie einen der Männer zum Tanzen aufgefordert, wollte aber abwarten, wie sich die Kaffeerunde weiterentwickelte. Dr. Schwarz' Augen wandten sich sehnsüchtig der Tänzerin zu. Diese bewegte sich bald in Selbstvergessenheit; sie vergaß dabei auch, ihr Höschen auszuziehen. Dies erwartete von ihr auch niemand. Lulus Höschen stand zur Disposition. Lulu wandte sich Robert Unmuth zu und streckte ihren Arsch an sein Gesicht. Dieser küsste ihre Arschbacken und entfernte dann die Kleinigkeit von Lulus Gesäß. "Schaut her, meine Freunde, das ist ein Weiberarsch." Er vergrub sein Gesicht und seine Zunge zwischen den zwei Arschbacken. Dann forderte er Lulu auf, auf dem Tisch zu tanzen. Von den Philosophen verlangte er, sich auszuziehen. Lulu gewann die Überzeugung, dass einige Extras von ihr verlangt wurden. Sie hatte aber durchaus Verständnis dafür, dass die Männer ihre Fotze sehen wollten. Statt auf dem Tisch zu tanzen, setzte sie sich splitternackt auf ihn und spreizte in ungehöriger Weise ihre Beine, die in Richtung des Professors zeigten. Der zog einen der Pumps der Nutte aus und küsste die lackierten Zehen von Lulu. Lulu drehte sich und zeigte dem Professor ihren Arsch. Die große Hand des Professors führte einen kräftigen Klaps aus, sodass Lulu geil aufschrie. Würde sie diese Handgreiflichkeit später in Rechnung stellen?

Die Kapitulation des Robert Unmuth kam allenthalben überraschend. Vielleicht entsprach sie nur einer momentanen Laune, vielleicht war sie ein Trick. Der Arsch von Lulu zeigte noch in Richtung des Professors, der mit seiner Hand nochmals einen kräftigen Klaps austeilte. Ein Nuttenarsch muss sich einiges gefallen lassen, besonders dann, wenn es die Nutte versteht, mehr als nur einfallslosen Sex zu bieten. Der Arsch diente dem Zwecke der Philosophie, der Erkenntnis, wenn auch die Worte Robert Unmuths andeuteten, dass es nichts zu erkennen gab.

Die verbotenen Früchte, die Lulu anbot, dieser Sündenfall führte zwar nicht zur Vertreibung aus einem imaginären Paradies, bedeutete aber die Verstoßung aus dem Land des Geistes. Die Philosophen waren gleichsam heimatlos geworden und ihre Schwänze verlangten nun nach Asyl in der fleischigen Höhle von Lulu. Wer ficken will, muss auf das Philosophieren verzichten. Die Asyl suchenden Männer suchten ein Paradies, dass ihnen die Möglichkeit zu philosophieren entzog, denn Asylsuchende dürfen nicht arbeiten.

"Meine Herren, ohne Kondome läuft auf dem Tisch gar nichts!" Da Lulu nicht erwartete, dass die Herren Philosophen es bei ihren reinen Betrachtungen belassen würden, versuchte sie ihren Körper sicher vom Tisch runter zubringen. "Ich bin gleich wieder zurück. Sie können schon mal auslosen, wer beginnen soll!"

Es stellte sich eine Ratlosigkeit ein, als man der Nutte hinterher schaute, die sich mit aller Selbstverständlichkeit nackt durch den philosophischen Salon bewegte, um kurz in der Diele zu verschwinden und sehr bald wieder aufzutauchen. Es war wie selbstverständlich, dass keiner in der kurzen Zwischenzeit die Entscheidung traf, wer das zweifelhaft-delikate Vergnügen haben sollte, die Orgie zu beginnen. Man begann auch nicht damit, sich gemeinsam auszuziehen; eine Idee, die im Übrigen gar nicht ausdiskutiert war, da niemand diskutieren konnte. Elfriede tanzte und vielleicht hoffte sie, dass endlich etwas stattfinden würde. Vielleicht dachte sie auch gar nichts und war in ihrem Tanz versunken. Die Brüste Lulus tauchten als Erstes von der Nutte wieder auf. Dann war sie zurück, mit drei Kondomen, die sie auf den Tisch legte und obgleich die Glieder der Männer keine Zeit gehabt hatten, sich zurück zu entwickeln und fast prall genug waren, um die Kondome auszufüllen, machte niemand Anstalten dies auch auszuprobieren.

"Setzen sie sich erst mal. Wir sind noch nicht so weit", kommentierte Robert Unmuth die labile Lage. Hatte er nicht vorhin noch ihr Höschen heruntergestreift, sogar um an ihr zu lecken? Hatte der Professor für Astronomie dem Nuttenarsch nicht einen kräftigen Klaps gegeben? Dies schien wie Aktionismus vergangener Tage. Nun saß Lulu wieder auf dem Platz, den sie beim Essen eingenommen hatte. Philosophen schienen gründliche Menschen zu sein, die nichts überstürzen wollten. "Ich weiß, dass ich nichts weiß" wird dem alten Sokrates nachgesagt. Diesen Satz hätten die drei Philosophen nun bestätigen können. Zumindest wussten sie nicht, wie es im philosophischen Salon weiterging. Elfriede hörte mit dem Tanzen auf, da sie spürte, dass wieder irgendetwas die weitere Entwicklung ins Stocken gebracht hatte. Die ratlose Inkonsequenz der Männer ging ihr auf die Nerven. Sie bewegte sich zum Tisch und fragte die Männer, ob sie sich nützlich machen könne. "Ich glaube, ich könnte noch etwas Rotwein vertragen", antwortete Robert Unmuth. "Ja, etwas Rotwein", sagte Dr. Schwarz. Lulu begriff, dass die Herren lieber trinken wollten als ficken und bat um weiteren Champagner.

Robert Unmuth schaute der bezaubernden Elfriede nach, die in der Küche verschwand, um ihren Auftrag zu erledigen. Sie brachte die gekühlte Champagnerflasche und eine noch verkorkte Flasche Rioja mit. Sie goss den letzten Rest Champagner in die Schale der Nutte und machte sich dann daran, den Gran Reserva, Jahrgang 1990 zu entkorken. Es war ein ästhetisches Vergnügen, ihr bei der Arbeit zuzuschauen. Der Korken löste sich mit einem vielsagenden Plop, der alleine schon hätte ausreichen müssen, um die Lebensgeister im Salon zu aktivieren. Die Lebensgeister wiederum waren dafür verantwortlich Leben in die Bude zu bringen. Vermutlich waren sie uneins darüber, ob sie in den Köpfen der Philosophen ein Denken ins Rollen bringen sollten oder ihre belebende Kraft dem in den Hosen befindliche zugutekommen lassen sollte.

Beim Einschenken des Weines kam Elfriede den Männern ganz nah. Den Philosophen hätte es vorkommen sollen wie in einem märchenhaften Paradies, aber keines der Philosophengesichter zeige Entzücken. Die engelhafte Elfriede war offensichtlich kein Engel, denn Engel haben nicht so große Brüste wie Elfriede und in Elfriedes kleinem Höschen verbarg sich kaum ein ganz und gar nicht engelhaftes, pralles Hinterteil und ein geheimnisvolles, feuchtes Geschlecht, das wohl niemand hier im Salon ergründen würde. "Danke Elfriede", konnte man zwar im philosophischen Salon vernehmen, aber keinen beherzten

Klaps auf ihr Hinterteil, auch wenn solche im Salon schon eingeübt worden waren. Elfriede konnte sich den Stimmungsumschwung im Salon nicht erklären. Wieso hielt sich Robert Unmuth so auffallend zurück? Dieser hatte ein Problem damit, immer und immer wieder die Initiative ergreifen zu müssen. Er hatte offensichtlich keine Lust dazu, seine Kollegen zu Aktivitäten zu verleiten, die sie vielleicht selber gar nicht wollten. Noch war nichts verloren, wenn auch Robert Unmuth die Philosophie für den weiteren Abend aufgegeben hatte. War dies alles nur ein kleines Zaudern, eine kleine Ernüchterung nach der kurz aufkommenden Euphorie während und nach dem Essen? Elfriede hatte die Lust auf weiteres Tanzen verloren. Sie zog sich aufs Sofa zurück, griff nach einer herumliegenden Zeitschrift und schlug die Beine übereinander. Selbstverständlich war sie wegen der Spannungen im Salon nicht in der Lage zu lesen, tat aber einen Moment so, um dann entnervt die Zeitschrift in die Ecke zu schmeißen. Vermutlich war es das Beste, wenn sie und die Nutte den Salon verließen, dachte sie. Dann hätten die Männer Chance und Gelegenheit über ihre Erfahrungen und Probleme sprechen, die der Abend mit sich gebracht hatte.

- 24 -

Die kleine Aktion der Elfriede erregte Aufmerksamkeit. "Dass es für uns schwierig ist, wissen sie doch Elfriede." Obgleich Robert Unmuth sich bei Elfriede nicht zu rechtfertigen brauchte, wandte er sich an Elfriede. "Vielleicht können sie aber nicht wissen, wie schwierig es für uns ist." Elfriede wusste nicht so recht, was sie sagen sollte. Sie hatte alles Denkbare gemacht und angeboten, um den Abend für die Männer zu einem Erfolg zu machen. Die

Männer standen doch nicht am Anfang des Abends; jeder von ihnen hatte schon Geschlechtsverkehr mit der Nutte, wenn gleich die Philosophie auf der Strecke geblieben war. "Unser Experiment erleichtert es nicht, über Sex und Erotik zu sprechen. Dieser Abend ist vor allem ein Tabubruch und es ließe sich vielleicht über diesen sprechen." Auch Professor Hügel wandte sich mit seinen Worten an Elfriede, ohne eine Antwort zu erwarten und so als ob sie das Medium, der Katalysator sei, um im Salon ein Gespräch zu beginnen. "Wir haben ein Tabu gebrochen, aber das macht es nicht leichter, dieses Tabu weiterhin zu brechen." Der dies sagte, hatte vielleicht in seinem Leben einen einzigen, nachhaltigen Tabubruch begangen, nämlich an der gängigen Urknalltheorie seiner Kollegen zu zweifeln. Dies hatte zur Konsequenz, dass er von seinen Kollegen als Eigenbrötler belächelt wurde und nicht ernst genommen wurde, aber letztlich war dies eine intellektuelle Auseinandersetzung, die mit den Waffen des Geistes ausgetragen wurde. All dies, was an diesem Abend im Salon geschah, war ein Schlag unter die Gürtellinie, schockierend, mit der Kraft, das Gefühlsleben der Männer ins Chaos zu stürzen. Wie sollte da ein klarer Gedanke entstehen? "Es ist wie ein dialektischer Prozess in der Geschichte. Die Dialektik des Abends können wir nicht steuern." Auch Dr. Schwarz nutzte das Medium Elfriede. Vielleicht konnten sich die Männer so etwas wie Mut anreden, dachte Elfriede ein wenig hoffend. Eventuell führte die Dialektik des Abends dazu, dass die Philosophen einen Schritt vorwärtskamen, um dann wieder zwei Schritte zurückzufallen. Lulu verstand nicht alles, was gesagt wurde und nippte hin und wieder an ihrer Champagnerschale. Sie hatte noch nie so eine verrückte Kundschaft gehabt. Gab es etwas Einfacheres, als zu ficken? Und wenn dies so einfach war, sollte es doch einfach sein, darüber zu reden. Soviel Lulu verstanden hatte, war es das, was die Männer wollten. Aber statt über sie, die geile Lulu, zu reden, sprach man von Tabubruch und Dialektik, was immer das auch sein mochte. Es war normal, dass einige Freier mit ihren gekauften Erlebnissen prahlten. Es war schon etwas ungewöhnlich, dass die alten Säcke hier gleich am Abend damit beginnen wollten.

"Wenn Gefühle übermächtig sind, lässt sich schlecht nachdenken, folglich auch schlecht philosophieren. Vielleicht gelingt es uns an einem späteren Abend, das Gefühlschaos des heutigen Abends zu ordnen und zu analysieren." Dr. Schwarz versuchte offensichtlich seine intellektuelle Kompetenz aufzurichten, verschob aber die intellektuelle Arbeit auf eine unbestimmte Zukunft. "Es erscheint mir weniger dialektisch als chaotisch zu sein." Professor Hügel verstand sich auf Chaostheorie und wusste nur zu gut, dass chaotische Prozesse sich einer Vorhersage entzogen. Es kam aber vor, dass das Chaos geordnete Strukturen erzeugte. "Ist es denn so schwierig mit Worten zu beschreiben, was sie beim Sex empfinden? Dies müssen sie tun und können anschließend darüber philosophieren." "Wir sind keine Pornographen, Elfriede", antwortete Robert Unmuth. "Sex ist in der Regel mit starken Gefühlen verbunden, die eine rationale Auseinandersetzung erschweren. Wir stehen allerdings in einem weit schwierigeren Spannungsfeld. Da wäre einmal der Tabubruch, die Verletzung unserer Intimsphäre, zum anderen gibt es da noch weitere Probleme, die ich mal als Probleme des heranrückenden Alters beschreiben will." Robert Unmuth ging nicht weiter darauf ein, was er damit meinte. Lulu jedenfalls wusste nicht, was mit den Problemen des heranrückenden Alters gemeint war. Die Alten hatten bewiesen, dass sie noch einen hoch kriegten, alles andere würde sie schon erledigen. "Wer einen Ständer

119

hat, soll mich ficken!", rief sie frech in die Runde. Die dreiste Person war ärgerlich, aber dennoch erregte ihre Frechheit die Männer. Sie nahm ihre schweren Brüste in die kleinen Hände und massierte sie so, als ob sie sie für einen neuen Job vorbereiten wollte. Ihre Nippel beäugten die ängstliche Runde. "Professor, willst du mich vielleicht als Erster ficken?" Es war vielleicht das Beste, die Reihenfolge der ersten Runde beizubehalten.

Ein nicht erklärbarer Mut kam bei Dr. Schwarz auf. Er stand auf, ging zu Lulu und ließ einfach seine Hosen runter. Der Tabubruch war für jeden zu sehen. Elfriede schaute erstaunt, wie die kleine rechte Hand von Lulu versuchte, den Schwanz von Dr. Schwarz noch stärker zu erregen. Einen Moment spielte Lulu mit dem Gedanken, dem stehenden Doktor einfach einen runterzuholen. Dann besann sie sich aber eines Besseren, griff nach einem Kondom und streifte es äußerst geübt über das steil stehende Glied des Doktors. "Du bist großartig, Peter", rief ein begeisterter Robert Unmuth aus. Elfriede fand, dass sie kein weiteres Recht hatte, zuzusehen. Die Musik war weiterhin einladend, um zu tanzen. Sie stand von ihrem Sofa auf, bewegte sich zu ihrer kleinen Tanzfläche, schloss die Augen und begann leidenschaftlich zu tanzen. Vielleicht würde alles gut. Die Nutte hatte sich längst aufgerichtet, stützte sich auf dem Tisch ab, sodass die großen Titten die Tischplatte berührten, hatte die Beine gespreizt und bot ihren Arsch so dar, dass Dr. Schwarz sie von hinten ficken konnte. Obwohl es an sich das Einfachste auf dieser Welt war, musste sie dem orientierungslosen Schwanz mit einer Hand Unterstützung bieten, damit dieser zu seiner Bestimmung fand. Danach war wirklich alles einfach. Dr. Schwarz stieß mit seinem Glied regelmäßig und fest in Lulus Fotze. "Ich verstehe, dass dies hier die Basis unserer Zivilisation darstellt", sagte er.

120

Diese Übertreibung stand im Raum und hätte an sich eine solide Diskussionsbasis bilden können, aber erstmal war die einzige Reaktion im Salon ein aufmunternder Spruch von Lulu. "Komm Alterchen, machs mir!", hatte sie kurz nach Dr. Schwarz's Bemerkung ausgerufen. Selbstverständlich hatte dies nichts mit Philosophie zu tun, sondern war als Kundenmotivation zu verstehen.

Die Aussage von Dr. Schwarz war recht fragwürdig. Wieso sollte der gekaufte Sex mit einer Prostituierten die Basis der Zivilisation darstellen? Jedermann verstand, dass die Äußerung auf höchste Erregung basierte. Dr. Schwarz blieb standhaft und ausdauernd, war er doch der letzte der ersten Runde gewesen. Verglich man seinen ersten Sex mit dem, den er nun trieb, konnte man zu dem Schluss kommen, dass der Doktor äußerst lernfähig war. Gewiss, er hatte noch Hilfe bedurft, damit sein erigiertes Glied das Ziel fand, dass für erigierte Glieder "gedacht" ist, setzt man eine Schöpfung voraus, die die Dinge sinnvoll eingerichtet hat.

Niemand hier im Salon glaubte übrigens an Gott. Da Lulu für das durch ihre Arbeit erwirtschaftete Geld hin und wieder Steuern bezahlte, hätte sie Kirchensteuer bezahlen müssen, wenn sie nicht so clever gewesen wäre, aus der Kirche auszutreten. Pfaffen mochte sie nur als Kunden, ebenso wie die übrigen Kirchgänger. Eine christliche Gemeinde hatte kein Verständnis für ihren Job, wieso sollte sie da Verständnis für Gott und die Kirche haben? Alles Arschlöcher bzw. scheinheilige Arschlöcher! Im Übrigen machte sie sich keine Gedanken über Gott und Religion, einerseits, weil sie in diese Richtung nicht denken konnte, andererseits, weil ihr anstrengender Job dafür keinen Platz ließ. Elfriede hingegen fand, dass das Elend dieser Welt Gott ausschloss. Sie hatte erst gestern wieder in den Nachrichten gehört, dass in Äthiopien Hunderttausende von Kindern vom Hungertod bedroht waren. Es konnte unmöglich ein allmächtiges Wesen geben, dass sich die Welt, so wie sie war, gedacht haben sollte.

Gott war ein ständiger Gast im philosophischen Salon, wenn auch die Diskussionen um ihn nicht sonderlich kontrovers verliefen. Robert Unmuth hatte in seinen frühen Jahren an Gott geglaubt, argumentierte nun aber im Prinzip wie Elfriede, Dr. Schwarz wurde hin und wieder von populärwissenschaftlichen Büchern und Artikeln über Kosmologie verwirrt, die eine Verbindung zwischen Physik und Religion schufen und den Schluss einer göttlichen Schöpfung nahelegten, ließ sich das aber von Professor Hügel zurechtrücken.

Sollte die Schöpfung die Vagina für erigierte Schwänze vorgesehen haben, so konnte sich eine Nutte gewiss sein, diesen Sinn voll und ganz auszuschöpfen. Eine Nutte arbeitet mit ihrem ganzen Körper in solch perfekter Weise, dass Mitglieder des Proletariats nur davon träumen können. Diese Arbeit hat natürlich ihren Preis.

Dr. Schwarz arbeitete emsig an seinem Ziel, zu einem Orgasmus zu kommen. Er war dabei alles andere als ein lebloses Etwas, dass nur noch zucken konnte, kein Epileptiker und auch kein Zombie. Somit war bewiesen, dass ein und dieselbe Person Sex in ganz unterschiedlicher Weise erleben konnte. Diese Erkenntnis war nicht neu, war doch seit Längerem bekannt, dass Sex zum Orgasmus führen konnte oder auch nicht. Das Treiben der beiden währte nun schon über fünf Minuten; eine für eine Nutte unerträglich lange Arbeitszeit. Elfriede hatte zu tanzen aufgehört und sich an den Tisch gesetzt und schaute zusammen mit Professor Hügel und Robert Unmuth zu. "Der Doktor macht das großartig", plapperte sie. "Ja, er ist großartig, aber ich finde, er neigt zu Übertreibungen", antwortete Robert Unmuth. Lulu überlegte, die Stellung zu wechseln, um schneller zu ihrem Ziel zu kommen, aber die Beharrlichkeit, mit der Dr. Schwarz in sie hineinstieß, ließ keinen Stellungswechsel zu. Vielleicht kam der Doktor schneller, wenn sie ihm ihre Titten zeigte. Es blieb aber dabei, dass sie dem Doktor ihren Arsch zuwandte. Die Hände des Doktors umklammerten ihre Hüfte, ansonsten konzentrierte er sich auf seine Stöße. Hin und wieder ächzte er, und dieses Ächzen konnte man nur bei sehr gutem Willen als philosophische Äußerung interpretieren. Philosophen entwickeln ihre eigene Sprache, die letztendlich Voraussetzung ist, die anstehenden Probleme zu behandeln, zu artikulieren und bewusst zu machen. Begriffe müssen sauber definiert sein, damit Ideen folgerichtig entwickelt werden können. Das Fachvokabular eines Philosophen kann sehr umfangreich sein, aber wer hätte gedacht, dass Ächzen und leises Stöhnen einen Beitrag zur philosophischen Artikulation brachten? Ächzen und Stöhnen gehörten zu einem Fachvokabular, das einer besonderen Deutung bedurfte. Wie es den Anschein hatte, wollte sich Dr. Schwarz noch eine ganze Weile dieses Ausdrucks bedienen, obgleich er hätte wissen sollen, dass er damit im philosophischen Salon sprachliches Neuland betrat und er nicht so ohne weitere verstanden wurde.

"Komm Alterchen, mach's mir jetzt!" Lulu leistete Höchstarbeit, wusste aber kein Mittel, den Philosophen zu einem glücklichen Abschluss kommen zu lassen. Es hatte den Anschein, als würde Dr. Schwarz endlos weiterficken können. Vielleicht probte er sich in der Disziplin "ausdauernder Liebhaber". Bis auf Weiteres beschränkten sich seine philosophischen Kommentare auf Geräusche, die gewöhnlich mit einem Akt verbunden sind, ohne dabei seine Herkunft oder seinen Stand zu vergessen. Mit anderen Worten war die Geräuschkulisse eher dezent, hin und wieder unterbrochen von den Verzweiflungsausrufen einer schuftenden Nutte. "Komm Alterchen, komm jetzt!" Der Akt kam jetzt in die achte Minute und fand ein gebanntes, stilles Publikum, das sich nur hin und wieder murmelnd bemerkbar machte. Mit jeder verstrichenen Minute stieg die Spannung im Salon, die zumindest bewirkte, dass aufkommende Gefühle von Peinlichkeit unterdrückt wurden. Mit etwas mulmigen Gefühlen sah sich Elfriede die Rolle von Lulu einnehmen. Wie würde sie empfinden, stände sie dort, wo Lulu stand? Hätte die Ausdauer von Dr. Schwarz bei ihr zu einer Folge von Orgasmen geführt oder hätte sie ab einem gewissen Punkt nur noch den Wunsch empfunden, der Liebesakt möge bald zu Ende sein, bei Sekunde zu Sekunde, von Stoß zu Stoß wachsenden peinlichen Gefühlen? Mit Sicherheit hätte sie während des Akts keine Unterhaltung über Sex führen können. Großartig war das, wie Dr. Schwarz sich schlug, und wenn er auch übertrieben hatte mit seiner Äußerung, nun die Wurzeln der Kultur zu verstehen, konnte man nun die Kritik von Robert Unmuth auch dahingehend interpretieren, dass der Doktor mit der Demonstration seiner Ausdauer übertrieb. Vielleicht fand er sich in einer Endlosschleife wieder, aus dem nur der Ausweg bestand, den Sex vorzeitig abzubrechen. Man konnte über den Zustand des Doktors nur spekulieren und das tat man am Tisch, ohne aber seine Gedanken zu äußern. Selbstverständlich war es auch Zurückhaltung aus Rücksichtnahme, denn man wollte den Doktor auf keinen Fall stören. Erregtheit und Anspannung bestimmte die Situation am Tisch. Daneben schlich sich erneut ein Gefühl der Unwirklichkeit ein. Was ging im philosophischen Salon vor? Wie selbstverständlich saß dort Elfriede halbnackt am Tisch und schaute zu, wie ihr Doktor es einer Nutte besorgte. Die verhältnismäßige Stille im Salon war keineswegs Ausdruck von peinlichen Gefühlen oder Ratlosigkeit, sondern war natürlicher Ausdruck von Spannung und Unwirklichkeit. Die Spannung und Irrealität steckte in jedem Körperteil der Zuschauenden; im Höschen von Elfriede befand sich ein Paradies in undefiniertem Aufruhr. Selbstverständlich waren die Glieder der männlichen Zuschauer angeschwollen, aber es wollte kein Funken überspringen. In den Köpfen der Philosophen war kein Platz für Gedanken wie Elfriede küssen zu wollen, ihr das Höschen herunter zu streifen, um ihre Erregung an ihr weiterzugeben. Man war Zuschauer und eine Orgie fand nicht statt. Lulu gestand sich ein, einen großen Fehler gemacht zu haben. Wenn ein Fick an die zehn Minuten geht, war das mit einem unvertretbaren Arbeitsaufwand verbunden. Sie hätte sich über die Vorlieben des Doktors Klarheit verschaffen sollen. Stand er auf ihre großen Titten oder ihren Arsch? Kaum ein Mann widerstand ihr, wenn sie sich rücklings auf einen Freier setzte, sie ihren Arsch rotieren ließ, sie ihren Arsch hob und senkte, der Freier ihren arbeitenden Arsch betrachten konnte, betrachten konnte, wie sein großer Schwanz periodisch in ihre Vagina eindrang, wie die Bewegung ihres Arschs Ursache dafür war, dass ihr Liebesorgan den Schwanz verschluckte und wieder freigab. Ein gewöhnlicher Ritt und ihre monströsen Titten wären als Akteure ins Spiel gekommen. Sie hatte doch bemerkt, wie beim ersten Mal der Doktor vom Anblick ihrer Titten, vom Saugen an ihren Nippeln betäubt worden war. Sie streckte ihm ihr Hinterteil aus, aber viel zu sehen von ihrem Arsch bekam der Doktor nicht, ebenso wenig von ihren Titten, deren Nippel zum Boden zeigten und aufgrund der unveränderten Schwerkraft im Salon der Nutte auf ihre Weise Lulu zu schaffen machten, nicht nur symbolisch ein Ausdruck für die Arbeit, die die Nutte zu leisten hatte. Das Stoßen des Freiers produzierte öfter ein Klatschen ihrer Arschbacken. Ein Geräusch, das geil machen kann; dem Doktor schien es aber nur zu bestätigen, dass auch er arbeitete. Er vollzog seine Arbeit in höchster Anspannung und Erregung und sein Schwanz vermittelte dabei öfter das Gefühl, örtlich betäubt zu sein. Die Nutte betete zu einem ihr fremden Gott, der Philosoph möge seinen Saft verspritzen. Dr. Schwarz verspürte ein taubes Gefühl in seinem Gesicht, sicherlich nicht Vorbote eines Herzinfarkts, sondern Ausdruck seiner erregten Arbeit, aber vielleicht auch Anzeichen dafür, sich übernommen zu haben.

In der letzten Minute deutete sich eine dramatische Veränderung bei ihm an. Die Betäubung seiner Gesichtszüge verstärkte sich und eine ungeheuerliche Erregung verdrängte das Gefühl der örtlichen Betäubung in seiner Schwanzspitze. In seinen Geschlechtsteilen fügte sich eine explosive Mischung zusammen, die unweigerlich zu einer Eruption führen musste. Plötzlich wusste Dr. Schwarz, dass es geschehen würde. Auch die Nutte fühlte es, denn der Schwanz des Doktors musste im Laufe der letzten Stöße beträchtlich angewachsen sein. Die orgiastische Katastrophe stand unmittelbar bevor, das betäubte Gesicht des Doktors wurde erschreckend blas. Die Zuschauer konnten diese Veränderung deutlich wahrnehmen. Der Doktor wusste nicht, ob er sich gegen den gewaltigen Gefühlsaufbau wehren sollte; vergeblich, er konnte sich gar nicht dagegen wehren. Im korrekten Timing fing Lulu an zu stöhnen und zu japsen. "Jetzt komm, du geiles Alterchen!", formulierte sie zielstrebig. Dr. Schwarz blieb nichts anderes übrig als zu gehorchen. Alles in ihm fing an zu zucken, Erregungsschauer reflektierten sich zu einer stehenden orgiastischen Welle, die zum unvermeidlichen Knall führten. Für die Beobachter war unzweifelhaft erkennbar, dass Doktor Schwarz seinen Orgasmus hatte, der hartnäckig wie der Akt von Dauer war. Mechanisch stieß der Doktor noch mehrfach in die Nutte hinein und ihre Arschbacken klatschten dabei besonders laut. "Du bist fertig, Doktorchen. Hast deine Sache gut gemacht", ermahnte ihn die Nutte. Eine Aufforderung, sich von ihr zu lösen. Das tat er dann auch. Sein Glied im schwarzen Kondom streckte sich noch mächtig, selbstbewusst und für alle sichtbar im Raum des philosophischen Salons und die Zuschauer applaudierten. Elfriede hatte damit begonnen und so, als ob die älteren Herrschaften eine kindliche Begeisterung angenommen hätte, konnten sie nicht anders, als sich dem Applaudieren anzuschließen.

Mit hochgezogener Hose verdrückte sich der Held des philosophischen Salons auf die Toilette, um sein Kondom zu entsorgen. Er wusste, dass er nach ökologischen Gesichtspunkten das Kondom nicht ordnungsgemäß entsorgte, aber wohin mit dem peinlichen Müll? Zum Hausmüll, den Elfriede zu entsorgen hatte?

Die Nutte wusste nichts Besseres, als ihren Slip anzuziehen, als wollte sie andeuten, dass für sie nun eine Pause angesagt sei. Selbstverständlich hatte niemand während des Aktes auf die Uhr geschaut, um die Dauer der schwarzschen Standhaftigkeit zu messen. Der Fick musste aber an die zwölf Minuten gedauert haben. Dr. Schwarz wusch sich die Hände, schaute in den Spiegel des Bads und sah in sein blasses, betäubtes Gesicht. Er war großartig. Was würde er zu berichten haben? Nachdem er vom Bad zurückgekehrt war, entschuldigte sich Lulu, um sich frisch zu machen. Robert Unmuth schaute fasziniert auf ihren Arsch, auf diese Arschbacken, als sie durch den

Raum stakste, um ins Badezimmer zu verschwinden. Dr. Schwarz setzte sich an den Philosophentisch und Elfriede wusste nichts Besseres, als ihm ein Glas Wein einzuschenken. Als Gratifikation für seine Leistung gab sie ihm auch ein Küsschen auf die Wange und sagte in ganz unerhörter Weise: "Ich wünschte, ich wäre an Lulus Stelle gewesen!"

- 26 -

Seine Kollegen konnten auch nicht anders, als Dr. Schwarz für seine vollbrachte Leistung zu gratulieren. Das Wort "großartig" fiel des öfteren im philosophischen Salon. Dr. Schwarz hatte den körperlichen Part seiner Aufgabe erledigt, ging man davon aus, dass nur zwei Runden angesetzt waren. Alles, was Dr. Schwarz nun noch zu tun hatte, war zu philosophieren. Elfriedes Begeisterung schien keine Grenzen zu haben, obwohl sie eigentlich hätte wissen sollen, dass sie leer ausgehen würde. Ihr würde vermutlich nichts anderes übrig bleiben, als Getränke einzuschenken, zuzuschauen und zu philosophieren. Niemand konnte ihr böse sein, dass sie ehrlich und spontan war. Dr. Schwarz fühlte sich selbstverständlich durch ihren Ausruf ungeheuer geschmeichelt. Hingegen setzte bei den anderen vielleicht ein Gedankengang ein, der Elfriede zum Objekt ihrer Begierde machte. Hatte Elfriede nicht ein Recht, ihre Qualitäten zu zeigen? Vielleicht durfte man ihre Äußerung nur auf Dr. Schwarz beziehen, für den sie besondere Sympathien hegte. Niemand konnte sich so recht vorstellen, dass es gleich weitergehen würde.

Lulu hatte schlechte Laune. Nicht nur, dass sie sich beim letzten Fick überarbeitet hatte, sie hatte auch die Befürchtung, dass es zu weiteren Marathonakten kommen würde.

Vermutlich hatten die alten Kerle nichts anderes als ihre Philosophie im Kopf und vergaßen darüber zu kommen. Bei den nächsten Malen würde sie alle Tricks einsetzen, damit es bei den Alten ein vorzeitiges Kommen gab. Sie kam aus dem Bad zurück, setzte sich an den Tisch und sah vorerst keine Veranlassung ihr winziges Höschen auszuziehen.

"Ich finde, Lulu hat eine Pause verdient, und ich könnte an ihre Stelle treten!" So direkt hatte Elfriede noch keine Offerte gemacht. Sie löste damit Widerspruch aus, allerdings auch widersprüchliche Gefühle. "Willst du auch neunhundert Mark kassieren?", fragte Robert Unmuth provokativ. "Selbstverständlich nicht, ich bin keine Nutte!", entrüstete sie sich. "Richtig, du bist unser Dienstmädchen. Es ist schon ungeheuerlich, dass du neben uns sitzt und das praktisch nackt." Die Gedanken im Salon verliefen immer wieder in den gleichen Bahnen. "Wie stellst du dir deine Zukunft im philosophischen Salon vor? Du weckst mit deiner Offenheit, mit deiner Freizügigkeit Wünsche, die nie aus unseren Köpfen verschwinden werden. Und im Übrigen: Sex macht vielleicht mehr Spaß als zu philosophieren und zu diskutieren."

Dazu hätte Lulu aus besonderer Warte etwas sagen können. Sie blieb aber still und fand den Vorschlag von Elfriede nicht so abwegig. Sollte sich doch Elfriede statt ihrer ficken lassen; wozu war diese denn auch fast nackt? Im Übrigen bedeutete Elfriedes Einsatz für sie leicht verdientes Geld.

Elfriede versuchte nun in die Offensive zu gehen, ohne Furcht, dass sie in ihrer Argumentation zu weit gehen könnte. "Herr Unmuth, sie wollen doch nicht leugnen, dass diese Bedürfnisse schon immer da waren. Wozu nehmen sie sich ein junges Dienstmädchen, das sie regelmäßig mit Komplimenten überschütten, wie gut es aussehe.

Stehen sie zu ihren Phantasien!" - "Es gibt eine bedeutende Trennungslinie zwischen Phantasie und Wirklichkeit", warf Professor Hügel dazwischen. "Sie denken zu radikal, sind zu impulsiv. Sie wollen jeder spontanen Lust, jedem spontanem Impuls sofort nachgeben. Selbstverständlich sind sie ein kleiner Lichtblick im philosophischen Salon. Wir freuen uns, sie zu sehen. Das ist die Wirklichkeit und alles andere Phantasie. Sie denken zu radikal, Elfriede!" - "Ich dachte, Philosophen wären in ihrer Denkensweise radikal. Statt dessen versuchen sie eine Lebenslüge zu leben. Es besteht Lust, die sie gar nicht verleugnen können, sie aber verstecken sich hinter ihrer Lüge. Alles bleibt beim Alten. Sie bereiten sich darauf vor, dass ich sie wieder im kleinen Schwarzen bediene, gucken mir auf den Hintern und können dabei ohne Weiteres ihren Tagesgeschäften nachgehen, nämlich über abstrakte Dinge nachzudenken." - "Du weißt selbst gut genug, dass deine Launen uns in eine schwierige Lage gebracht haben. Wie soll es weitergehen? Ficken ist aufregender als philosophieren, Elfriede. Zu ficken und zu philosophieren wäre großartig. Es gäbe für Sex zwischen uns keine Zukunft. Du bist ein Kindskopf, Elfriede. Ich muss aber eingestehen, wir sind auch welche. Sonst wärst du heute Abend gar nicht hier."

Die letzte Bemerkung relativierte die Beleidigung, die Robert Unmuth ausgesprochen hatte. Elfriede war erregt, sie atmete schwer, dabei hob und senkte sich ihre Brust deutlich. Sie konnte jetzt noch nicht aufgeben, sah aber, dass sie die Schlacht nicht gewinnen konnte, es sei denn, Geilheit und Sehnsucht der Philosophen würde ihre fragwürdige Moral überwinden.

"Sie ordern eine Nutte, bezahlen sie und haben Sex mit ihr. Sie finden, dass das in Ordnung ist, sehen dies als Ausnahmezustand an, fürchten nicht, dass sich die Situation wiederholt, fürchten nicht, dass sie sich wünschen, dass sich die Situation wiederholt, weil sie ja bezahlen mussten. Um Himmelswillen, dann bezahlen sie mich halt auch! Nein, ich bin ja keine Nutte, auch nicht für einen Abend. Geld und es gibt kein Problem. Spontane Lust ist für sie aber ein Problem. Sie fürchten sich davor, dass sich eine, diese Situation jetzt und hier nicht wiederholt. Selbstverständlich wiederholt sich eine spontane Situation nicht. Sie sind aber so kindisch, sich zu wünschen, sie müsse sich wiederholen."

"Ab heute Abend wünscht sich jeder von uns, ein Verhältnis mit dir zu haben" - "Das haben sie sich schon immer gewünscht" - "Das mag sein, aber niemand hätte ernsthaft geglaubt, so etwas könne eintreten" - "Auch jetzt gibt es keine Veranlassung, so etwas zu glauben. Sie sagen doch, ich sei spontan und impulsiv. Welche Veranlassung gibt das einem Philosophen, auf eine Regelmäßigkeit zu hoffen? Schöne Dinge müssen für sie zur Regelmäßigkeit verkommen."

Elfriede gab das Diskutieren auf und begann wieder alleine zum Tango zu tanzen. Sollten doch die alten Herrschaften auf ihren Arsch starren, auf ihre Titten, um sich später alleine in ihren Betten, sich erinnernd, einen runterzuholen. Ein bisschen Unmut war in ihr aufgekommen, der die Lust, Lulu zu ersetzen, vertrieben hatte. Selbstverständlich fühlte sie, dass sie ihre alten Herrschaften überforderte. In Bezug auf sie waren die Philosophen nicht in der Lage, den Abend als eine einmalige Ausnahme, als großartiges Geschenk anzunehmen. Elfriede denke zu radikal, war die einhellige Meinung der Philosophen. Lulu hingegen konnte sich nicht vorstellen, was Elfriede von den älteren Herren wollte. Das bedeutete allerdings, dass sie sich wohl nun bald einen der Philosophen vornehmen musste. Elfriede schien keine Verführungskünste zu besitzen. Für Lulu wäre es das Einfachste gewesen, einen dieser alten Knacker rumzukriegen. Statt dessen hatte Elfriede es mit Argumenten versucht. Sie hätte wissen müssen, dass Philosophen sich beim Argumentieren nicht leicht geschlagen geben; im Übrigen konnten Philosophen einfach besser argumentieren als Hausmädchen. Die Philosophen sagten eine Weile nichts und schauten der wunderschönen Elfriede beim Tanzen zu.

Für weitere Revolutionen schien im philosophischen Salon kein Raum zu sein. Ein Abend mit einer Nutte schien so etwas wie eine Revolution zu sein; es war allerdings eine gekaufte Revolution. Die alten Männer starrten auf ihre Revolutionärin, die zur Jazz-Musik tanzte. Vermutlich hätte sie zu fast jeder Musik getanzt, wenn gleich auch nicht zu Deutscher Volksmusik. Es hatte den Anschein als beinhalte ihre Bewegungen eine Form von Trotz. Elfriede protestierte mit ihrem Körper. Vielleicht verfluchte sie mit ihrer Körpersprache alle Philosophen dieser Welt, vielleicht versuchte sie aber auch nur zu vergessen, dass sie sich "vergessen" hatte. Was sollte es auch schon, ihren Körper, ihren Sex alten Männern anzubieten, deren Geschick als Liebhaber mehr als fragwürdig war? Sie tanzte nicht weich, eher aggressiv und kantig, sodass man von einer trotzigen Anmut sprechen konnte; und bei alledem war sie wunderschön. So gut wie alles an diesem Abend schien die Philosophen in ihren Bann zu schlagen, so auch dieser Tanz. Die Philosophen registrierten stumm ihre Bewegungen, ohne Elfriedes Körpersprache zu verstehen. Aber stumme Philosophen können ohne Weiteres die Sprache zurückgewinnen, wie eine Äußerung von Dr.

Schwarz bewies. "Es ist richtig, sie nicht anzurühren." - "Wir hätten sie längst nach Hause schicken sollen." Professors Hügels Bedenken zu Elfriedes Anwesenheit schienen wieder verstärkt. Befürchtete er, sie könne wieder Zeugin werden, wenn er sich mit der Nutte erneut einließe. "Sie bleibt brav und darf bleiben", sagte Robert Unmuth bestimmt. Dr. Schwarz stimmte nickend zu. Daraufhin kam ihm aber der Gedanke, er müsse sich der Stimme enthalten, da er sich selbst vermutlich nur noch aufs Zuschauen beschränken würde. Er äußerte diesen Gedanken aber nicht und somit blieb es bei seinem zustimmenden Nicken. Professor Hügel hatte allerdings nicht vor, erneut eine Diskussion um Elfriede zu entfachen. Mochte der Abend bringen, was er wollte, sie saßen alle in einem Boot.

Dieses Boot schien aber untergehen zu wollen, denn es war ungeeignet, auf unbekanntem, tiefen Gewässer zu philosophischen Erkenntnissen zu steuern. Sie trieben auf einem Meer des Unbewussten und irgendwo lag vielleicht das Eiland der Philosophie, ein hoher Fels, der aus dem dunklen Meer ragte und Bewusstsein und Erkenntnis versprach. Vielleicht gab es eine weitere Insel, die Insel der reinen Lust. Aber auch diese zu erreichen, wenn sie nicht nur ein Fantasiegebilde war, schien unwahrscheinlich oder gar unmöglich. Das Boot trieb steuerlos umher und leckte schon ein wenig. Die Besatzung war von einer seltsamen Krankheit befallen, die paralysierte und orientierungslos machte.

Was verbarg sich zwischen den Schenkeln von Lulu? Lag dort der Schlüssel der Erkenntnis oder einfach die gefährlichste Stelle des dunklen Ozeans, die alles verschlucken konnte?

Allenthalben schien der Abgrund zwei Pforten zu haben. War die tanzende Elfriede nicht viel gefährlicher als die

Nutte? Der bezahlte Untergang erschien erträglicher als der Untergang durch reine Leidenschaft. Noch eben gratulierte man Dr. Schwarz zur vollbrachten Höchstleistung, aber schon schien wieder eine Anspannung den philosophischen Salon im Griff zu haben, die es zu rechtfertigen schien, alles zu dramatisieren und zu übertreiben. Die Protagonisten des Salons übertrieben vielleicht in ihren Köpfen, denn niemand ergriff das Wort, um etwa mit dem Bild des sinkenden Bootes die Situation zu beschreiben.

Lulu nippte an ihrem Glas und genoss die Pause, die man ihr gewährte. Sie hatte im Grunde genommen auch keinen Sinn für die Verwerfungen, die sich im philosophischen Salon auftaten. Kompliziert war es hier, dafür hatte sie ein Gespür, obgleich sich ja die Philosophen mit komplizierten Formulierungen mächtig zurückhielten. Sie gingen ihrem eigentlich kompliziertem Geschäft nicht nach, schufen aber trotzdem den Eindruck, dass alles sehr kompliziert war.

Konnte Sex tatsächlich so kompliziert sein? Eine professionelle Nutte brauchte Erfahrung für ihren Job, aber an sich keinerlei Ausbildung, und jeder Depp konnte sie bespringen, wenn er denn dafür bezahlte. Jeder Depp konnte ficken. Sprichwörtlich fickte "Dumm" gut. Das deutete nun aber daraufhin, dass komplizierte und intelligente Persönlichkeiten größere Probleme mit dem Ficken hatten. Dieses scheinbare Paradox hätte allerdings nur zu der Erklärung gereicht, dass Philosophen den Sexualakt nur mangelhaft ausüben konnten, aber das konnten die Ereignisse des Abends nicht hundertprozentig bestätigen. Robert Unmuth hatte seine Sache gut gemacht, und der unerfahrene Dr. Schwarz hatte sich beim zweiten Mal gut geschlagen und sich sehr ausdauernd gezeigt. Die Philosophen hatten vielmehr Probleme damit, zum Sexualakt zu kommen und die größten Probleme damit, über Sex zu re-

134

den. "Großartig" hatten sie herausgebracht, eine an sich sehr unphilosophische Äußerung, die mehr den sportlichen Charakter der Leistung von Dr. Schwarz unterstrich. Sollten intelligente, wortgewandte Menschen nicht nur größere Probleme bei der Ausübung von Sex haben, sondern noch größere, zu Sex zu kommen und größte Probleme über Sex zu sprechen?

So ohne Weiteres kann dem nicht zugestimmt werden. Es scheint mehr die Sensibilität zu sein, die zum Versagen auf diesen Gebieten führt. Waren also die Philosophen des Salons ein Häufchen von Sensibelchen? Dr. Schwarz konnte man mit Sicherheit eine gewisse Sensibilität nicht absprechen. Der ehemalige Theologiestudent Robert Unmuth hatte, wenn er denn in seinen frühen Tagen von Sensibilität befallen war, auf seinen langjährigen Reisen, bei denen er auch viel Umgang mit Huren hatte, eine übers Normale hinausgehende Sensibilität abgelegt. Die körperliche Erscheinung von Professor Hügel widersprach der Einschätzung, er könne allzu sensibel sein. Er war ein an sich ausgeglichener Mensch, der sich allerdings an diesem Abend in einer emotionalen Schieflage befand. Unbestreitbar war Dr. Schwarz sensibel, wie er beim ersten komatösen Ficken bewiesen hatte. Ein Mensch, der beim Sex in einen nahezu epileptischen Kollaps verfällt, musste sensibel sein.

Elfriede war auch mit einer gewissen Sensibilität ausgestattet, die allerdings ausgesprochen produktiv sein konnte, denn diese blockierte nicht alles, sondern im Zusammenspiel mit Elfriedes Spontanität, ihrem Mut und ihrer Lust ersann sie Möglichkeiten, von denen die Philosophen nur träumen und denen sie sich nur verweigern konnten.

Lulu war vermutlich vollkommen unsensibel. Das entsprach dem Klischee, dass man von einer Nutte hat, und

135

vertrug sich hervorragend mit ihrem Job. Wenn sie denn eine größere Sensibilität besaß, musste diese in einer vollkommen anderen Dimension beheimatet sein. Selbstverständlich hatte sie ein Gespür dafür, wie man bei ihren Kunden das Geld lockermachen konnte.

Die Diskussion um die Sensibilität der im Salon anwesenden schien fruchtlos zu sein; übergroße Sensibilität konnte nicht unterstellt werden und konnte überdies das große Versagen im Salon ohnehin nicht erklären. Wenn schon keine Diskussion über Sex entstand, so sollte man vielleicht den Stellenwert, den Sex für die hier Anwesenden hatte, betrachten. War Sex eine Säule der Kultur, wie ein geschockter oder auch euphorisierter Dr. Schwarz beim Ficken ausgerufen hatte? War Sex die wichtigste Sache der Welt oder vielleicht eben nur die wichtigste Nebensache der Welt, was immer auch das zu bedeuten hatte? Sex spielte eine nicht unwichtige Rolle im Leben der beiden anwesenden Frauen, wenn gleich auch in völlig unterschiedlicher Ausprägung. Für die Männer schien, wenn man ihr jetziges Leben betrachtete und die Ereignisse des Abends ausblendete, Sex überhaupt keine Rolle zu spielen oder jedenfalls nur eine sehr geringe. Sie hatten keinen Sex, dachten kaum an Sex, jedenfalls was ihre persönlichen Belange betraf. Sex war eine Sache der Vergangenheit und es soll kein Geheimnis bleiben, dass sie praktisch nie masturbierten. Ihr Kontakt mit Elfriede mochte hin und wieder ein kleines Feuer angefacht haben und Wünsche, die an sich verborgen waren, auftauchen lassen. Niemand von ihnen hatte sich aber jemals in eine Vorstellung hineingesteigert, ein Verhältnis mit Elfriede führen zu können. Vielmehr kann angezweifelt werden, dass jemals ein solcher Gedanke bewusst gedacht worden war. Somit basierte die Diskussion von Elfriede und Robert Unmuth auf Hypothesen, die im Laufe des Abends denkbar geworden waren, die aber an sich aus der Luft gegriffen waren.

Wie war aber die Experimentierfreudigkeit der Männer - von der am Abend allerdings wenig übrig blieb - zu erklären? Der "Haschischabend" hatte zum ersten Mal eine solche Experimentierfreudigkeit an den Tag gebracht, und auch schon kleinere Katastrophen, wenn man sich an die quasiparanoide Reaktion von Dr. Schwarz erinnert.

Die Dynamik des Salons blieb bis auf Weiteres im Dunkeln.

- 28 -

Elfriede erwog zu gehen. Sie fühlte sich zwar nicht mehr gekränkt, konnte die Zurückhaltung, die die Philosophen ihr gegenüber zeigten, verstehen, aber sie fühlte sich so nutzlos. Sie sah keinerlei Möglichkeiten, den weiteren Verlauf dieses Abends positiv zu beeinflussen. Die Philosophen würden mit der Nutte noch ficken, das war relativ sicher, aber würde es noch zu einer Diskussion kommen? Sie hörte zu tanzen auf und zog sich ohne Worte in die Küche zurück. Ihr BH, ihre Bluse und ihre lange Hose waren schnell angezogen. Sie sah nun wieder so aus, wie es sich für ein Hausmädchen gehörte. Wozu sollte sie weiter nackt sein? Ohne lange zu überlegen kehrte sie aus der Küche zurück und setzte sich an den Tisch zu den Philosophen.

"Ich denke, sie finden mein Aussehen nicht weiter anstößig", sagte sie in die Runde. Die Runde war verdutzt und allenthalben formierte sich in den Köpfen der Philosophen Gedanken des Bedauerns. Elfriede schenkte sich ein Glas Wein ein, ein weiteres Anzeichen dafür, dass sie den Salon nicht unmittelbar verlassen wollte, aber ein Traum, der nicht gewagt worden war zu träumen, war geplatzt. Robert Unmuth befürchtete, dass erneut Diskussionen über Elfriedes Verbleiben aufkommen würden. Professor Hügel hatte nun leichteres Spiel, aber Robert Unmuth fand, Elfriede solle selbst darüber entscheiden, ob sie bleiben wollte oder nicht. War ihre Nacktheit tatsächlich Argument gewesen, bleiben zu dürfen? Die wenigen Minuten, in denen Elfriede angezogen am Tisch saß, transportierte die Geschichte ihrer Nacktheit ins Reich des Unwirklichen. War es nur ein aufregender Traum gewesen, als sie ihren nackten Arsch gezeigt hatte, damit man ihm einen Klaps gab?

Es wäre nun fast alles normal gewesen, hätte sich in ihrer Gesellschaft nicht eine nackte Nutte befunden, die darauf wartete, dass ihr Abend im philosophischen Salon ein Ende fand. Robert Unmuth fühlte sich durch die Anwesenheit der aparten Elfriede keineswegs gestört. Er hatte beschlossen, gleich mit Lulu zu ficken. Dann war es letztendlich Professor Hügels Entscheidung, ob Elfriede bleiben durfte oder nicht.

"Lulu, wir gehen zum Sofa und zeigen der Welt, was Sex ist!" Robert Unmuth konnte doch unmöglich den philosophischen Salon für die Welt halten, war ein Gedanke, der sich in Professor Hügel regte. Im Grunde genommen wusste aber jeder im Salon, wie die Äußerung zu verstehen war. Robert Unmuth stand auf, ging zu Lulu, fasste sie an ihren zierlichen Arm und forderte sie auf, mit ihm zu kommen. Als sie aufgestanden war, streichelte er ihren Arsch. In Lulu formte sich blitzartig eine Strategie, wie sie bei dem alten Kerl ein vorschnelles Kommen provozieren könnte. In einer Hand hatte sie das Kondom, dass zum Einsatz kommen würde. In Elfriede machte sich wieder Erregung breit, sodass ihr auch der Gedanke kam, sich wieder auszuziehen. Vielleicht wäre ein Striptease das geeignete Mittel, um Professor Hügel zu verführen. Sie befand dann aber, dass zu diesem Hin und Her eine gehörige Portion Schizophrenie gehöre, und beschloss zunächst abzuwarten, wie die Dinge sich entwickeln würden.

Robert Unmuth gab Lulu einen Klaps auf ihren Arsch. Die ließ sich das gefallen ohne nach einem Aufpreis zu schreien und kicherte scheinheilig. Ihr war jede Kleinigkeit recht, um den Alten geil zu machen. Am Sofa angekommen, zog Robert Unmuth seine Schuhe und seine Hose aus und legte sich, den Oberkörper aufgerichtet, hin. Lulu streifte ihm seinen Slip runter, sodass jeder im Salon den aufrecht stehenden Schwanz von Robert Unmuth bewundern konnte. Lulu beugte sich stehend hinab und mit einer schweren Titte spielte sie ein bisschen mit dem erigierten Schwanz. Die übrigen Anwesenden im Salon sahen erregt zu und vergaßen darüber jedes Philosophieren. Lulu begab sich aufs Sofa, presste mit beiden Händen die Brüste zusammen und wichste dann mit ihren großen Titten den Schwanz. Der zweite Teil ihres Plans bestand darin, mit ihrem Mund an dem Schwanz zu saugen. Zuerst reizte sie die Eichel des Philosophen mit ihren Lippen, um sie dann mit ihrer Zunge zu provozieren.

-29-

Robert Unmuth hatte in diesen Augenblicken überhaupt nichts dagegen, sich von der Hure bedienen zu lassen. Das Luder saugte professionell an seinem Pimmel, und es war nur ein allzu bekanntes, gutes Gefühl, das sich von seinem Schwanz aus durch seinen ganzen Körper verbreitete. Entspannung mischte sich mit Gedanken. Warum keinen Sex haben mit Nutten? Die Körperrezeptur wirkte. Er war offensichtlich nicht zu alt, um Sex genießen zu können. Keine Liebe, wenig Leidenschaft, denn die Nutte war ein leidenschaftsloses Luder und obendrein eine schlechte Schauspielerin. Es war wohl alles eine Frage des Geldes, das man investierte. Über diese Art von Sex zu philosophieren war vergleichbar mit der Aufgabe, die Wirkung einer Morphiumspritze im schmerzfreien Zustand zu beschreiben. Eine Morphiumspritze war wohl noch leidenschaftsloser als die gewöhnliche Nutte. Wirklich vergleichbar waren käuflicher Sex und Morphium nur schlecht. Die geheimnisvolle Droge sah unscheinbar aus, aber einmal in die Blutbahn gebracht, wirkte die eingesetzte Chemie praktisch zwangsläufig. Sex musste, damit er wirkte, erst Chemie freisetzen. Erstaunlicherweise wirkten schon die Augen, um den Körper in Erregung zu versetzen. Es reichte auf ihre schweren Titten, ihren nackten Arsch oder ihre spärliche Schambehaarung zu starren, damit der Körper in Erregung geriet. War es allein die Erwartung auf mehr, die den Anblick nackter Haut so reizvoll machten?

Der Mund von Lulu stimulierte nun tatsächlich Nervenenden, die eine komplexe angenehme Chemie in die Wege leiteten. Der stimulierende Anblick einer zum Beispiel nackten Frau bedurfte der Arbeit eines interpretierenden Großhirns. Bekam man einen geblasen, konnte man das Großhirn beruhigt ausschalten, obgleich das Großhirn mit seinen Mitteln zusätzliche Lust und Erregung erzeugen konnten. Das Großhirn war aber durchaus Gefahrenpotential für genüsslichen Sex, da es für manche Impotenz verantwortlich war.

Das Großhirn von Robert Unmuth versuchte, die zwangsläufige Ejakulation hinauszuzögern. Gemeinhin wird dies unternommen, um der Frau eine Chance zum Kommen zu

140

geben. Robert Unmuth dachte natürlich nicht im geringsten daran, Lulu eine Chance zum Kommen zu geben und diese hatte nicht das geringste Interesse zu kommen. Selber schuld, kann man da nur sagen. Das käufliche Luder hatte nicht nur das geringste Interesse zu kommen, sondern dachte noch nicht mal daran. Ob es jemanden gab, der Lulu ab und zu einen Orgasmus verpasste oder ob sie sich hin und wieder obskuren Praktiken der Selbstbefriedigung hingab, soll Lulus Geheimnis bleiben.

Es war nun Zeit, dass sich der Mund der Nutte vom Schwanz des Philosophen löste. Selbstverständlich wollte Robert Unmuth, bevor sich seine Gedanken in einer Ejakulation auflösten, mit der Nutte noch ficken. Er wollte, dass das Nüttchen ihn ritt. Die Nutte schien von selbst nicht auf die Idee zu kommen, dass es Zeit war zu ficken, obgleich sie doch befürchten musste, dass der alte Mann in ihrem Mund kam. Emsig saugend, lutschend und leckend, so als ob sie Raum und Zeit vergessen hatte, klebte sie am Penis von Robert Unmuth. Philosophen sind stumm, wenn gewichtige Überzeugungen sie zum Schluss haben kommen lassen, besser zu schweigen. So auch Robert Unmuth, der ohne Worte mit seinen Händen den Kopf von Lulu griff und sie so zum Einhalten brachte. Der Salon hatte wieder Gelegenheit, den erigierten Schwanz eines ihrer Mitphilosophen zu betrachten. Keine Rücksicht mehr, keine Rücksicht mehr!, dachte Elfriede. Sie beschloss nicht ohne Mut, sich gleich auszuziehen. Sie würde es provozierend machen, bis sie splitternackt wäre. Ein bisschen warten müsste sie, damit sie auch Robert Unmuth erregen könnte. Der erigierte Schwanz von Robert Unmuth wurde mit einem schwarzen Kondom bekleidet. Robert Unmuth würde wieder erfahren, wie es ist zu ficken und sich weiterhin Gedanken darüber machen, warum er nicht regelmäßig mit einer Nutte fickte.

141

Ohne jede Absprache setzte sich Lulu auf ihren Kunden, spreizte ihre Beine, hob ihren Arsch und platzierte den schwarzen Schwanz an ihre Fotze. Der Lauf der Dinge wollte es, dass der schwarze Schwanz in ihre Fotze eindrang. Sie begann ihr Becken rhythmisch zu bewegen, ihre Arme hinter ihrem Kopf verschränkt. Die Augen von Robert Unmuth hefteten sich an die großen Titten der Nutte, seine Hände spielten mit ihren Arschbacken und unterstützten die Bewegung ihres arbeitenden Beckens. Diese äußerst angenehme Beschäftigung war an sich hinreichend und machte es überhaupt nicht notwendig, dass man sich philosophische Gedanken über die Welt machte. Der philosophische Salon war Zeuge eines periodischen Vorgangs, denn periodisch verschwand der schwarz maskierte Penis im Unterleib von Lulu. Exemplarisch wurde deutlich, dass periodische Vorgänge im Universum eine Bedeutung haben. In einer idealen Welt wäre nun die Nutte von ihrer Arbeit glücklich geworden. Nicht nur bestand das Postulat in dieser fiktiven Welt, sich mit seiner Arbeit selbst zu verwirklichen, sondern sogar durch seine Arbeit glücklich zu werden. Können sich Nutten mit ihrer Arbeit selbst verwirklichen? Diese Frage bedurfte einer philosophischen Debatte.

Der nicht mehr ganz nüchterne Robert Unmuth fragte sich wiederholt, ob dieses Mal das letzte Mal in seinem Leben sei, mit einer Frau zu ficken. Ein weiterer Gedanke war, dass die Welt mehr beschäftigte, wie man an Sex kam, als damit, was Sex eigentlich war. Die Fortsetzung dieses Gedankens wurde durch eine nicht aufhaltbare Ejakulation unterbrochen.

- 30 -

142

Wie gesagt war Lulu eine schlechte Schauspielerin. Der Geschlechtsakt war wortlos abgelaufen, der redegewandte Robert Unmuth in seinen Gedanken und Empfindungen verstrickt. Lulu kommentierte ihren Ritt mit kleinen Stöhnern, Aahs und Ohs, die aber vollkommen unglaubwürdig waren, da sie nun mal schlecht schauspielerte. Die Zuschauer konnten dem simulierten Lustgeschrei keinerlei Informationen über das Wesen eines Sexualakts entnehmen. Lulus akustische Arbeit war informationslos und zudem eine Lüge. Die wesentliche Arbeit Lulus steckte in ihrem Becken, in ihrer Muschi, die in gemeinsamer Anstrengung dem verpackten Schwanz eine Ganzkörpermassage verpassten. Obgleich sie schlecht schauspielerte, bot Lulu mit ihrem nackigen Körper eine perfekte Illusion. Die schweren Titten der Nutte wippten im Rhythmus des arbeitenden Beckens und konnten den Eindruck erwecken, sie hätten erheblichen Spaß an der Arbeit. Besonders für Robert Unmuth waren die hüpfenden Titten ein faszinierendes Schauspiel und der Philosoph auf Abwegen konnte der Versuchung nicht widerstehen, seine Hände, die sich fast die ganze Zeit sich mit Lulus Arschbacken beschäftigt hatten und die arbeitende Bewegung von ihrem Becken unterstützten, zu Lulus Titten wandern zu lassen, um mit ihnen zu spielen. Lulus Titten waren eine willfährige Formmasse, deren Bearbeitung offensichtlich im Preis inbegriffen war. Der Philosoph war sich verhältnismäßig sicher, silikonlose Titten zu verformen. Irgendwie schaffte Lulu es, ihre Brustwarzen erregt aussehen zu lassen. Es machte kurzzeitig den Eindruck, Robert Unmuth wolle aus der geilen Masse ein Kunstwerk formen, aber wenn augenblicklich ein solches entstand, so sollte es für die Ewigkeit keinen Bestand haben und nicht ins Kulturgut der Menschheit übergehen. Die Spielerei fand ihr Ende, und die Hände fanden zu ihrer eigentlichen Aufgabe, den Nuttenhintern zu unterstützen, zurück. Lulu quittierte dies mit einem Ooh, denn an sich war es ihr lieber, wenn die Hände eines Freiers sich mit ihrem Arsch statt ihrer Titten befassten. Lulus mehr oder weniger ausdruckloses Gesicht war bei ihrer Arbeit ebenfalls sehenswert. Ihre roten Lippen, ihre geschminkten Augen versprachen Sex, körperliche Liebe und ihre durchaus nicht habgierig erscheinenden Augen mochten einen verleiten, hinter ihnen etwas zu suchen, was es nicht gab. Ein bisschen versuchte das Gesicht mit seinen Lustlauten zu schauspielern, was eher komisch wirkte, Gedanken nicht abschaltete, sondern eher in die falsche Richtung lenkte. Obwohl erregt, stellte Elfriede leicht verbittert fest, dass sie alles hätte besser machen können, während Lulus Becken zwar professionell, aber letztendlich lustlos einen Tango tanzte. Jedenfalls war es nicht ausgeschlossen, dass Lulu den Rhythmus ihrer Bewegungen von der Tangomusik stimulieren ließ. Ein wenig wurde sie auch durch die Philosophenhände geführt, was durchaus nicht unprofessionell ist. Robert Unmuth war jedenfalls nicht unmusikalisch und man konnte ihm die nötige Phantasie zugestehen, dass er Lulus Titten Tango tanzen sah.

Dieser Fick ist Geschichte, beendet durch einen nicht unerheblichen Orgasmus, aber weit entfernt davon ein Jahrhundertfick gewesen zu sein und dennoch wird er in die kleine Geschichte des philosophischen Salons eingehen, ebenso wie seine Vorgänger und die, die noch kommen sollten.

Die Nutte löste sich von Robert Unmuth und bereitete sich geistig auf den nächsten Job vor. Der alte große Bär wollte sicherlich noch ficken. Überflüssigerweise sagte sie zu Robert Unmuth: "Das war nicht schlecht, Süßer!" Sie zog ihre weißen Pumps an, deren Absätze fast so hoch

144

waren wie sie selber, und wer Freude daran hat, eine nackte Nutte in Pumps zu betrachten, konnte dies nun tun, denn Lulu stolzierte zum Bad, um sich frisch zu machen, bot schließlich eine Rückenansicht und jede Menge Gelegenheit auf Pumps, Beine und einen nackten Nuttenarsch zu starren. Robert Unmuth besorgte die Entsorgung des Kondoms, begab sich in Hemd und Strümpfen, aber ansonsten nackt in die Küche, um das gefüllte Liebesbeutelchen zu den nicht recycelfähigen Küchenabfällen zu stecken. Mit noch nicht ganz kleinem hängenden Pimmel an vorderster Front kam er aus der Küche zurück und wählte dann ebenfalls Richtung Bad, vermutlich um sich gemeinsam mit der Nutte frisch zu machen, was an sich eine sehr ungewöhnliche Praxis ist. Es würde doch kein Nachspiel im Bad geben?!

Die Nutte erschien als Erste aus dem Bad zurück und setzte sich, ohne jede Veranlassung zu sehen, sich auch nur geringfügiges anzuziehen, an den Tisch, wo die übrigen saßen. Professor Hügel saß ihr gegenüber, ihre schweren Titten im Visier. Elfriede erinnerte sich an ihre Pflichten und kümmerte sich darum, dass Lulu verdienten Sekt bekam. Den schenkte sie schockiert aus, denn Robert Unmuth kam nun völlig nackt aus dem Bad zurück, setzte sich an den Tisch und griff zur Rotweinflasche. Noch im Ausschenken begriffen, wandelte sich Elfriedes Schock in reine Freude.

- 31 -

145

Zwei Nackte am Tisch schienen darauf hinzudeuten, dass sich die Sitten im philosophischen Salon wieder lockerten. Die philosophische Mehrheit protestierte ob der Provokation von Robert Unmuth erst einmal stumm. Es war sehr still im Salon, denn die Tango-CD war ebenfalls verstummt, sodass Elfriede ihre Gedanken, die selbstverständlich um die begonnene Revolution im Salon kreisten, auf eine konkrete, taktische Aufgabe lenken musste. Ihr musste die passende Musik einfallen, die die Revolution auf ihrem Weg zum Sieg unterstützte. Sie wollte etwas Tanzbares finden, eine Musik, zu dem ein Striptease passte. Mit dem mutigen Schritt von Robert stand ihre Entscheidung, sich wieder auszuziehen, felsenfest. Diesmal würde sie ihr kleines Höschen nicht anbehalten und noch mehr, sie würde Sex einfordern. Passend zu einem Striptease musste die Musik sein, denn sie wollte die Männer schon durch ihren Tanz verführen.

Dummerweise war die CD-Sammlung für solche Vorhaben wenig geeignet, denn die Musik war im wesentlichen alte, klassische Musik. Konnte man zu Bach, etwa zu den Brandenburgischen Konzerten einen Striptease aufführen? Unter diesen Klassikjuwelen befanden sich auch einige Ballettstücke, deren Choreografie Elfriede nur erahnen konnte. Bevor sie weitere Aktionen und deren Timing beschloss, musste die passende Musik aufgelegt sein.

Sie bewegte sich zur Musikanlage, da von dort eine Wahl besser zu treffen war. Popmusik war rar im Salon. Es gab unter anderem eine Elvis-CD, zwei Beatles-CDS und eine CD von Santana , die, wie sich Elfriede erinnern konnte, während des Haschischabends zum Einsatz gekommen waren. Eigneten sich die Magical Mystery Tour oder Sgt. Pepper für ihren Tanz? Etwa der Song: When I am 64? Es gab noch diverse Jazzplatten, die ebenfalls selten gespielt wurden und die sie nicht so recht kannte. Also doch die Brandenburgischen Konzerte. Ein Versuch könnte kläglich scheitern.

Ihr fielen die Frühlingsfeiern von Strawinsky ins Auge, immerhin Ballettmusik und von ihrem Charakter her revolutionär und eruptiv, durchaus geeignet, den Charakter der Situation zu unterstreichen. Sie versuchte sich an Lieblingsmusik des Professors zu erinnern, der vermutlich das Zentrum der Konterrevolution darstellte. Er könnte fallen, wenn sie sich zu seiner Lieblingsmusik auszöge. Bach. Der in seinem Fachgebiet durchaus revolutionäre Gelehrte war in seiner musikalischen Geschmacksbildung eher konservativ. Sie wusste nicht, ob Professor Hügel Strawinsky mochte. Hatte er sich jemals beschwert, etwa über provokativen Lärm? Sie stellte sich vor, wie sie die explosiven, stoßartigen Klänge mit ihrem Becken begleitete. Warum nicht aggressiv gegen den Konterrevolutionär vorgehen?

Das Dilemma war groß. Sie sah sich schon genötigt, irgendeine Jazz-CD aufzulegen, in der Hoffnung, sie sei tanzbar. Mit Sicherheit befand sich darunter keine Bar-Musik. Immerhin war die Letzte ein guter Griff. Nicht nur die Wahl der richtigen Musik bereitete ihrem leidenschaftlichem, revolutionären Hirn Kopfzerbrechen, sondern auch der richtige Zeitpunkt ihres erotischen Coups. Es wäre schön gewesen zu einer Zeit mit dem Tanzen zu beginnen, wenn die Revolution praktisch schon gewonnen war, nämlich genau dann, wenn der Konterrevolutionär Professor Hügel und der eher liebenswerte Mitläufer Dr. Schwarz ebenfalls nackt am Tisch säßen, die halbe Miete sozusagen. Ebenso gern hätte sie ihrem Mitstreiter Robert Unmuth ein bisschen Zeit zur Erholung gelassen. Sie wollte ihm nicht nur ein ästhetisches Vergnügen bieten,

147

sondern ebenso seinem Schwanz eine nennenswerte Erektion verpassen.

Ihr revolutionäres Blut bewog sie schließlich, die Frühlingsfeiern aufzulegen. Die Musik würde leise beginnen, und wenn's laut würde, könnte man immer noch protestieren. Ihre Entscheidungsfindung hatte einen Zeitraum von ein, zwei Minuten gebraucht. Ohne mit dem Tanzen zu beginnen, setzte sie sich brav und angezogen an den Tisch und versuchte ihre Zweifel in Rotwein zu ertränken.

Selbst Lulu konnte sich über das Verhalten von Robert Unmuth nur wundern. Wollte der unersättliche Alte etwa nochmals ficken? Programmgemäß war der große Dicke nun an der Reihe, wenn er denn nicht verzichtete. Verzichtete er, wäre für sie der Abend und die Arbeit gelaufen. Wollten die alten Säcke aber weiterficken, müssten sie kräftig dazuzahlen. Der große Dicke fühlte sich etwas unbehaglich in seiner Haut. Die von ihm zwar geschätzte Elfriede befand sich immer noch im Salon, und sein Schwanz befand sich in einer Dauererregung, da seine Augen es nicht lassen konnten, auf die großen Titten der Nutte zu starren. Diese Augen mussten eine direkte Verbindung zu seinem Kleinhirn oder einer anderen primitiven Sektion seines zentralen Nervensystems haben, die die fröhliche Botschaft ihrerseits direkt weiter an seinen Schwanz leiteten. So ein Schwanz war für wissenschaftliche Forschung und Philosophie nicht förderlich. Sollte er sich als Spielverderber erweisen? Wie ungeheuer provozierend war die Erscheinung seines Kollegen, dessen Anhängsel zwar gut unter dem Tisch versteckt war, aber schon der sichtbare, nackte Oberkörper war eine Provokation. Der Astronom wusste, wie es gemeint war.

"Ist Dir nicht kalt, Robert?", fragte er nach diesen Minuten der Stille und stummer Provokation. "Im Gegenteil, mir ist warm", antwortete ein gut gelaunter Robert Unmuth. "Wenn ich dich so angucke, müsste es Dir allerdings ziemlich warm sein". Der Konterrevolutionär konnte dies unmöglich leugnen. Ihm war sehr warm. Wenn er weiterhin auf die Titten starrte, würde der situative Kontext zu einem Schweißausbruch führen. "Wenn euch zu warm ist, Kollegen, solltet ihr euch ebenfalls ausziehen und frisch machen". "Mir ist zu warm", meldete sich ein mutiger Dr. Schwarz.

Strawinsky wurde laut und die Revolution nahm ihren Fortlauf, denn Dr. Schwarz stand beherzt auf und begann sich auszuziehen. Dieser mutige Vorgang hat nicht die Qualität, in die Geschichte des Striptease einzugehen. Die Musik, schon eruptiv, hatte offensichtlich keinen Einfluss auf die Bewegungen von Dr. Schwarz. Wir sind auf die diversen Kleidungsstücke des Dr. Schwarz schon eingegangen. Deren sinnliche und erotische Qualität fordern nicht notwendigerweise eine wiederholende Aufzählung ein. Schließlich stand er, durchaus schüchtern aber mutig, nackt neben seinem Stuhl. Er wurde nicht gewahr, dass er einen bewundernden Blick von Elfriede bekam. Dem Professor wurde noch wärmer. Er stand in der Pflicht und hatte ein Problem.

- 32 -

Professor Hügel war für wohlüberdachtes Handeln bekannt. Obwohl er wie ein Sektierer in seinem astrophysikalischem Institut gelebt und gearbeitet hatte und mit seinem Weltbild bzw. seiner Kosmologie im völligen Widerspruch mit sämtlichen Kollegen gestanden hatte, war er in Fachdiskussionen nie allzu hitzig geworden, nie aus seiner Haut gefahren. Ihm fehlte der übliche Fanatismus eines Sektierers. Während man für kosmologische Weltbilder Jahre bzw. Jahrzehnte braucht, und diese Zeit war dem Professor gegeben gewesen, gibt es menschliche geistige Prozesse, die sich in Bruchteilen von Minuten bilden und hier und jetzt stand ein Problem an, das einer schnellen Entscheidung bedurfte und in solchen Situationen war der Professor nicht der richtige Mann. Viele Möglichkeiten standen an, die bedacht werden mussten. Strawinsky wütete, Elfriedes Beine zuckten zu dieser Musik, die Nutte trank Sekt, während ihre Titten die Situation überwachten und die Verlegenheit des Professors lähmte seine Lust, sich mit diesen unheimlichen Titten zu befassen. Zöge er sich aus, um dann gleich mit seinem Ständer die Nutte zu stoßen? Sie auffordernd, ihren Nuttenarsch ihm entgegenzustrecken. Er könnte den Salon verlassen, Diskussionen beginnen oder angezogen stiller Zuschauer des weiteren Geschehen sein. Dann war seine Stimme vernehmbar. "Schon gut, ich bin dabei!" Es sollten keine unnötigen Diskussionen im philosophischen Salon geben, denn der Bär begann sich auszuziehen. Es ist vielleicht unnötig zu erzählen, aber der Professor tanzte nicht zu Strawinsky. Ich habe schon seine mögliche Vorliebe für Bach erwähnt. "Die Revolution könnte begonnen haben", dachte Elfriede. Schon wollte sie aufstehen, um ihren Tanz zu beginnen, da fiel ihr ein, der Professor könne anderes vorhaben, als ihr beim Tanzen zuzusehen. Der Professor stand schon in Unterhemd und Unterhose, es konnten durchaus Deformationen in seiner Unterleibsregion festgestellt werden, aufgrund derer man dem Professor unterstellen konnte, er wolle zur Tat schreiten und den Geschlechtsakt mit einer Nutte einüben. Die große Unterhose verbarg nicht lange mehr seinen Ständer, der neugierig von Lulus Titten beäugt wurde. Der Schwanz schien keine Angst vor den Titten zu haben. Ich will nicht unterstellen, dass Schwanz und Titten Freunde wurden und mit einer geheimnisvollen Telepathie eine lebhafte Unterhaltung führten, aber es ist nicht auszuschließen, dass der Schwanz und die Titten sich gegenseitig anguckten. Der Schwanz mochte sich wohl denken, dass er bald in eine feucht fröhliche Klemme genommen wurde, vorausgesetzt die Vorräte an Babyöl in Lulus Scheide reichten noch. Der gewichtige Astronom war nun nackt und seine Kleidungsstücke (samt Socken) waren auf dem Boden zerstreut wie die Überreste einer Supernova. Auch der Professor wusste nicht, ob er nun zur Tat schreiten sollte, oder sollte er sich erst hinsetzen, um Weiteres abzuwarten. Wie würde sich Elfriede verhalten? Seine Neugierde überwand seinen Trieb; er setzte sich. Elfriede gewann die Überzeugung, er wolle mit seinem Geschlechtsakt abwarten. Zeit, ihren Tanz zu beginnen. Sie erhob sich und sprach zum Salon. "Sie werden wohl alle nichts dagegen haben, wenn ich mich denn auch ausziehe." Kein Widerstand regte sich. Dies war der Augenblick für einen potenziellen Konterrevolutionär, Elfriede nach Hause zu schicken. Eine angezogene Elfriede machte hier keinen Sinn mehr, aber die Konterrevolution blieb vorerst aus, kein Konterrevolutionär machte einen Mucks und es wäre unfair, Professor Hügel weiterhin reaktionäre Absichten zu unterstellen. "Ich möchte mir erlauben, ihre geschätzte Aufmerksamkeit auf mich zu ziehen." Elfriede konnte ungemein förmlich sprechen. Der Salon bebte zu Strawinskys Klängen und Elfriede wollte das Wagnis aufnehmen, zu diesen Klängen, zu diesem Rhythmus einen Striptease aufzuführen. Es fehlte für den Salon die "klassische" Stripteasemusik. Für eine lange Zeit war Elfriede in Dessous und nackten Brüsten aufgetreten, für eine kurze Zeit hatte sie dem Salon ihren nackten Hintern gezeigt und hingehalten und nun sollte das Bild vervollständigt werden. Elfriede splitternackt im Salon und die Revolution würde eintreten. Elfriede begann ihren Tanz und es war nicht der einer Ballettnymphe. Wer nicht glaubt, dass es schwierig ist, zu den Frühlingsfeiern von Strawinsky zu tanzen, soll es im stillen Kämmerlein (selbstverständlich mit Musik) für sich alleine probieren. Zudem hatte Elfriede die Aufgabe, sich reizvoll auszuziehen. Bluse, Schuhe, Hose, BH, Strümpfe und Slip. In ihrer Vorstellung von Striptease nahm sie sich glücklicherweise nicht ein Vorbild an der modernen Version von Striptease, die nichts mehr ist als eine hektische Fleischbeschau, sondern hatte den Klassiker vor Augen, so als ob sie ein Video mit Betty Page gesehen hätte. Problem: Diese Klassiker wurden nicht zu Strawinsky getanzt. Elfriede war bisher nichts anderes als discoerprobt. Die Tanzfläche war so gewählt, dass alle von ihren Sesseln sie sehen konnten, wenn sie seitlich guckten. Elfriede begann ihr Becken zu bewegen, die Hände streichten über ihre Brüste. Sie schloss die Augen und begann langsam ihre Bluse aufzuknöpfen. Dort verbargen sich warme, große Brüste, die liebkost werden wollten. Die Bluse war aufgeknöpft, da wandte sie ihren Bewunderern den Rücken zu, ließ den Hintern rotieren und öffnete die Bluse. Die Bluse fiel leicht zu Boden. Das Becken bewegte sich zu Strawinsky und erwartete wohl Frühlingsfeiern. Ihr nackter Rücken wurde mit dem Halteband des BHs geziert. Es folgten Aktionen, die eine Tanzbewegung unweigerlich zum Stoppen bringen mussten: Sie zeigte sich wieder von der Vorderseite und der Blick fiel natürlich auf die Brüste, die noch in dem hübschen feilchenfarbenen BH steckten, der aber nur etwa zwei Drittel des Busens verbarg. Sie zog eins ihrer Beine an, um einen Schuh auszuziehen. Sie warf ihn in den Salon. Dem ersten Schuh folgte der Zweite sogleich. Danach begann Elfriede eine Weile bewegt zur Musik zu tanzen, ohne sich weiter auszuziehen.

33

Keiner wusste um die Konsequenzen von Elfriedes Tun. Was bewog die junge Frau, es den übrigen gleich zu tun, sich auszuziehen und das in einer erotischen Darbietung, die sämtliche sexuellen Wünsche dieses Mikrokosmos auf sich ziehen musste? Die Nutte langweilte sich ein bisschen, hielt sich aber mit Sekt bei Laune, und da sie trinkfest war, brauchte sie nicht zu befürchten, ihre weitere Arbeit nicht professionell ausüben zu können. Prostitution gehört zu den wenigen Berufen, die man alkoholisiert ausüben kann und darf; teilweise ist dies sogar erwünscht. Manche behaupten allerdings, die Nutten ertragen ihre Arbeit nur im Suff oder mithilfe anderer Drogen, die helfen, ihr Elend zu verdrängen. Meist hilft auch der Gedanke an das Geld, dass so ein kleiner, kurzer Fick einbringt. Elfriede konnte Lulu nur langweilen und in manchem Kopf der nackten Philosophen formte sich vermutlich der Gedanke, dass die weitere Anwesenheit Lulus nur störe. Allerdings fehlte noch die Radikalität in ihrer Gedankenwelt, die Sex mit Elfriede wünschte bzw. einforderte. Elfriede machte sich daran, ihre lange beige Hose auszuziehen. Sie zeigte den Philosophen ihr bewegtes Hinterteil, das sich schön in ihrer gut sitzenden Hose abzeichnete. Sie öffnete ihren Gürtel, knöpfte den alles haltenden Knopf auf und zog dann die Hose ein Stück hinunter, sodass das Hinterteil im kleinen Slip sichtbar wurde. Um sich der ganzen Hose zu entledigen, unterbrach sie natürlich ihren Tanz. Offensichtlich scherte man sich nicht mehr um die Konsequenzen ihres Tuns. Robert Unmuth fragte sich, ob sie auch diesmal ihr reizvolles Höschen anbehalten würde. Er bedauerte es ein wenig, noch keinen

Ständer entwickeln zu können. Dieses Problem wurde von seinen Kollegen nicht geteilt. Der Schwanz von Professor Hügel stand in Dauererregung und der Schwanz von Dr. Schwarz hatte begonnen, sich zu richten, als Elfriede mit ihrer Darbietung begonnen hatte. Man konnte über die Kondition des Doktors nur staunen. Es schien so, als wolle er all das an diesem Abend nachholen, was er in seinem ganzem Leben versäumt hatte. Er hatte es nicht versäumt, nachzudenken und zu diskutieren; insofern bestand hier an diesem Abend kein Handlungsbedarf, auch wenn die hehren Absichten der Philosophen andere waren. Die Philosophen hielten sich mit offensichtlichen Beifallsbekundigungen für Elfriede zurück. Das entsprach ihrer vornehmen Zurückhaltung. Natürlich waren sie von ihrem Mädchen begeistert, denn diese gab alles für die alten Herrschaften. Elfriede befand sich auch in einem Begeisterungszustand. Sie war beseelt von der Aufgabe, die Stimmung des Salons anzuheizen.

Schon seit einiger Zeit wurde Lulu von der Musik genervt. Es war doch absurd, zu solch einer Musik einen Striptease aufzuführen. Eine seltsame, absurde Kundschaft hatte sie heute Abend. Sie sah aber keine Möglichkeit, diese Absurdität als Perversion in Rechnung zu stellen. Ihr schauerte bei dem Gedanken, sie müsse zu der scheußlichen Musik tanzen oder gar einen Striptease machen. Niemand sonst schien sich an der Musik zu stören. Elfriede machte ihre Sache gut, aber es ist schwer zu beschreiben, wie sie das machte. Ihrem Plan zufolge musste nun bald der BH fallen. Auch diesmal wandte sie ihren Zuschauern den Rücken zu. Sie bewegte eine Weile ihren Oberkörper, um dann mit ihren Händen den Rückenverschluss ihres BHs zu öffnen.

Der zweite Teil der Frühlingsfeiern begann und Lulu konnte sich ein wenig vom akustischen Stress erholen.

Sie ahnte aber, dass gleich wieder Schlimmeres kommen würde. Im Salon freute man sich, gleich wieder Elfriedes nackte Brüste zu sehen. Sie streifte die Träger ihres BHs von ihren Schultern. Elfriede drehte sich lächelnd um, ihr loser BH und ihre Titten fest in ihren Händen. Ein erstes Mal fuhr sie mit ihrer Zunge über ihre Lippen. Lulu begann, wieder unter der Musik zu leiden. Sie fragte nach, ob man die scheußliche Musik nicht etwas leiser machen könnte. Robert Unmuth wies sie zurecht. Störungen dieser Art waren zurzeit unerwünscht. Sah die kulturlose Nutte nicht, dass Elfriede ein Kunstwerk aufführte? Das Kunstwerk verlangte, dass nun der BH fiel. Elfriede streifte das, was ihre Brüste noch etwas bedeckten, ab und es war dann eine Folge des Schwerkraftgesetzes, dass der BH zu Boden fiel. Dies war die Wiederherstellung eines alten Status quo, Elfriede mit nackten Brüsten, im Slip und in Strümpfen. Als Folgendes würden Aktionen kommen, die diesen Status quo über den Haufen schmeißen würden, denn selbstverständlich dachte Elfriede nicht daran, mit ihrem Strip aufzuhören. Für alles Weitere gehörte ein gewisser Mut, denn auch die Implikationen ihres weiteren Handelns standen im Raum. Elfriede konnte schön zu Strawinsky mit dem Arsch wackeln. Würde nun bald das Höschen fallen? Elfriede hatte ihre Schuhe nicht wieder angezogen, ein Indiz dafür, dass sie ihre Strümpfe ausziehen würde. Selbstverständlich wäre es auch reizvoll gewesen, Elfriede nackt, aber mit schwarzen Strümpfen zu sehen. Wie auch von Pumps geht von solchen Strümpfen ein eigener, starker Reiz aus, sodass viele Aktfotografen ihre nackten Modelle mit Strümpfen und Pumps ablichten. Es ist allerdings auch sehr reizvoll, zuzusehen, wie eine schöne Frau sich ihrer Strümpfe entledigt. Genau das hatte Elfriede vor. Für einen wunderschönen Augenblick wurde die Aufmerksamkeit auf ihre langen Beine gelenkt. Elfriede präsentierte sich von der Seite und begann damit, das den Philosophen zugewandte Bein von seinem Strumpf zu befreien. Wie schön diese nicht zu dünnen Oberschenkel waren. Dies war der Moment, als sich auch bei Robert Unmuth etwas regte. Ohne die Balance zu verlieren, auf dem anderen Bein stehend, streifte sie den Strumpf von ihrem angezogenen Oberschenkel. Sie schaffte es in dieser reizvollen Stellung, sich gänzlich des schwarzen Strumpfes zu entledigen. Für den nächsten Strumpf zeigte sie sich von vorne, und als ihre Hände zum Strumpfsaum griffen, heftete sich manch erregter Blick an die Stelle ihres Höschen, wo man ihre Scham vermuten konnte. Auch diesmal war es ein ästhetisches Vergnügen, ihr beim Entkleiden ihres Beins zuzusehen. Und nun würde vielleicht der spannendste Augenblick des Abends folgen. Elfriede ließ sich Zeit, diesen Moment hinauszuzögern. Sie hatte sich zu diesem Schritt den ganzen Abend nicht überwinden können, auch der möglichen Bedenkenträger wegen. Diese aber waren nun still und warteten gespannt und auch geil darauf, etwas sehr Delikates zu sehen zu bekommen. Wie gehabt wandte Elfriede ihren Zuschauern den Rücken zu und der den Philosophen zugewandte Arsch kreiste. Die beherzte Elfriede ließ sich viel Zeit bis ihre Hände zum Höschen griffen, um dieses dann ganz langsam hinunter zu streifen. Geschickt bewegte sie dabei ihren Hintern, der schrittweise freigelegt wurde. Sie beugte sich, sodass ihr Arsch noch mehr ins Zentrum der philosophischen Betrachtung gerückt wurde. Dann bedeckte das Höschen keinen Teil des Hintern mehr und wanderte über die Beine zu Boden. Dr. Schwarz glaubte, eine Erscheinung zu sehen. Elfriede fuhr fort, ihren nackten Arsch kreisen zu lassen. Der Augenblick kam, dass die nackte Elfriede sich ihrem Publikum zuwandte, immerfort mit ihrem Becken kreisende

Bewegungen machend. Aus einer kollektiven Regung heraus bekam sie begeisterten Beifall.

34

Noch ein wenig wog sich Elfriede unter Applaus hin und her. Der Applaus machte Verschiedenes mit ihrem Gefühlsleben; Verlegenheit, Schüchternheit, aber auch Stolz, ein kleines Glück und Erregtheit nahmen konkurrierend von ihr Besitz. Die Philosophen nahmen gewahr, dass Elfriede keine echte Rothaarige war; ihre natürliche Haarfarbe musste aschblond sein. Ohne Zurückhaltung schaute man auf diese Haare mit der Gewissheit, dass dort ein kleines Paradies verborgen war. Der Schwanz von Professor Hügel konnte leider nichts sehen, hingegen Lulus Titten, die die Situation sehr richtig einschätzten! Dort hatte sich eine ernsthafte Konkurrenz für Frauchen entpuppt. Die Nippel guckten kritisch auf die Konkurrenz, wohl wissend, dass fünfhundert Mark durch die Lappen gehen könnten. Dies war ein runder Betrag, den die Nutte einfordern würde, sollte der Abend für sie noch eine längere Fortsetzung besitzen. Unausgesprochen war, dass der große, dicke Bär nochmals ficken dürfe, ohne dafür bezahlen zu müssen. Sollte sie die Sache schnell machen oder daraus eine richtig geile Nummer fabrizieren, die die Knacker zum Weitermachen und zu einer Investition animieren könnte? Das nackte Hausmädchen konnte alles verderben. Dieses suchte ihren Platz und gab auf ihrem Weg dem Dr. Schwarz ein Küsschen auf die Wange. Was sollte sie mehr tun? Mit dem Augenblick, in dem sie sich hinsetzte, verflog ein Rausch, der die Männer gefesselt hatte und eine langsam aufkommende Verlegenheit nahm seinen Platz an, verbunden mit der wohlbekannten kollektiven Sprachlosigkeit, die so typisch für den philosophischen Salon schien. Der Erzähler kann nur vergewissern, dass diese Sprachlosigkeit absolut atypisch für den Salon ist und wenn die Geschichte dieses Abends erzählt wird, sollte noch eine andere Geschichte erzählt werden, die eines gewöhnlichen Abends im Salon, wo Gott, der Urknall und die sektiererische Kosmologie von Professor Hügel die bestimmenden Themen des Abends waren. Dem interessierten Leser sei versichert, dass Elfriede mit von der Partie wäre. Selbstverständlich würde Sex an diesem Abend keine Rolle spielen, gleichwohl Elfriede ihr kleines Schwarzes anhätte. Aber wie sehr war dies den Philosophen an jenem Abend bewusst? Aber wen interessiert Philosophie über das Weltall, über einen möglichen Ursprung der Dinge oder die Unsinnigkeit der Annahme eines solchen Ursprungs. Elfriede war jedenfalls sehr interessiert und lernte jede Menge dazu. Möglicherweise interessiert sich der Leser der vorliegenden Geschichte gar nicht für Philosophie. Ihm wäre es eh egal, ob unsere Philosophen Erkenntnisse austauschten, wenn auch über Sex, der aber an sich mehr als jede Erkenntnis interessieren kann. Man kann darüber streiten, ob dieser Abend belanglos und nichtssagend ist wie die Sprachlosigkeit in diesem Raum: Was interessiert das Kopulationsverhalten anderer? Aber bei den Beteiligten (die ohne finanzielle Interessen) wurde mehr als ein tektonisches Beben ausgelöst und man könnte Professor Hügel unterstellen, er überdenke die von ihm angefeindete Urknallhypothese. Für einen Knall war es verhältnismäßig still im Salon, wenn gleich die Musik von einem Knall zu erzählen schien. Es würde aber vermutlich Professor Hügel zu weit gehen, Strawinskys Frühlingsfeier als Abbild des Urknalls in Zeitlupe zu deuten. Nanosekunden, Millisekunden, die so ein Urknall braucht, wie auch immer und wahrscheinlich viel weniger, die Frühlingsfeiern dauerten etwas mehr als eine halbe Stunde und diese Zeit war nun verstrichen. Mitnichten die Spieldauer der CD, welche nun Petrouchka, ebenfalls von Strawinsky, darbot. Modernere Kosmologien gehen davon aus, dass der sogenannte Urknall kein einmaliger Akt ist, sodass es zu keinem Widerspruch kommt, wenn der Professor sich selbst untreu, seinen ersten Orgasmus mit diesem schon immer verworfenen Urknall verglichen hatte und offensichtlich einem Zweiten entgegen strebte. Ein Orgasmus als solcher ist gewöhnlich kürzer als die Frühlingsfeiern. Kosmisches umgab und durchdrang den Salon, mehr als Elfriedes Sex je unterschwellig eine Rolle im Salon gespielt hatte. Schon die beiden Außerirdischen waren Beweis genug, dass sich im Salon gleichsam etwas Kosmisches abspielte. Urknallhypothesen und Elemente der phantastischen Science-Fiction hatten einen gemeinsamen Ursprung. Demjenigen, der sich nur für Sex, aber nicht für Kosmologie interessiert, sei gesagt, dass sich jedes kleinste Ding, ob Titten, Orgasmus, Pumps und Strapse vom Urknall ableiten lässt: Strapse und Pumps, wie deren kulturelle und subkulturelle Bewertung sind gewissermaßen notwendige Folge des Urknalls. Aber was ist von einem Universum zu halten, dessen Evolution unter anderem Strapse und Pumps hervorbringt? Ein Ansatzpunkt für Professor Hügel, der sich gleichsam für eins von zwei Paralleluniversen entscheiden musste: In der einen Welt würde er Sex mit Elfriede haben, in der anderen erneuter Sex mit der Nutte. Sein Glied war weiterhin erigiert und das schloss weitere Aktionen nicht aus. Stand es dem, dem man Konterrevolution unterstellt hatte, gut zu Gesichte, gemeinsam mit Elfriede, Speerspitze der Revolution zu sein. Elfriedes ehemaliger Widersacher verstrickte sich in ein eher diplomatisches Problem. Geil geworden war er auf Elfriede, die offensichtlich alles bisher undenkbare zulassen wollte. Die eher konservativen Überle-

159

gungen des Professors ließen es nicht zu, diesen ersten
Schritt zu tun. Zu einem Urknall, so dachte der Professor,
sollte es kommen, aber glich ein Urknall dem anderen?
Hier kommt die Qualität eines Urknalls ins Spiel. Womöglich konnte alles verpuffen, ließe er sich mit der Nutte ein. Dennoch versuchte sich der Professor, mit der weniger knalligen Lösung anzufreunden.

- 35 -

Elfriede saß nun in der Runde und gönnte sich weiteren
Rotwein. Sie schlug die Beine übereinander und wartete
auf die Dinge, die auf sie zukommen sollten. Das verflixte
Höschen lag irgendwo auf dem Boden und mit ihm die
Konsequenzen ihres weiteren Tuns. Der neben ihr sitzen-
de Philosoph hatte den Anstand, nicht mit den Augen das
Verborgene zwischen ihren Schenkeln zu suchen. Der an-
steckende Virus der kollektiven Sprachlosigkeit befiel
auch sie, wandelte Euphorie und Erregtheit in eine wach-
sende Mulmigkeit. Wer würde mit ihr schlafen, wie würde der nächste Abend im Salon aussehen? Die kleine Revolutionärin versuchte, weiteren Mut zu sammeln. Irgendwie wusste sie, dass keiner der Philosophen einen Vor-
stoß wagen würde, es mit ihr zu tun.
Professor Hügel hatte sich für eine von zwei Welten zu
entscheiden. Es schien ihr wie völlig ausgeschlossen, dass
dieser ihr einen Antrag machen würde. Nur der Professor
konnte die Situation mit Lulu retten, in der er mit ihr alles
Weitere hinauszögerte. Es war nur natürlich, dass die Philosophen beim Geschlechtsakt einer ihrer Kollegen
schwiegen und still waren, da ein lebhaftes Gespräch für
den in Sex verwickelten durchaus störend sein konnte.
Das philosophische Schweigen beim Geschlechtsakt war
aber nicht Folge einer vornehmen Zurückhaltung, sondern

160

eher die des Schocks, die ein Geschlechtsakt auf alle Anwesenden ausübte. Ohne Schock wäre allerdings vornehme Zurückhaltung an die Stelle getreten, um weitere
Funkstille im Salon zu erzeugen. Die Philosophen sahen
ihre Aufgabe nicht darin, quasi wie Sportmoderatoren,
den Akt eines Kollegen zu kommentieren. Feixen würde
eh keiner. Elfriede überlegte, ob die Dramaturgie des Salons kollektiven Geschlechtsverkehr zulassen würde.
Vielleicht mit einem Zuschauer oder konnte sie sich
gleichzeitig mit zwei Liebhabern abgeben? Während Dr.
Schwarz oder Robert Unmuth von hinten in sie eindrang,
könnte sie das Glied des jeweils anderen Philosophen mit
ihrem Mund stimulieren. Auf dem Boden, wo die Kleidungsstücke herumlagen. Währenddessen würde Professor Hügel von der Nutte Lulu geritten. Der Professor
könnte, während der kleine Urknall vorbereitet wurde,
sich mit den attraktiven Außerirdischen über Kosmos und
Wirklichkeit unterhalten. Er könnte aus den Nippeln Erkenntnisse über die Milchstraße saugen. Der Professor
war überzeugter Anhänger der Hypothese, dass die
Milchstraße von intelligenten Spezies besiedelt war, aber
wer hätte annehmen können, dass hier und heute zwei Exemplare einer dieser exotischen Rassen anwesend waren.
Man gerät bei den Möpsen von Lulu leicht ins Phantasie-
ren; sie sind ja auch ungemein beeindruckend. Man darf
den Titten keine sonderliche Intelligenz unterstellen; es
sind Exemplare, die für den Gelderwerb dressiert worden
sind. Die Titten gehorchen auf Lulus Kommando, die
Brustwarzen erregt aussehen zu lassen und es scheint
wirklich fast so, als wollten sie das Geschehen überwachen. Selbstverständlich konnte der Professor mit den Titten keine Diskussionen über das Universum führen - ein
Erzähler neigt manchmal zur Übertreibung -, aber es ist

161

nicht auszuschließen, dass der Professor beim Spiel mit den Titten an die Milchstraße denken würde.

Lulu fragte sich, ob sie bei der schrägen Musik arbeiten könnte; diese war eine Herausforderung ihrer erwähnten Professionalität. Die Nutte hatte Professionalität und der Professor konnte wie ein Stümper erscheinen. An sich wurde die Nutte nicht dafür bezahlt, Initiative zu zeigen, aber sie wollte der konkurrierenden Schlampe zuvorkommen. Sie trank einen professionellen Schluck von ihrem Sektglas und fragte, ohne dafür Mut oder Herz zu benötigen: "Professorchen, willst du mich jetzt ficken?" Der Professor wurde rot, nickte mit dem Kopf, erhob sich und zeigte damit allen Anwesenden seinen großen Ständer. Die geldgeile Nutte würde nun einen herzlosen Akt vorführen, der auf dem Sofa stattfinden würde. Auch sein Glied müsste mit einem schwarzen Kondom verpackt werden. Die Nutte folgte dem Riesen zum Sofa, der sich derweil schon hingelegt hatte. Keine Frage, die Nutte musste für ihr Geld arbeiten. Der erste Teil der Arbeit bestand darin, dem frechen Penis das Kondom überzustülpen. Geübt machte sie dies in wenigen Sekunden. Die Nutte betete zu einem ihr unbekannten Gott - vielleicht war es der Gott der Prostitution - dass der Akt schnell vorbeigehe. Eine Katastrophe wie mit dem fahlen Doktor wollte sie sich nicht mehr leisten. Der Dicke schien seit einiger Zeit erregt genug, um ein schnelles Kommen zu garantieren. Sie ließ sich keine Zeit für Spierränzchen, sondern nahm schnell ihre Arbeitsstellung ein. Das Becken setzte sich schnell in Bewegung, während der Professor halt an den weichen Titten suchte. Mit keinem Gedanken dachte der Professor dabei an die Milchstraße. Die Nutte ließ es zu, dass der Professor Knetspiele mit ihren Titten spielte. Der Professor wusste, dass er es bald hinter sich haben würde und damit wäre er erst einmal aus der Verantwortung genommen. Der Rhythmus von Lulus Becken hatte nichts mit der Musik zu tun und der Akt Nummer sechs hatte nichts Besonderes und konnte nur als Ouvertüre für Größeres gewertet werden. Der Schwanz hatte keine telepathische Verbindung und befand sich nun ein zweites Mal in einem für ihn noch unbekanntem Medium. Es war keine unbekannte Strahlung, die ihn erregte, sondern arbeitsgewohnte Muskeln, die ihn fest umschlossen. Lulu fickte äußerst schnell; der Nuttenarsch hob und senkte sich im Sekundentakt. Der Fick kostete etwas mehr als hundert Mark, auf den Abend umgerechnet, sodass leicht auszurechnen ist, dass so ein Anheben und Senken des Beckens relativ teuer ist.

Elfriede beneidete die beiden Agierenden, aber wohl zu unrecht. Professor Hügel war nicht ganz bei der Sache und die Nutte machte ihren Job und da gab's an sich nichts zu beneiden - wir unterstellen, dass Elfriede keine kommerziellen Interessen hatte, außer denen ihren Job als Dienstmädchen zu behalten - und selbst die Situation war nicht beneidenswert, auch wenn der Anschein trügen mochte. Immerhin strebte der Professor einem Orgasmus entgegen und seine Hände und Augen befassten sich mit den Titten Lulus, die manch ein Beobachter zum Reich des Unwirklichen zugeordnet hätte. Während mit ihm geschah, was geschehen musste, breitete sich in ihm eine Ernüchterung aus, Grundlage für die Interpretation, eine ganz banale Sache zu machen. Glücklicherweise war sein Schwanz von diesen nihilistischen Gedanken abgekoppelt und stand seinen Mann. Während er fickte, hatte der Professor sämtliche Leidenschaft verloren. Dieser Akt war so banal, dass es unmöglich lohnen konnte, über ihn zu philosophieren. Er empfand das Auf und Ab von Lulus Becken zwar nicht unangenehm, aber eine Art Bewusstseinsspaltung trennte dieses Empfinden von dem, was

163

sonst sein Ich ausmachte. Wie anders war sein erstes Auf-
einandertreffen mit der Nutte gewesen. Was gab es zu berichten, außer dass es nichts Besonderes zu berichten gab.
Der Schwanz kümmerte sich nicht sonderlich um die Gedanken und Distanziertheit seines Meisters, eine kleine
Entladung war absehbar, aber vielleicht würde der Astronom sie wahrnehmen wie eine weit entfernte Nova, eine
weniger spektakuläre Explosion eines Sterns, der der
Astronom gegenüberstand wie ein Astrologe, der sich für
solche Vorfälle gewöhnlich weniger interessiert. Des Professors Distanziertheit reichte noch nicht an Impotenz; ein
Problem, das bisher im Salon noch nicht aufgetreten war.
Naiv und vernunftgesteuert - denn Elfriede reizte mehr -
hatte er sich mit der Nutte eingelassen, um zu erfahren,
dass das Erleben von Sex eine doch sehr subjektive Er-
fahrungsangelegenheit war. Die leisen Aufstöhner von
Lulu - Kundenmotivation - nahm der Professor nicht
wahr. Inzwischen hatte er auch aufgeben mit den riesigen
Brüsten zu spielen und formulierte lautlos eine Theorie
der Relativität von Sexualität. Sexualität war so subjektiv,
dass selbst das Subjekt nicht sicher sein konnte, immer
gleich zu empfinden. An sich eine triviale Erkenntnis, die
aber formuliert werden musste. Die Zuschauer konnten
von dem wenig ahnen. Während der Professor mit trivia-
len Erkenntnissen seine Theorie begann, verpuffte im Salon eine kleine Entladung.

- 36 -

Es wurden die üblichen Hygienemaßnahmen getroffen.
Die Nutte ahnte vielleicht, dass sie keinen besonderen
Eindruck hinterlassen hatte. Während sie ins Bad verschwand, entledigte sich Professor Hügel des Kondoms
und ging mit dem peinlichen Relikt in die Küche. Dort

164

fand er eine Brötchentüte, die er für geeignet fand, um damit das Kondom zu tarnen. Die Tüte samt Inhalt verschwand in den nichtrecycelfähigen Abfällen, wo sie eigentlich hätte auffallen sollen. Weitere Kondome fielen dem Professor nicht auf, sodass bisher einigermaßen sichergestellt war, dass Elfriede bei der späteren Entsorgung der Abfälle nicht auf die Spuren des heutigen Tuns stoßen würde. Mithin war es leichter, diesen Abend zu verdrängen.

Sollte man diesen Abend verdrängen oder aufarbeiten? Der Professor hatte nur wenig Aufregendes vom Land des Sexes zu berichten und seine Relativitätstheorie des Sexes war noch nicht formuliert. Mit Gleichgültigkeit hatte er den Akt und seinen Orgasmus erlebt. Nur die Nutte hätte gleichgültiger empfinden müssen. Die trank wieder Sekt und bangte um weitere Einkünfte. Im Laufe ihrer Karriere schien sie ein Gespür dafür entwickelt zu haben, wann ihre Dienstleitung antörnend gewirkt hatte und wann nicht. Der bärige, nackte Astronom betrat wieder den Salon, fand zu seinem Platz und zu seinem Glas und zur Überraschung aller Worte. "Alles in allem war es belanglos!" Seine Kollegen konnten die ernüchternde Erkenntnis des Astronomen nicht nachvollziehen, waren sie doch während des Aktes erregter gewesen als der Professor selbst.

Die Äußerung des Professors schien zu belegen, dass es leichter ist, über Belangloses zu reden als über Dinge von Bedeutung, besonders dann, wenn die Dinge von Bedeutung einen emotionalen Orkan auslösen. Die Botschaft des Professors war für jedermann frustrierend; die Nutte konnte fortan ausschließen, in dem Professor einen Stammkunden zu gewinnen, Elfriede fürchtete, Sex mit ihr könne ebenfalls belanglos werden und noch schlimmer, dass eine Art Ernüchterung sie beim Geschlechtsakt überfalle, die sie zu der Frage bringen würde, was sie da eigentlich mache. "C'ela vi", sagte Robert Unmuth. "Beim ersten Mal war es wohl anders!" - "Das erste Mal war schockierend" - "Somit liefert Sex schockierende bzw. belanglose Erlebnisse", kommentierte Dr. Schwarz. "Sie sind ein Trotzkopf, Professor Hügel", provozierte Elfriede. "Wollen sie sich als meine Sextherapeutin aufspielen?"

Wollte Elfriede natürlich nicht, aber was sie dann formulierte war wie eine Anklage. "Sie wollen schon die ganze Zeit Sand in das Getriebe des philosophischen Salons streuen. Wenn es nichts brachte, warum haben sie den Akt nicht abgebrochen?" Ohne auf den Vorwurf einzugehen, antwortete der Professor: "Ich konnte mir meine Gedanken machen. Zugegeben, ich war geil und stand in der Pflicht" - "Das hört sich ja wie ein Schuldeingeständnis an. - Zugegeben, ich war geil -, das muss man sich anhören. "Für ein Dienstmädchen nehmen sie sich viel raus" - "Das ist ihr Recht", verteidigte Robert Unmuth Elfriede. "Ich wollte kein Spielverderber sein, aber es war halt belanglos, so wie es beim ersten Mal schockierend war. Verstehen tue ich das auch nicht. Ich hatte sicherlich etwas anderes erwartet", verteidigte sich Professor Hügel. „Hattest du erwartet, wieder schockiert zu sein?", fragte Robert Unmuth. "Irgendwie schon, obgleich ich mehr Mut hatte als beim ersten Mal. Beim ersten Mal ging alles so schnell" - "Für mich war es weder belanglos noch schockierend. Es war geil, erregend und hat Spaß gemacht" - "Robert, bei deinem Vorleben ist das ja auch kein Wunder." Der Professor sah sich in eine Verteidigungsrolle gedrängt, dabei wollte er den Salon mit seiner Erfahrung bereichern. Das Erleben von Sex war eine äußerst relative Angelegenheit. Er und ein Trotzkopf. Wenn jemand ein Trotzkopf war, dann war es Elfriede. Was

166

konnte er dafür, dass die Orgie nicht ihren gewünschten Verlauf nahm. "Während ich es tat, dachte ich über so etwas wie die Relativitätstheorie des Sexes", sagte er. "Immerhin etwas, aber ich vermute, du kriegst das nicht mehr zusammen" - "Ich war etwas durch die Titten abgelenkt." Robert Unmuth fasste zusammen. "Wir stellen fest: Sex kann schockierend, belanglos oder auch einfach geil sein."

Obgleich kein Zentrum der Konterrevolution auszumachen war, schien der weitere Verlauf der Revolution ins Stocken zu geraten. Vielleicht übertrieb Professor Hügel etwas, in dem er behauptete, sein letzter Beischlaf mit der Nutte wäre eher belanglos gewesen. Man hatte den Mut zur Nacktheit gefunden, nun aber schienen die Nackten eher zaudern zu wollen. Eine Nackte hatte allerdings Geschäftliches im Kopf; wenn keine weitere Kohle floss, hatte sie bei den merkwürdigen Männern nichts mehr verloren. In ihrem geschäftstüchtigen Köpfchen formte sich ein Sonderangebot, um die vielleicht schon entkräfteten Philosophen zum Weitermachen zu bewegen. Ob für die Preisgestaltung Lulus Hirn alleine verantwortlich war oder ob gar ihre Titten sich an der Preisarithmetik beteiligten, sei der Phantasie überlassen. Die Titten wussten - das ist zu vermuten - wie bedeutend und wertvoll sie waren; stolz leisteten sie Widerstand gegen die Erdschwere. Lulu sollte sich ja nicht unter Preis verkaufen. Lässt man sich auf das Gedankenspiel ein, dass Lulus Titten außerirdischen Ursprungs waren - und wenn man sie betrachtete und sich von ihnen hypnotisieren ließ kam einem dieser Gedanke nicht mehr so abwegig vor - so war die kosmische Botschaft, die man von den exotischen Nippeln ablesen konnte, die, dass nichts im Universum umsonst war. Wenn neugierige Philosophenhände weiter mit den Titten spielen wollten, wenn sich die Finger in den erregenden

Massen vergraben wollten, so hatte das seinen Preis. Selbstverständlich würde die Hauptarbeit von Lulus Fötzchen geleistet, welches überhaupt keine Lust auf Philosophenständer hatte. Rechnet man alle Beiträge zusammen, käme ein saftiger Preis zustande, wäre da nicht das verrückte Hausmädchen, deren ebenso nicht unerheblichen Erdtitten sich nach Berührung sehnten und die alles in allem eine Geilheit entwickelt hatte, die jedes Geschäft ruinieren konnte. Elfriedes Titten, die mit Sicherheit von Mutter Erde hervorgebracht worden waren, waren Dumpingtitten. Wie viel war den alten Ständern noch zuzutrauen? Sich unter Wert verkaufen wollte Lulu nicht, aber ihr geschäftstüchtiges Hirn formulierte ein Sonderangebot. Sie dachte an dreihundert Mark, die sie für einen weiteren Verbleib verlangen würde, wobei maximal dreimal ihr Fötzchen in Anspruch genommen werden durfte. Diesen eher weniger philosophischen Beitrag brachte sie auf den Tisch, Gedanken, die ausgesprochen werden mussten, die aber selbstverständlich in der pikanten Situation überforderten. Sie formulierte vorsichtig: "Was ist jetzt mit mir? Soll ich ihnen weiter zu Diensten stehen? Das kostet dreihundert Mark!" Zu Lulus Gunsten sprach, dass im Salon eine ausgesprochen starke Schüchternheit vorherrschte, in dieser Diskussion Elfriedes Lust und Verfügbarkeit mit einzubeziehen. Wozu die leidenschaftslose Lulu bezahlen, wenn eine leidenschaftliche Elfriede darauf wartete, sich den Philosophen hinzugeben? Jeder dachte dran, aber niemand formulierte es, selbst Elfriede nicht, die zwar auch an den Geldbeutel ihrer Arbeitgeber dachte, der es aber irgendwie lieber war, dass Lulu blieb. Dass Lulu im Salon war, war die Ausnahmesituation, alles andere, auch ihre Nacktheit und ihre Lust, es mit den Philosophen zu tun, war Folge. Die Vorstellung, alleine mit den Philosophen zu sein, erinnerte sie an die Abende, die noch kommen sollten, mit ihr und alles sollte so sein wie früher, verbunden mit einem größeren Zusammengehörigkeitsgefühl, aber sonst alles so wie immer, sie im kleinen Schwarzen, bedienend und interessiert, den kommenden Diskussionen zu lauschen. Glücklicherweise war man im Salon angetrunken genug, um nicht zu sehr an die Zukunft zu denken. Revolutionärin Elfriede schwieg. Jetzt, wo doch alle nackt waren, war es doch abwegig, alles zu beenden. Schon, man hätte die Nutte nach Hause schicken können, sich wieder bekleiden können, um im alten Stil über den Verlauf des Abends zu diskutieren. Angezogen hätte Elfriede zuhören und mitdiskutieren dürfen, aber wozu um Himmelswillen hatte man sich vorhin kollektiv ausgezogen? Ohne Lulus Anwesenheit war es indiskutabel, mit Elfriede zu ficken. Hier ausgezogen zu sitzen war eine Dummheit, für die man nun weiterbezahlen musste.

"Ich glaube, ich spreche im Sinne von allen, wenn ich sie bitte, noch etwas zu bleiben!" Es war wieder Robert Unmuth, der aktiv den weiteren Verlauf im philosophischen Salon gestaltete. Er stand auf, ging zum Schrank, wo noch Geldreserven lagen, um die Nutte damit zu bezahlen. Ohne sonderliche Gefühle drückte er der Nutte die drei Scheine in die Hand. Die bewegte sich dann in die Diele, um das Geld in ihrer Handtasche zu verstauen und um aus ihrem endlosen Vorrat an Kondomen drei hinauszufingern. Sie erwischte ein Blaues und zwei rote.

Als sie hinausgegangen war, hatte Robert Unmuth fasziniert auf ihren Nuttenarsch geschaut. Faszinierend dieser Reiz, der von den bewegten Arschbacken ausging, so völlig von dem entkoppelt, was ihn sonst so interessierte. Dieser Arsch war untrennbar mit der Welt verbunden, über die man üblicherweise diskutierte. Politische Systeme, die Evolution, Darwinismus, Erkenntnisfähigkeit, Kosmos und Quantenteilchen; dieser Arsch gehörte dazu, aber so ein Hintern oder die Idee von ihm war in früheren Diskussionen immer ausgeblendet worden und umso faszinierender war er, denn dieser hier sprach nicht nur seinen Schwanz und den Rest seines Körpers an, sondern seinen Geist - sein ästhetisches Empfinden sowieso -, der sich Gedanken machte, die Arschbacken in sein Weltbild zu integrieren. Wie verlogen war das in ihren Diskussionen erscheinende Weltbild, indem so ein Nuttenarsch bisher keinen Platz hatte. Der Geist hatte sich ein virtuelles Reich geschaffen, in dem Titten, Ärsche und Sex im Besonderen fehlten. Es war ja nicht alles Unsinn, was jemals im philosophischen Salon geäußert worden war, aber der angeblich reine Geist, der bisher kultiviert worden war, wirkte wie eine verdrängende Droge, die Vergeistigung schuf, bei der geil machende Ärsche nicht irritierten. Elfriede im kleinen Schwarzen nagte vielleicht im Unbewussten, sie war aber an sich scheinbar unwirklich, wenn über Faschismus, Gentechnologie oder Erkenntnistheorie palavert wurde. Jetzt, nackt beisammen, war ein Teil der Wirklichkeit in den Salon eingetreten. Schmerz, Hunger, Fieber, Durchfall und eben auch Sex, das Reich des Geistes ließ bestenfalls von den Dingen Abstraktionen zurück. Lulu kehrte zurück, und er ließ sich von Titten und Scham faszinieren. Er bedauerte etwas, seine Gedanken nicht auf den Tisch zu bringen, auf dem dann die bunten Kondome lagen, eine Aufforderung, das Reich des Geistes zu vergessen, allerdings auch die Herausforderung zu einer Synthese. Er war seinen Kollegen dankbar, dass der Deal mit der Nutte so schnell vollzogen war; keine unnötigen Diskussionen und keine peinlichen Diskussionen um Elfriede. Mochte kommen, was wollte, dieser Abend hatte weiterhin die Chance sich zu entwickeln. Hatte er eine Chance sich zu entwickeln? Wollte er für die Zukunft auf das Faszinosum Sex verzichten? Zurück zu den Nutten, wie in seinem früheren Leben? Er war zwar fast alt und sein Leben lief in geordneten, durchaus angenehmen Bahnen, aber es fehlte der Kick des Ficks und der geil machende, faszinierende Anblick eines nackten, jungen Frauenkörpers. Lulu hatte dies bewiesen. Die Preise für diesen Kick waren in dieser Wohlstandsgesellschaft nicht unerheblich und die Nutten nicht so umgänglich wie die auf seinen Reisen. Er spülte seine Gedanken mit Rotwein runter und hatte wenig Lust, das Geschehen im Salon zu forcieren. Sollte doch der Astronom seine Relativitätstheorie des Sexes formulieren.

Ein wenig war im Salon Diskussion aufgekommen, wenn auch durch eine subjektiv belanglos erlebte Erfahrung ausgelöst, aber vielleicht fand der Professor noch das Geile zwischen irgendwelchen Schenkeln.

Dennoch, er sagte etwas. "Dieser Abend ist der wichtigste seit dem Bestehen des philosophischen Salons, ganz egal, was heute noch passieren sollte." Diese Äußerung Robert Unmuths sollte eine Kontroverse auslösen. Ein sehr wichtiger Abend, obwohl kein bisschen philosophiert worden war? "Dieser Abend ist an Belanglosigkeit nicht zu übertreffen!" Glaubte Professor Hügel selber, was er da sagte? "Geschlechtsverkehr kann aufregend, meinetwegen geil, aber auch ganz schön belanglos sein, aber Sex hat hier nichts zu suchen." Man konnte sich wundern, denn Professor Hügel zeigte nicht erkennbar, dass er den Salon verlassen wollte, noch ein Anzeichen, sich zumindest anziehen zu wollen. "Wir verrichten ja auch nicht unsere

Notdurft kollektiv, um darüber zu philosophieren." Solange der Professor sich nicht anzog, konnte man ihm wirkliche Konterrevolution nicht unterstellen. Vermutlich wollte er kein Spielverderber sein, vielleicht befand er sich auch irgendwie in einer gewissermaßen schizophrenen Situation - dass die Situation bisher alle überfordert hatte, war evident - aber es war legitim und philosophisch einen Methodenstreit zu beginnen, wenn auch zu spät, da dieser Methodenstreit bei Äußerung der Idee, einen solchen Abend zu gestalten, hätte folgen müssen. Ein gemachter Fehler, der im Prinzip nicht rückgängig gemacht werden kann, ist selbstverständlich kein Grund, nicht über ihn zu diskutieren. Die Philosophen wollten über Sex diskutieren, hatten dabei aber einen methodischen Fehler begangen, so der Professor. Was wollte der Professor sagen? "Es gibt jede Menge Erfahrungen im menschlichen Leben, über die man reden, sogar philosophieren kann, ohne gleich die Dinge ausüben zu müssen. Philosophie ist Abstraktion, eine geistige Übung, eine geistige Auseinandersetzung mit der Welt, und man sollte diese Übung in einem Umfeld ausüben, welches einem nicht die Sinne vernebelt." - "Du sprichst dich dafür aus, des weiteren keinen Alkohol im Salon zu trinken, wenn ich dich richtig verstehe", stichelte Robert Unmuth. "In vino veritas", warf Dr. Schwarz in die Runde.

Bei dem Gedanken, auf ihren Sekt zu verzichten, wurde Lulu ganz übel. Sie konnte selbstverständlich nicht beurteilen, ob fürs Philosophieren, was immer das auch war, Sekt oder andere Alkoholika benötigt wurden, für ihren Job jedenfalls war das Zeug unabdingbar. Oft brachte der Sekt die Laune, der Job fiel dadurch leichter, und wenn ihre Stimmung stieg, konnte sie besser schauspielern und das war bestimmt geiler für den Kunden. Die merkwürdigen Verhältnisse hier hatten die Wirkung des Sekts etwas

172

unterdrückt, aber in diesem Altersheim ohne Sekt ..., da war sie schon dankbar, trinken zu können. Sekt gehörte zum Ficken, zu ihrem Job und bisher war sie durch die Praxis des Abends davon ausgegangen, dass zum Philosophieren Rotwein gehörte. Sie konnte Rotwein, insbesondere trockenem Rotwein nichts abgewinnen; der brachte sie nicht in Stimmung. Rotwein war etwas für Penner und andere Depressive, für Vornehme, die ihn beim Essen tranken und sich zu benehmen wussten. Den Alten hätte Sekt gut getan.

Professor Hügel ging auf den Einwurf von Robert Unmuth nur indirekt ein. "Der Haschischabend war auch so ein Blödsinn." - "Wie willst du über die Wirkung einer Droge diskutieren, wenn du sie nicht kennst?" - "Wie willst du über den Tod diskutieren, wenn du ihn nicht kennst? Müssen wir gewalttätig werden, um über Gewalt zu diskutieren? Manches verbietet sich von selbst. Wir können über Haschisch auf Basis von Literatur reden. Du glaubst doch nicht im Ernst, dass wir aufgrund einer einmaligen Erfahrung mit der Droge Treffenderes aussagen konnten als das, was sich in der Literatur finden lässt, zumal wir vernebelt waren und kaum das Alphabet buchstabieren konnten." Dr. Schwarz erinnerte sich, dass er besonders große Schwierigkeiten mit dem Buchstabieren hatte, an die Panik und die Paranoia, die ihn überfiel. Elfriede hatte fortwährend gelacht. Immerhin konnte er mit etwas Mut seine Probleme ansprechen.

Robert Unmuth sah sich in die Defensive gedrängt. "Ich wollte euch auch eine neue Dimension des Philosophierens nahebringen. Das Relative der Erkenntnis. Im Übrigen wird in der einschlägigen Literatur der philosophische Aspekt der bewusstseinsverändernden Droge unterschlagen." - "Wir laufen keinen Marathon, um über die Wirkung eines Marathonlaufs zu diskutieren." - "Wir können keinen Marathon laufen. Vielleicht würde uns ein Wochenende in den Alpen gut tun. Ein wunderschöner, klarer Tag, eine Bergwanderung. Dabei sollen ganz neue Erkenntnisse zutage treten." - "Das ist mir zu mystisch. Die Erkenntnis, dass ich die ganze Zeit am Schnaufen wär und nicht genug Luft bekäme, habe ich schon jetzt. Für so eine Unternehmung bin ich zu schwer. Philosophie muss abstrahieren können. Methodisch ist es Unsinn, sich allen möglichen Erfahrungen auszusetzen, um darüber zu philosophieren. Was kann ich schon über den heutigen Abend sagen? Ich habe uns eingeschüchtert gesehen, schockiert und erregt. Eingeschüchtert, schockiert und erregt, das ist alles. Du willst jetzt vielleicht ausloten, was schockiert sein bedeutet. Ich sage schockiert bedeutet schockiert, und wie es sich gezeigt hat, lässt sich in so einem Zustand nur schlecht philosophieren, egal über was. Glücklicherweise hatte ich vorhin mehr Distanz. Ich wurde mir geradezu bewusst, in welch lächerlichen Situation ich mich begeben hatte." - "Du bist also zu dem Schluss gekommen, Sex ist lächerlich. Ich dachte belanglos." - "Robert, der Salon ist kein Swingerklub." - "Und was willst du jetzt machen?" - "Ich würd mal sagen: mit gefangen und mit gehangen. Dennoch fühle ich mich dazu verpflichtet, darauf hinzuweisen, dass es methodischer Blödsinn ist, den wir hier treiben." - "Und ich hatte schon gedacht, du wolltest die Relativitätstheorie des Sexes formulieren", witzelte Robert Unmuth. "Das man so oder so empfinden kann ist trivial. Vermutlich war ich zu verwirrenden Einflüssen ausgesetzt. Es wurde zwar belangloser und belangloser, aber es verwirrt einem die Sinne und Triviales erscheint einem bedeutend. Mit dem Haschisch ist es dasselbe. Man lacht über jeden Furz. Triviales erscheint großartig oder bedrohlich." - "Ich bin froh, dass wir diesen Abend damals gemacht haben. Er hat eine Sei-

174

te von mir gezeigt, von der ich keine Ahnung hatte." Dr. Schwarz schien sich auf die Seite von Robert Unmuth schlagen zu wollen. "Mit Philosophie hatte deine Paranoia nichts zu tun." - "Robert hat recht. Wie soll man über Dinge reden, die man nicht kennt. Was mir heute Abend passierte, ist zwar auf seine Weise schockierend, aber es war auch für mich großartig und so überaus neu!" Nachdem Dr. Schwarz gesprochen hatte, wurde er etwas rot. Hatte er gerade angedeutet, dass er an diesem Abend seine "Jungfräulichkeit" verloren hatte? Seine Äußerung brachte ihm bei Elfriede weitere Sympathiepunkte. Den methodischen Streit, den Professor Hügel losgelassen hatte, konnte sie nicht ganz verstehen. Sie sah den Verlauf des Abends jetzt eher pragmatisch. Sollte an diesem Abend auch nicht viel Philosophie rauskommen, so bot dieser Abend eine einmalige Erfahrung, die auf Dauer das Denken ihre Männer beeinflussen musste. Professor Hügel wollte sich in den wohlbekannten Intellektuellenturm verziehen, abgeschirmt von den Einflüssen der Welt. Sollte er sich doch in ein buddhistisches Kloster verziehen, in eine isolierte Zelle, sechs Wochen fasten und zu einem reinen Geist finden.

- 38 -

Methodischer Unsinn war das Fazit von Professor Hügel. Wie so oft im Leben war nicht ganz klar, ob diese Ansicht reiner Erkenntnis entstammte oder von Fremdregungen motiviert wurde, in unserem Fall welche, die mit Philosophie nichts zu tun hatte. Kam hier eine eher spießige Grundeinstellung zutage oder hatte der Professor mit Lulu einfach zu wenig Spaß gehabt? Von Launen oder Interessen ausgelöste Erkenntnisse sind selbstverständlich nicht von vornherein falsch; sie müssen sich aber eine besonders kritische Überprüfung gefallen lassen. Für Robert Unmuth war die Diskussion noch nicht abgeschlossen, galt es doch die Idee für den Abend zu verteidigen. Schwierig war es, sachlich zu bleiben. Natürlich hatte sein Freund Franz recht, dass man nicht sämtliche menschlichen Erfahrungen im Experiment wiederholen konnte, um anschließend darüber zu diskutieren. Man stelle sich einen Themenabend Angst vor. Philosophie zehrte von der Erinnerung. Jeder hatte wohl in seinem Leben Angst empfunden, mehr oder weniger, und diese Erfahrungen mussten reichen, darüber nachgedacht zu haben und zu philosophieren. Robert Unmuth befand sich in einer Zwickmühle. Vielleicht war der Haschischabend leichter zu verteidigen als dieser hier. Er ließ sich nicht von der Meinung abbringen, dass ein Haschtee im philosophischen Kreis genommen quasi ein philosophisches Ereignis darstellte: das Relative der Erkenntnis, das Relative des Seins, die Transformation des Bewusstseins, Zeit und Raum als seltsame Erfahrung ohne Albert Einsteins Relativitätstheorie zu bemühen. Diese Erfahrungen waren eine philosophische Herausforderung. Aber der Professor würde behaupten: "Alles Unsinn!" Der Haschischabend genauso absurd wie Experimente mit Chloroform, Äther oder Schlaftabletten. Die Kritik von Franz Hügel war für Robert Unmuth eine Versuchung, Philosophie als solche völlig infrage zu stellen. Was sollte alles palavern, wenn man mehr oder weniger losgelöst von den Dingen war, die Essenz der Dinge fehlte? Der emotionale Tiefschlag, den seine Kollegen an diesem Abend erfahren hatten, ließ sie verstummen bzw. eine Manöverkritik formulieren. Die Menge der möglichen Experimente war groß. Eine Vielzahl von ihnen konnte man ausschließen, viele von ihnen waren absurd oder gefährlich. Robert Unmuth war bestimmt der Meinung, dass weder Hasch noch Sex absurd oder gefährlich waren. Wie notwendig war selbst für ihn die Auffrischung seines Gedächtnisses gewesen. Wann hätte man besser über Sex reden können als an diesem Abend? Franz Hügel wollte nicht über Sex reden, sondern mehr über Philosophie als solche. Wenn dieser Abend das Ergebnis brächte, über Philosophie (statt über Sex) zu reden, wäre dies ein Teilerfolg. Im Übrigen fand Robert Unmuth die hedonistische Atmosphäre des Abends durchaus angenehm. Er wünschte dem Professor, sein philosophischer Zorn lege sich, um statt dessen mit Lulus Titten zu spielen. Wie konnte sich der Professor selber nur den Abend vermiesen? Der Fehler, wenn er denn einer war, war nicht rückgängig zu machen. Aber wie es denn auch war; man konnte doch das Beste aus diesem Abend machen, wäre es auch reiner Hedonismus. Neben dem Methodenstreit, der die letzten Minuten den Salon beherrscht hatte, gab's für ihn ein weiteres Thema, das vielleicht der Diskussion bedurfte, am eigentlichen Thema des Abends aber vorbeiging. War eine Nutte für Männer wie sie eine Alternative, um ihr Leben zu bereichern? Jeder solle das für sich selber ausmachen, könnte der Einspruch lauten. Trotzdem, Robert Unmuth hatte das Bedürfnis, dies mit seinen Freunden zu diskutieren. Er unterdrückte aber den Wunsch nach diesem Gespräch, denn er fand, dass dafür Lulu und besonders Elfriede fehl am Platze waren. Für Elfriede musste die Methodenkritik von Franz völlig desillusionierend sein. Das Mädchen saß nackt unter ihnen, hatte sich völlig vergessen, wollte zu ihnen gehören, bereit sich hinzugeben und sah sich nun mit Professor Hügels Argumenten konfrontiert, alles an diesem Abend sei sinnlos und absurd. Das Gewicht der Argumente, so als ob der Professor ein besonders starkes Schwerefeld aus seinem Kosmos herbeigezaubert hätte, drückte schwer.

177

Elfriede war wütend auf den Professor; nie und nimmer würde sie sich mit dem Spielverderber einlassen, der damit nur die Wahl hatte, eventuell belanglosen Sex mit Lulu zu machen. Er sollte es nochmals mit Lulus Titten versuchen, mit ihnen spielen und wenn diese ihm nichts sagten, sollte er selber schweigen, frei nach der Maxime eines bedeutenden Philosophen des 20. Jahrhunderts.

Der Methodenstreit war nun schon eine Zeit lang verstummt; bis auf die Musik von Strawinski war es still im Salon. Vielleicht sammelten die Kontrahenten weitere Argumente. Wenn, dann tarnten sie das, denn sie tranken Rotwein, der dafür bekannt ist, in größeren Mengen die Sinne zu vernebeln. Robert Unmuth versuchte Inspiration durch Lulus Monstertitten zu gewinnen, er starrte auf die kosmischen Möpse, die in ihrer Aufdringlichkeit jede Philosophie zerstören mussten, so Professor Hügel. Währenddessen träumte Dr. Schwarz von Elfriede. Aber es war mehr als ein Traum, denn sie saß ganz nah bei ihm, war nackt und immer noch bereit, der Philosophie, der Lust und ihrer Synthese auf die Sprünge zu helfen. Völlige Nacktheit kann eine Spur von Desillusion verbreiten; es hätte der Runde nicht geschadet, wenn Lulu und Elfriede sich in neckischen Dessous um den Tisch gesellt hätten. Ein kleiner Slip, der knapp die Scham bedeckt und der völlig freien Blick auf die Arschbacken gestattet. Der Stoff in der Ritze kann mitunter mehr reizen als reine Nacktheit. An sich paradox, denn man wünscht sich nichts mehr, als dass das kleine Ding ausgezogen wird. Vielleicht fand einer der Philosophen noch Gelegenheit, diesen Umstand anzusprechen.

Das Höschenproblem ist Teil eines größeren: Was macht Sex wünschenswert? Es ist nicht leicht, die Frage richtig zu formulieren. Ist es das wohlige Gefühl der Entspannung nach dem Akt - bekanntlich kann man danach gut einschlafen -, die Befriedigung, oder die Geilheit und der möglicherweise bis ins Unendliche gesteigerte Reiz, der von den Objekten der Begierde ausgeht? Oder der Akt selber, der eine Synthese zwischen Geilheit und Befriedigung sucht und schauerlich schöne Gefühle vermitteln kann. Die Philosophen schweigen sich leider aus, im Methodenstreit verheddert, sodass der Erzähler in die Bresche steigen muss. Ein Erzähler, der seine Geschichten mit pornografischen Elementen würzt, neigt bei der Ausführung seines Jobs dazu, Erregung und Geilheit zu erzeugen, während er hoffnungslos versagen muss, die wohlige Sättigung, die ersten Momente und Minuten nach dem Orgasmus annähernd hinreichend zu beschreiben. Die Gefühle eines Ficks sind auch zu schwierig; ein jeder hat vielleicht Erinnerungen an seine Gefühle und nur diese versteht er. Wir wollen aber nicht einer möglichen Diskussion der Philosophen weiter vorweg greifen, nur soviel noch: Der Weg könnte das Ziel sein! Die Titten von Lulu schwiegen sich zu dem Thema aus. Sie erzählten auch keine Geschichten von Freiermündern, die an ihnen gesaugt und an ihnen geleckt hatten. Robert Unmuth nahm sich vor, an diesem Abend nochmals an ihnen zu lecken. Ihm kam es nicht in den Sinn, Elfriedes Brüste zu probieren, so als ob es ein für alle Mal ausgemacht wäre, nur Sex mit Prostituierten zu haben. Professor Hügel hatte wahrscheinlich bisher nur Sex mit seiner Ehefrau gehabt und war vielleicht wütend, sich an diesem Abend mit einer Nutte eingelassen zu haben. Wir gehen aber nicht davon aus, dass nun für ihn alles zerstört war. Sein Ärger reichte nur für einen Methodenstreit. Dr. Schwarz hingegen hatte vermutlich in seinem früheren Leben noch nie Sex gehabt, sodass wir durchaus unterstellen können, dass dieser Tag einer der wichtigsten in seinem langen Leben war, selbst wenn er am Ende dieses Abends ebenfalls

179

feststellen würde, dass Sex belanglos sei. Man kann aber getrost annehmen, dass er anderer Ansicht war. Der folgende Handlungsablauf mochte dies vielleicht beweisen. Elfriede war aufgestanden, stand neben dem Doktor und flüsterte ihm ins Ohr, dass er an ihren Titten lecken solle, sie sei gar nicht brav. Um ihre Forderung zu unterstreichen, hauchte sie noch einen Kuss in sein Ohr, der Dr. Schwarz einem wonnigen Erregungsstrudel aussetzte. Sein Glied schwoll an, es gab keine Zeit zum Philosophieren und tat, wie ihm geheißen wurde. Sein Mund küsste eine Titte; er leckte und saugte. Elfriede war zufrieden und gab Dr. Schwarz einen Kuss auf den Mund, einen Zungenkuss, bei dem Dr. Schwarz sich gar nicht so ungeschickt anstellte. Professor Hügel war schockiert, dachte auch nicht ans Philosophieren und an den Methodenstreit, obgleich dies eine gute Gelegenheit gewesen wäre, die intellektuelle Keule schwingen zu lassen. Währenddessen küsste Dr. Schwarz und streichelte mit einer Hand den warmen und weichen Hintern von Elfriede.

- 39 -

Elfriede löste sich von Dr. Schwarz, der dem Himmel ganz nah schien. War es so, dass sich ein paar kleine Tränen im Gesicht von Elfriede bildeten? "Ich denke, ich muss jetzt gehen!", sagte sie bestimmt. Die Revolutionärin gab auf, ging zu der Stelle, wo ihr Höschen lag und zog es sich über. In den Philosophen formte sich kein Widerspruch, auch kein Ausdruck des Bedauerns, wenn gleich die Stimmung fürs Erste ins Bodenlose sank. Man konnte nicht einfordern, was nicht einzufordern war. Niemand sprach auch nur den Wunsch aus, dass sie einfach blieb. Selbst Professor Hügel war bewegt, schaute auf die schöne, junge Frau, die sich anzog. Nach ihrem Höschen hatte sie als Zweites ihren BH angezogen, so als wolle sie möglichst schnell ihre Nacktheit aufheben. Elfriede erklärte sich nicht weiter. Man würde ihr nicht gerecht, Launen zu unterstellen, viel mehr muss sie gespürt haben, dass sie keinen Schritt weitergehen konnte. Vermutlich hatte sie bei den Zärtlichkeiten mit Dr. Schwarz gefühlt, dass sie schon viel zu weit gegangen war. Ganz andere Absichten hatte sie gehabt, auf die Gelegenheit gewartet, sich ganz auszuziehen und selbstverständlich wollte sie mit den Philosophen schlafen, ihren Beitrag zu Sex und Philosophie geben. Sie mochte ihre Philosophen, besonders an diesem Abend hatte sie sie in ihr Herz geschlossen und vielleicht war es so, dass diese Gefühlsregung mitverantwortlich dafür war, nicht weitergehen zu können. Sie hatte sich vorgenommen, Dr. Schwarz zu verführen, Sex mit ihm zu teilen. Sie wollte wieder kleine Schläge auf ihren Hintern einfordern, weil sie doch gar nicht brav war. Genauso wie sie es am Anfang des Abends gemacht hatte. Diesmal wäre sie weitergegangen, hätte den schüchternen Doktor an die Hand genommen und zum Sofa geführt. Dort hätte sie sich der Lust hingegeben und der Doktor sich in einem Paradies verloren. Ihre Strümpfe hatte sie angezogen, das Märchen löste sich auf, ein Traum verschwand. Angezogen ging sie zum Tisch zurück und gab zum Abschied Dr. Schwarz einen Kuss auf die Wange. "Ich konnte nicht weiter", sagte sie. Dann wünschte sie den Männern noch einen erfolgreichen Abend. "Bis bald Elli", sagte Robert Unmuth für alle Männer. Dann war der Traum verschwunden und ließ mächtige Gefühlsirritationen bei den Philosophen zurück. Die Titten Lulus registrierten eine ihnen feindlich gesinnte Stimmung im Raum. Tatsächlich formten sich in den

Männerköpfen Absichten, die Nutte zu entlassen. Dr. Schwarz fühlte sich wie aus dem Paradies verstoßen. Trug er die Schuld für Elfriedes Gehen? Ähnliches fragte sich Professor Hügel, dessen Methodenstreit die Stimmung im Salon vermiest hatte, aber mit seinen Überlegungen wurde er Elfriede nicht gerecht. Man hätte dem Professor unterstellen können, den Schritt Elfriedes als einen Schritt in die richtige Richtung zu interpretieren, aber selbst er bedauerte den Fortgang von Elfriede, wenn ihm auch seine Vernunft sagte, dass es gut sei, dass es nicht zum Beischlaf zwischen Dr. Schwarz und Elfriede gekommen war. Der arme Dr. Schwarz! War er so unerotisch, so unsexy, dass er Elfriede vertrieben hatte? Misst man die Angelegenheit an realistischen Maßstäben, hätte keiner der Männer Elfriedes Ansprüchen genügen dürfen. Wie konnte sich das Mädchen so verirren?

Professor Hügel ist kein Anhänger der Vielweltentheorie der Quantenmechanik. Die faszinierende Theorie ist bei Zeiten im philosophischen Salon diskutiert worden, weil die philosophischen Konsequenzen anscheinend nicht unbedeutend sind. Laut dieser Theorie spaltet sich die Welt unentwegt in verschiedene Zweige auf. Jedes Quantenereignis, welches verschiedene Ausgänge haben kann, bedeutet eine Verzweigung für die Welt. Bekanntlich ereignen sich sehr viele Quantenereignisse in der Welt und der Fortgang in der Geschichte ist die Summe dieser Ereignisse. Die Gesamtheit der Welt ist das Multiversum, das aus unzähligen, unendlich vielen Universen besteht. Nach der Theorie gibt es Paralleluniversen, die sich verhältnismäßig ähnlich sind. Unzählige Universen, in der die Geschichte des philosophischen Salons leicht oder schwerwiegend anders verläuft. Man stelle sich ein Universum vor, in dem Professor Hügel die Nutte erwürgt, weil der letzte Sex mit ihr so belanglos war. Ein besonders abstruses Universum ist jenes, indem die Philosophen statt der Lammkeule die Nutte verspeisen. Ebenso unglaubhaft erscheint, dass die Nutte Lulu im Salon völlige sexuelle Erfüllung fand und aus Dankbarkeit und Liebe den Philosophen ihr Geld zurückgab. Zugegeben, das klingt alles unglaubhaft und unwahrscheinlich, aber nach der Vielweltentheorie, die in unserer Welt eine recht große Anhängerschaft unter respektablen Physikern hat, gibt es diese Welten. Glücklicherweise ist nach der Theorie nicht alles gleich wahrscheinlich, was bei den Anhängern der Theorie einen unglaublichen Fatalismus zur Folge haben müsste - oder aber auch nicht, weil ja alles möglich ist, sondern es gibt durchaus wahrscheinliche wie auch unwahrscheinliche Entwicklungen. Welten, in der die Leser dieser Geschichte alle beim Lesen dieser Geschichte einen Herzinfarkt erleiden sind extrem unwahrscheinlich. Man kann also getrost weiterlesen.

Zugegeben, mir passte es gar nicht, als Elfriede Anstalten machte, den Salon zu verlassen. Mir fiel die Vielweltentheorie ein und mir wurde bewusst, dass irgendwo die Geschichte des philosophischen Salons geschrieben wurde, in der Elfriede bis zum endgültigen Ende dieses bemerkenswerten Abends am Geschehen teilnahm. Es müssten zwei Geschichten erzählt werden, die mit und die ohne Elfriede. Nun lassen es die physikalischen Gesetze nicht zu, dass ein Erzähler zwischen den Welten wandern kann; jeder Erzähler ist an seine Welt gebunden. Elfriede war gegangen und mit nichts in aller Welt konnte ich mich in eins der Universen versetzen, in der Elfriede geblieben war. Ich wusste, wenn die Vielweltentheorie zutraf, musste die Geschichte auch einen anderen Fortlauf haben können. Ich hätte also einen erfinden können, mit der Sicherheit, wahrhaftig den Verlauf einer nicht allzu fernen Parallelwelt zu beschreiben. Unglücklicherweise bin ich in dieser Welt nicht mit allzu viel Phantasie ausgestattet, um eine Geschichte mit Elfriede zu erfinden. Als Chronist des Abends sah ich mich genötigt, mich auf das Hier und Jetzt zu beschränken und die Niedergeschlagenheit mit den Philosophen zu teilen.

Fünf Minuten vergingen, ohne dass sich eine Parallelwelt auftat. Die Philosophen brüteten vor sich hin und bis auf Strawinskys Musik war es recht still im Salon. Lulus Titten versuchten argwöhnisch, die Situation unter ihrer Kontrolle zu bringen, vermochten aber nicht mehr, als die gespannte Atmosphäre zu überwachen. Sie waren die Ersten, die ein verdächtiges Geräusch aus Richtung Wohnungstür wahrnahmen. Es war Elfriede, die zurückgekommen war. Offensichtlich war ihr Verhalten an Unschlüssigkeit nicht zu übertreffen. Nachdem sie den Salon verlassen hatte, hatte sie sich nicht zielstrebig nach Hause bewegt oder in eine nah gelegene Disco, um ihren Frust weg zu tanzen, sondern war von vorneherein unschlüssig einmal um den Block gegangen. Mit jedem Meter, den sie durch die frische Nachtluft zurücklegte, kamen in ihr immer mehr Zweifel auf, die richtige Entscheidung getroffen zu haben. Sie vermied es zu klingeln, denn nackte Philosophen bewegen sich nur ungern zur Wohnungstür, um sie zu öffnen. Sie fand ihre Philosophen sprachlos vor, aber wer hätte auch etwas anderes erwarten können. Glücklicherweise störte sie niemanden beim Geschlechtsakt. Lulus Titten wurden zornig, bebten innerlich vor Wut, weil die verhasste Konkurrentin zurück war und ihre

184

Herrschaft im Mikrokosmos des Salons bedrohte. Dr. Schwarz zeigte Anzeichen von Freude, Professor Hügel die von Verblüffung, ohne dabei protestieren zu wollen und Robert Unmuth begann, sich wieder Gedanken über Elfriede zu machen. Sollte man sie nicht nach Hause schicken? Einfach um ihr die Last der Entscheidung abzunehmen, denn offensichtlich konnte sie sich nicht entscheiden.

Ich dachte an Parallelwelten. Mir kam das Verhalten von Elfriede unwahrscheinlich vor. Sie lachte, mit ein paar kleinen Tränen in den Augen und murmelte eine Entschuldigung. Die Unschlüssigkeit Elfriedes war ein Indiz dafür, dass das Multiversum sich in etwa gleich viele Universen aufgespalten hatte, in denen Elfriede geblieben war, bzw. in solche, in denen Elfriede endgültig für diesen Abend gegangen war. Prozentual würde die Möglichkeit der Rückkehr nur gering vertreten sein. Wenn diese Einschätzung stimmte, befand man sich in einer ganz besonderen Welt. Man kann natürlich darüber spekulieren, wie wahrscheinlich grundsätzlich ein solcher Abend im Salon war. Wie verhielt es sich mit dem ersten Erscheinen von Elfriede, ihrem doch eher ungewöhnlichen Verhalten im Laufe des Abends? Wie mit der Zustimmung der Philosophen, Elfriedes Anwesenheit zu dulden? Mochte sein, dass das Ganze wie ein Fantasiegespinst geraten war, zu einer philosophischen Märchenwelt, in der so gut wie nicht philosophiert wurde. Auch derjenige, der mit der Theorie des Multiversums vertraut ist, kann da nur spekulieren.

Die Niedergeschlagenheit der Philosophen wich einer verstärkten Ratlosigkeit, denn nicht zuletzt war Elfriede eine treibende Kraft an diesem Abend gewesen und nur Elfriedes verhältnismäßig selbstbewusstes Auftreten hatte das Denken der Philosophen in eine Richtung stoßen können, die eine aktive Beteiligung des Hausmädchens am Geschehen zuließ. Die Unschlüssigkeit der Elfriede transformierte sich zur Ratlosigkeit der Philosophen; Elfriedes Engagement hatte zu einer gewissen Sicherheit geführt, die nun erst wieder aufgebaut werden musste.

Nachdem Elfriede einen Schluck Wein getrunken hatte, begann sie mit der folgenden Aktion die Sicherheit der Philosophen weiter zu unterhöhlen. Wie selbstverständlich zog sie sich aus. Aber diesmal gab es keinen Striptease zu bewundern, sondern sie entledigte sich relativ direkt ihrer Kleidungsstücke, zuerst ihre Bluse, dann Schuhe und Hose. Die Philosophen, zwar ratlos, schauten verträumt auf Elfriede. Wie schön sie war. Die Glieder, alles andere als ratlos, füllten sich wieder mit Blut. Lulus Titten stießen lautlos kosmische Flüche aus, als Elfriede ihre Brüste freilegte. Aber dann zeigte sich doch etwas von Elfriedes Unschlüssigkeit, denn sie zog ihren Slip nicht aus. Auch ihre Strümpfe behielt sie an, zog ihre Schuhe wieder über und setzte sich an den Tisch neben Dr. Schwarz und nahm noch einen Schluck Rotwein. "Ich bin wieder da", sagte sie froh. Aber warum hatte sie ihr Höschen nicht ausgezogen? War dies ein Indiz dafür, dass sie mit keinem der Philosophen schlafen wollte? Der Abend mochte, wenn auch keine Philosophie, noch einige Überraschungen bringen. Dr. Schwarz war erregt und erfreut, Elfriede neben sich sitzen zu haben. Dennoch machte weder er noch sie Anstalten, die Schmuserei fortzusetzen, die mit Elfriedes Abgang so jäh unterbrochen worden war.

In mach einem der Philosophenhirne formte sich der Gedanke, sich zumindest auch eine Unterhose überzuziehen. Man trank Rotwein, aber offensichtlich schien der Jahrgang nicht geeignet, die Zunge zu lösen. Bei den bisher nicht unerheblich genossenen Mengen bestand zudem die

Gefahr des Lallens. Die Philosophen warteten auf eine Initiative der Frauen und Lulu, sowie Elfriede, schienen auf
Aktionen der Philosophen zu warten. Begnügte Elfriede
sich damit, einfach wieder da zu sein? Sie hätte vielleicht
etwas tanzen sollen, um die Zeit zu überbrücken. Für die
Philosophen wäre es ein ästhetisches Vergnügen gewesen, sich an ihren Bewegungen und ihrem aufregendem
Körper zu ergötzen. Eine Chance für einen Tanz tat sich
auf, denn die Strawinsky-CD neigte sich unerbittlich dem
Ende entgegen; Petroushka starb. Noch nicht allzu lange
war es her, da hatte Elfriede zu den Klängen der Frühlingsfeiern ihren großartigen Striptease getanzt, als Vor-
reiterin der sexuellen Revolution im philosophischen Salon.
Lulu brachte die Musik auf die Palme. Keiner konnte behaupten, dass es nicht harte Arbeit war, die sie geleistet
hatte. In dieser orchestralen Hölle zu ficken war eine Son-
derleistung, ein perverses Extra, das sie aber nicht in
Rechnung stellen konnte. Sie hatte allerdings weiteres
Geld bekommen, für weiteres Ficken, aber mit einer gewissen Chance kam es gar nicht mehr dazu, weil die Alten sich genierten oder nicht mehr konnten, bzw. weil sie
sich mit dem Hausmädchen, diesem geilen Luder, ver-
gnügten. Sie konnte nur hoffen, dass sich die Situation in
ähnlicher Weise entwickelte. Ihr Geld würde sie behalten,
eine adäquate Summe, um sie für die musikalischen Gräu-
el zu entschädigen. Nicht auszudenken wäre, wenn die
Fastlustgreise sie auffordern würden, zu ähnlich schreck-
licher Musik zu tanzen. Wenn, dann nur für einen saftigen
Aufpreis. Im Übrigen war sie nicht hier, um zu tanzen,
sondern um zu ficken. Bisher lagen die drei farbigen Kondome noch unbenutzt auf der massiven Tischplatte.
Währenddessen hatte Elfriede devote Phantasien, die wenig originell und an sich nichts Neues waren. Die Philoso-

187

phen sollten sich wieder mit ihrem Arsch vertraut machen. Das Höschen leicht heruntergezogen, stand der Hausmädchenarsch Philosophenhände zur Verfügung, um ihn wegen ihrer Flucht zu bestrafen. Nicht nur ein Philosoph, sondern alle sollten sich an der Strafaktion beteiligen. Ihre Flucht verlangte nach solchen Maßnahmen. Klatschende Schläge auf ihren Arsch, den sie unterwürfig den Herren des Geistes entgegenstreckte. Eine Vielzahl von Schlägen würde der famose Hintern kassieren, sodass nicht auszuschließen war, dass die Beteiligten mit einem verfrühten Orgasmus belohnt wurden. Blieb dieser aus, sollten die Philosophen in besagter Stellung sie stoßen. Auch das konnte klatschen.

Zu Elfriedes Ehrenrettung sei gesagt, dass sie den Gedanken, diese aufreizende Phantasie kaum ernst nahm. Der Wein tat ein Übriges. Sie lachte deutlich vernehmbar auf, sodass Robert Unmuth nach dem Grund ihrer Belustigung fragte. Elfriede war nicht um eine Antwort verlegen. "Ich hatte eine äußerst devote Phantasie. Ich wollte dafür bestraft werden, dass ich euch so treulos verlassen habe." - "Und welche Form der Bestrafung hast du dir vorgestellt?", fragte Robert Unmuth weiter. "Zugegeben, ich war nicht besonders einfallsreich. Ich dachte mir, mein Arsch gehöre versohlt. Jeder von euch Philosophen sollte die Gelegenheit haben, mich zu bestrafen. In weit größerem Ausmaß als bisher geschehen." - "Du hältst wohl gern dein Hinterteil hin, damit wir es schlagen und tätscheln." - "Ich weiß auch nicht."

"Man sollte vielleicht nicht übertreiben. Es dürfte wohl reichen, wenn einer von uns die Aktion übernimmt!" Elfriede guckte zuerst ungläubig, lachte dann erneut auf und Dr. Schwarz sank wieder mal das Herz in die Hose. Was war in Robert Unmuth gefahren, der sich wie ein Mephisto aufspielte und die Fäden des Schicksals im Salon in

188

die Hand nahm? War er einfach nur geil, geil nach Sensationen? Glaubte er, dass es unvermeidlich war, Elfriede in die sexuellen Aktionen des Salons zu integrieren? Brachte das Philosophie?

"Der Kräftigste von uns soll die Bestrafungsaktion übernehmen. Aber Franz, vergess dein Kondom nicht!" Niemand schien gegen die Anmaßung des Robert Unmuth protestieren zu wollen. Elfriede stand auf und bewegte sich zu einem freien Wandstück. "Jetzt muss ich dran glauben", sagte sie belustigt und geil. Der Konterrevolutionär würde sie bestrafen, ausgerechnet Professor Hügel, mit dem sie sich noch vor Kurzem ein kleines, hitziges Wortgefecht geliefert hatte. Hatte sie nicht vorhin in Wut ausgeschlossen, sich mit dem Professor für Astronomie einzulassen? Die Hände des Professors waren für die Bestrafungsaktion besonders geeignet, denn sie waren groß und kräftig.

Elfriede, an der Wand, zog ihren Slip aus. Zuerst streifte sie ihn nur ein wenig herunter, wie in ihrer Phantasie. Doch manchmal holt die Wirklichkeit die devote Phantasie ein. Sie legte den Slip ganz ab; er lag nun neben ihr auf dem Boden. Sie streckte ihren Arsch, die Beine leicht gespreizt, in Richtung der Philosophen. Der bärtige Astronom erhob sich, mit angeschwollenem Penis, ein farbiges Kondom in seiner linken Hand. Kurz noch konnte das Publikum im Salon den aufreizenden Arsch von Elfriede betrachten. Eifersuchtsmomente regten sich in Dr. Schwarz. Er wollte Elfriede nicht bestrafen - keiner im Salon wollte Elfriede ernsthaft bestrafen, abgesehen von Lulus kosmischen Monstertitten - Dr. Schwarz wollte Elfriede liebkosen. Die riesige Gestalt von Professor Hügel verdeckte Elfriede. Man hatte nun den massigen, nicht ganz so attraktiven Hintern des Astronoms im Blick. Der Professor bot einen recht haarigen Anblick. Er nutzte die

Gelegenheit, um sich das rote Kondom über seinen erigierten Schwanz zu stülpen. Er machte dies schnell und geschickt, berücksichtigt man, dass man dem Professor keinerlei Übung in dieser Fingerfertigkeit unterstellen konnte. Der Professor war erregt. So als ob er die Schläge publikumswirksam austeilen wollte, stellte er sich seitlich zu Elfriede, die ungeduldig auf das Kommende wartete. Der leuchtend rote Penis stand, für alle sichtbar, aufrecht seinen Mann. Erstaunlich, welche Steigung der geile Stetz zustande brachte. Die rechte Hand begann mit ihrer geräuschvollen Arbeit. Dr. Schwarz machte sich unnötig Sorgen, Franz könne dem Mädchen wehtun, denn dieses genoss die Schläge und das Klatschen. "Fester!", bat sie, doch sie wurde von dem Professor nicht erhört. Wusste der Professor, was er tat?

"Da habe ich uns etwas Schönes eingebrockt", sagte Robert Unmuth leise zu Dr. Schwarz. Der war zu erregt, um zu antworten. Die Konsequenzen ihres Tuns würden sich am nächsten Abend im philosophischen Salon zeigen. Welches Thema sollte gewählt werden? Etwa das der Vergangenheitsbewältigung? Bei jedem leichten Schlag, den Professor Hügel austeilte, gab Elfriede leise Lustgeräusche von sich, so als ob sie wirklich eine Masochistin sei; eine Frage, auf die sie selber keine Antwort wusste und die nach einer abschließenden Diskussion verlangt. Der Professor legte etwa ein Dutzendmal Hand an, um schließlich diese Art von Vorspiel zu beenden.

- 41-

Die Spannung im Salon war so groß, dass eine größere Quantenfluktuation zu befürchten war. Ging man von der These aus, dass das, was nun passieren sollte, äußerst unwahrscheinlich war - das sexuelle Zusammentreffen von

Elfriede und Professor Hügel die Konstellation eines seltenen Paralleluniversums - war nicht auszuschließen, dass die Situation sich in Luft auflöste, Elfriede einfach verschwand, das Ganze zu einer kollektiven Halluzination mutierte. Boten seltene Paralleluniversen Stabilität für ihre Spielbühnen? Wir wollen nicht ausschließen, dass tatsächlich eine kollektive Halluzination vom Salon Besitz genommen hatte; Lulus Titten gaben permanent Kommentare ab, die hasserfüllt und von Geldgeilheit getrieben, Frauchens strategische Lage im Salon beschrieben, obgleich nicht einzusehen war, dass sie Geld benötigten, da Frauchen nicht beabsichtigte und es offensichtlich nicht nötig hatte, für sie in Silikon zu investieren.

Im Folgendem kam es zu einer Bedeckung; der schöne Arsch von Elfriede, diese wunderbare Rückenansicht musste quasi einer astronomischen Finsternis weichen, da der massige Astronom sich vor Elfriede schob und fast vollständig die Sicht auf das Sternchen raubte. Die Beobachter sahen noch etwas von den Beinen und ein paar Hände, die sich gegen die Wand abstützten. Der Zeitpunkt der Penetration konnte erahnt werden, da der Hintern des Astronoms sich in Bewegung setzte und der Mikrokosmos des Salons von Geräuschen erfüllt wurde, die gleichsam wie eine nichtoptische elektromagnetische Strahlung Indiz für ein nicht unbedeutendes Ereignis waren. Wenn Elfriede auch nicht zusehen war, übermittelte sie Geräusche der Lust; sie genierte sich nicht zu stöhnen und es kam hin und wieder zu einem periodischen Klatschen durch ihre Arschbacken, alles Anzeichen eines Zusammenstoßes ...

Unglaubliches geschah im Salon. Konterrevolutionär und Revolutionärin waren vereint. Trieb den Astronomen dieselbe Gleichgültigkeit an, die er mit Lulu erfahren hatte?

Der ältere Herr hatte es an diesem Abend schon einige Male getrieben, sodass konditionelle Schwächen zu befürchten waren; andererseits konnte dies die Dauer des Aktes nur verlängern. Dieser Akt war nun bei Weitem schwieriger zu beschreiben, da nun zwei Menschen fühlten, unterstellt man Lulu Gefühllosigkeit, Professionalität und Habgier. Die Liebesgeräusche, die Elfriede von sich gab, entsprangen offensichtlich wahrem Empfinden und waren mit Lulus kalkulierter Anmache nicht vergleichbar. Der Professor war indes stumm, offensichtlich ließ die Ungeheuerlichkeit seiner Entscheidung nur zu, dass er periodisch seinen gehärteten Schwanz in Elfriede hineintrieb. Niemand im Salon konnte glauben, dass das geschah, was geschah. Robert Unmuth löste sich für einen Augenblick aus seiner Starre, begab sich zur Musikanlage und legte eine CD mit Musik von Debussy auf, um gleich darauf wieder in die gleiche Starre wie Dr. Schwarz zu verfallen. Lulu nippte gelangweilt an ihrem Glas und fürchtete die Musik könne ähnlich schrecklich werden wie die letzte. Indes erklangen die ersten Töne von Nachmittag eines Fauns.

Was lässt sich sagen: Professor Hügel und Elfriede waren beide sehr erregt, die Widersprüche, in die Professor Hügel sich im Laufe des Abends verwickelt hatte, bremsten zwar nur ein wenig seine Erregtheit, blockierten aber bis auf Weiteres jedes Denken in ihm, sodass er ganz sicher nicht an seiner Relativitätstheorie des Sexes weiter formulierte und es war nicht ganz auszuschließen, dass ein Trance ähnlicher Zustand von ihm Besitz genommen hatte. Elfriede genoss neben ihrer Erregtheit tiefe Befriedigung, vielleicht auch deswegen, weil sie annahm, ihr befreiender Beitrag könne dem philosophischen Salon auf die Sprünge helfen; von nun an müsse der Salon zur Philosophie zurückfinden. Dieser Optimismus wurde von

192

niemandem geteilt. Es war eher zu erwarten, dass das Diskutieren an folgenden Abenden wieder einsetzte und das Besondere dieses Abends herausarbeitete. Typischen Sex hatte der Salon nicht erlebt, man würde unterstreichen, dass Sex nur im jeweiligen situativen Kontext verstanden werden konnte, Sex als individuelles Phänomen. Da der Feldversuch dieses Abends alles andere als typische Randbedingungen für die Beteiligten schuf, war er wertlos, um viel oder Typisches über Sexualität auszuarbeiten. Dennoch bot dieser Abend Erfahrungen und Erlebnisse besonders heftiger Art, die lohnten behandelt zu werden und vielleicht bot einer der Folgeabende Gelegenheit und nötige Distanziertheit, das Vergangene aufzuarbeiten und das Besondere der Situation herauszukristallisieren, nur über typischen Sex würde das nicht viel aussagen. Sex hatte seinen typischen, individuellen Kontext und obgleich die Umstände, Sex zu erleben typischerweise sehr unterschiedlich sein können, man denke nur an Gewohnheitssex oder die erste Verführung, rüttelte dieser Feldversuch im wesentlichen nur an Tabus. Soviel Pessimismus sei gestattet. Es war letztlich abzuwarten, was die Helden des Geistes an diesem und weiteren Abenden hervorbringen würden. Vergessen wir nicht, einer dieser Helden fickte Elfriede, das reizende Hausmädchen des Salons, die soeben hier ihren ersten Orgasmus erlebte.

- 42 -

Professor Hügel hatte keine Chance, so schnell zu kommen, hatte er es kurz zuvor belanglos mit der Nutte getrieben und an sich erscheint es unglaubwürdig, einem älter als sechzigjährigen Mann diese Art von Leistung zu unterstellen. Glücklicherweise brechen Frauen nach einem erlebten Orgasmus nicht notwendigerweise den Geschlechtsverkehr ab. Elfriede ließ sich weiter stoßen, sodass der geschwächte Astronom die Chance hatte, seinerseits einen weiteren Orgasmus zu erleben, wenn er denn nicht unverrichteter Dinge vorher aufgab.

Als mögliche Ablösung kam Dr. Schwarz infrage, denn Robert Unmuth hatte sich zu Lulu gesellt und begonnen mit ihren vollen Brüsten zu spielen. Robert Unmuths Bestimmung schien es zu sein, nur Sex mit Prostituierten zu haben, denn er hatte keinerlei Anstalten gemacht - die Situation ausnutzend - sich mit Elfriede einzulassen. Er fragte sich, ob solche Titten echt sein konnten, zweifellos waren sie außerirdischen Ursprungs. Er leckte an den Nippeln, die schweigsam dieses Spiel erduldeten. Frauchen war der Boss und der Boss war entschlossen etwas für die 300 Mark zu tun, eine Dienstleistung sozusagen. Gewissermaßen die Umstände, mit anderen Worten die agierende Konkurrentin, die ihren Arsch hinhielt, ließ sie auftauen. Ihre Nuttenehre war gefragt, und sie ließ die Dinge zu, die zusätzlich kostenpflichtig waren. Robert Unmuth wagte es, eine Hand zwischen die Schenkel der Nutte zu führen. Die Schenkel zu streicheln hatte wohl wenig Sinn, aber er hatte eine unbändige Lust, das Fötzchen von Lulu mit seinen Fingern zu untersuchen. "Du geile Sau", kommentierte die Nutte und diese geile Sau mit philosophischen Interessen versuchte, der Professionellen einen Zungenkuss aufzudrängen. Lulu spielte ihren Part mit, und sie brachte einen Satz zustande, der sich für Peter Schwarz so etwa anhörte wie: "Ich bin so geil auf dich, Cherie". Lulus gelöste Zunge hatte tatsächlich Gleiches formuliert und gab sich anschließend mit der drängenden Zunge des Philosophen ab, die zwar im Laufe des Abends das Sprechen verlernt hatte, aber offensichtlich zurzeit zu anderen Aktivitäten neigte. Die gierige Zunge traf auf die geschäfstüchtige Zunge und seine Finger streichelten eine nicht besonders feuchte Muschi.

Als die Zungen sich voneinander lösten, fragte Lulu unschuldig: "Willst du mich jetzt ficken?" - "Ja, das käme jetzt nicht schlecht" - "Willst du mich in den Arsch ficken?" Da Robert Unmuth sich weiterhin mit den Titten der Nutte beschäftigen wollte, verzichtete er auf den angebotenen Analverkehr, der ohne einen Aufpreis zu verlangen, offeriert wurde. Er wählte das blaue Kondom und begab sich zusammen mit der Nutte auf den Boden. Lulu ließ es sich nicht nehmen, den Schwanz mit Mund und Zunge zu bearbeiten. Vergangenes kam in ihm wieder hoch, aber dieser Service von Lulu dauerte allerdings nicht zu lange. Es war nun die Zeit, dass Lulus Becken zum Einsatz kommen sollte; Philosophen gehörten geritten. Der Schwanz glitt in das Instrument. Lulu hob und senkte ihr Becken periodisch; ein wenig synchron zum versteckten Takt der Musik von Debussy. Robert Unmuth, der sich selbst beobachtete und auch die Sicht auf Professor Hügel und Elfriede hatte, war schockiert von der Macht des Sexes. Absolut berauscht von der Situation, fragte er sich, wie über das alles je philosophiert, diskutiert werden könnte. Sein Gedankenfluss, der im Rausch seiner Sinne sich nicht sonderlich entwickeln konnte, wurde durch Lulu dann endgültig unterbrochen. "Du bist so geil, du Sau!" Wenn man Sex hatte, war man also eine Sau und von Säuen konnte man schwerlich erwarten zu philosophieren.

Elfriede ließ sich zu solchen Äußerungen nicht hinreißen, während sie weiterhin erregt die Stöße des bärigen Astronoms hinnahm. Dem großen Bären verließen allerdings langsam die Kräfte. Erregtheit hin und her, es war nicht zu machen. Er löste sich von Elfriede, da der Sex von vorhin zwar belanglos, aber kräftezehrend gewesen war. Elfriede war vorerst auf ihre Kosten gekommen; man konnte sie allerdings gewissermaßen als unersättlich bezeichnen, denn sie ging zu Dr. Peter Schwarz, der gebannt und versteinert die Doppelorgie verfolgt hatte. Sein Schwanz war allerdings auch erhärtet. Die nackte Elfriede setzte sich auf seinen Schoß und ihre Schenkel nahmen ersten Körperkontakt mit diesem Penis auf und Elfriede flüsterte ihm, nachdem sie ihn auf den Mund geküsst hatte, ins Ohr: "Heute verlasse ich dich nicht mehr!" Ihre Hände fassten seine Hände und führte sie an ihre Brüste. "Streichel mich", sagte sie auffordernd. "Darf ich das?", fragte Dr. Schwarz, der in eine Wunderwelt eingetreten war. "Du darfst das heute, du darfst vielmehr heute!" Während Elfriede ihn küsste, versuchten Dr. Schwarzs Hände die Dimensionalität von Elfriedes Titten zu erfassen.

Professor Hügel stand indessen im Bad und wusch sich den Schweiß von der Stirn. Eine kalte Dusche wäre jetzt angesagt, sagte er zu sich.

Das Bad des philosophischen Salons war mit einer Dusche ausgestattet, die allerdings von den Philosophen nie benutzt worden war. Der Astronom stieg in die Duschkabine und stellte den Wasserstrahl lauwarm ein. Seine Phantasie formulierte den Wunsch, die Duschkabine müsse so eine Art Beamstation sein, die ihn instantan lichtjahreweit wegbeamen würde, irgendwohin in sein für ihn vertrautes Weltall. Er war nicht besoffen genug, um die peinlichen Konsequenzen seines Tuns nicht zu realisieren. Er starrte auf den Übeltäter, den Mitschuldigen seines Tuns, der immer noch groß und stark gerötet war. Der überforderte Übeltäter hatte ihn zwar in Stich gelassen, wenn ihn denn überhaupt eine Schuld traf, aber Professor Hügel war nicht enttäuscht darüber, dass er nicht zu einem Orgasmus gekommen war; hingegen das bezaubernde Hausmädchen durch ihn, einem großen, fetten und alten Mann. Er war nicht böse auf Elfriede, die es letztendlich geschafft hatte, ihn zu verführen. Wie konnte man nur vergessen? Hatte das Mädchen eine Chance im Salon weiterarbeiten zu können? Der nicht zu warme, starke Wasserstrahl prasselte auf den Kopf und den massigen Körper und entspannte den Professor. Er überlegte, ob er anschließend sein Heil im Alkohol suchen solle, gefolgt von dem Gedanken, dass es unweigerlich geschehen müsse, dass die nächsten Abende ebenso besoffen und vermutlich niedergeschlagen ablaufen würden. Für ihn war die Büchse der Pandora geöffnet, und er hatte keine Idee, wie die freigesetzten Geister wieder eingefangen werden konnten, um im Unbewussten der Männer und ebenso im Unbewussten von Elfriede zu schlummern. Vielleicht war ja das Mädchen eine Verdrängungskünstlerin, oberflächlich genug, die Sache als einen durchaus akzeptablen Ausrutscher anzusehen. Mit den jungen Menschen des endenden zwanzigsten Jahrhunderts kannte er sich nicht so aus, aber ihm kam es auch so vor, dass es eher eine Charakterfrage als ein Generationenproblem sein müsse, zu erklären, wie es zu den Vorfällen gekommen war und sich von den Vorfällen zu lösen. Er stellte sich vor, Elfriede sei seine Tochter oder seine Enkelin, die ihm die Geschichte eines Abends in einem philosophischen Salon erzählen würde. Nun sicher eine Dummheit, würde er ihr sagen, aber vielleicht wäre er weniger empört als jetzt über sich selbst. Der entspannende Wasserstrahl tat sein Übriges um die Stimmung des Professors nicht in bodenlose Verbitterung fallen zulassen. Der Professor musste sich eingestehen, dass sich zwei Seelen in seiner Brust befanden und eine hatte ihn dazu getrieben, mitzumachen, Erregtheit und Geilheit zu empfinden, wenn sich auch teilweise belangloses Empfinden eingeschlichen hatte. Zwei Seelen in einer Brust führten unweigerlich zu einer Doppelmoral. Unentschlossenheit zeichnete ja nicht nur ihn aus, sondern zum Beispiel auch Elfriede, die dies mit ihrem vorschnellen Abschied bewiesen hatte. Das Wasser entspannte weiter und ließ so optimistischere Gedanken zu. Er hatte sich am heutigen Abend als Mann gefühlt, und es gab eindeutige Beweise, dass er noch nicht tot war. Mit ambivalenten Gefühlen dieser Art verließ er die Duschkabine, trocknete sich ab und machte sich Vorstellungen über das, was sich im philosophischen Salon zurzeit abspielte. Sollte er sich gleich anziehen oder weiterhin Solidarität zeigen?

Er trat ins Zimmer, sah die stattfindende Orgie, war nun zumindest als Betrachter Teil von ihr. Elfriede und Dr. Schwarz hatten sich auf den Boden gesellt und hatten in einer ähnlichen Stellung wie Lulu und Robert Unmuth Sex miteinander. Zuvor war es zu einiger Zärtlichkeit zwischen Elfriede und Peter Schwarz gekommen. Elfriede hatte ihn gelehrt, ihren Körper zu liebkosen. Sie wusste und hatte gesehen, wie schockierend Sex für ihn sein konnte. Dr. Schwarz Hände hatten sich, wenn auch leicht zitternd, mit ihrem warmen Körper vertraut gemacht. Sie hatten sich Küssen hingegeben, und es schaute so aus, als seien sie ein Liebespaar. Es hatte den Anschein, als wolle Elfriede nicht nur einen Beitrag zur Philosophie liefern, sondern auch Lehrerin für einen schüchternen, sensiblen Mann sein. Bevor sie sich umschlungen zu Boden gaben, hatten sie eng zu den impressionistischen Klängen der Musik getanzt. Es war ein langsames Bewegen zu den Nocturnes und ein glücklicher, dem Paradies naher Dr. Schwarz hatte seine Hand am schönen Hintern von Elfriede und führte den Tanz, sein steifes Glied an den Bauch von Elfriede leicht gepresst. Nun wurde er von Elfriede geritten; seine Hände an ihrem Becken und seins versuchte, mit der Bewegung ihres zu harmonieren. Möglicherweise waren dies die glücklichsten Momente seines Lebens. Es war allerdings schwer zu sagen, ob sein Bewusstsein einen Keim von Verzweiflung hegte, denn das, was jetzt geschah, konnte keine Zukunft haben. Dr. Schwarz war weit weg von den vergleichsweise epilepsieähnlichen Zuständen seines ersten Beischlafs mit Lulu. Es war zu befürchten und nicht auszuschließen, dass sich zum Thema des heutigen Abends - Sex - ein weiteres eingeschlichen hatte, nämlich Liebe.

War Elfriede zu liebevoll mit Peter umgegangen? Hätte sie ihren Beitrag auf das rein Technische beschränken sollen? Die Küsse, die Robert Unmuth mit der Nutte ausgetauscht hatte, waren rein technisch. Die Technik der Erregung und Stimulation. Lulus seltene Äußerungen, in denen wiederholt die Worte "geil" und "Sau" vorkamen, waren auch rein technisch zu verstehen. Es handelte sich allerdings um eine Technik, die funktionierte. Er war eine geile Sau, sie war eine geile Sau. Dies sollte bei zukünftigen möglichen Erörterungen zur Sprache kommen. Man stöhnte allenthalben, aus technischen Gründen und aus wahrem Empfinden heraus. Zu Beginn ihres Ritts hatte Elfriede Dr. Schwarz gefragt: "Ist es so schön?", und er konnte antworten: "Ich bin im Himmel!" An sich waren diese Bemerkungen nicht technisch gemeint.

Robert Unmuth beschäftigte sich weiterhin mit Lulus Titten, versuchte hinter ihr Geheimnis zu kommen. Den Titten war das eher lästig, sie waren aber professionell genug, trotz ihrer Verachtung das Geschäft nicht zu stören. Insofern ignorierten sie auch Elfriedes Tun, Elfriedes Titten. Die ehemals lästige Konkurrenz nahm ihnen die Ar-

199

beit ab. Viel war den alten Säcken nicht mehr zuzutrauen und die Kohle war geflossen.

Robert Unmuth kam ein Gedanke, den er aber wieder sofort verwarf. Die Idee war den Akt kurz zu unterbrechen und die Partnerinnen zu tauschen. Er war sich sicher, dass dies seinen Freund Peter schockiert hätte, nicht ganz so sicher, ob Elfriede protestiert hätte. Er würde also mit Elfriede nicht schlafen, ein Umstand, der ihm nur recht sein konnte. Im Übrigen hätte er es vermutlich nicht erregender gefunden mit Elfriede, statt mit Lulu Sex zu haben - bis auf den Kick der Abwechslung. Nur, seine beiden Freunde hätten später das größere Problem. Dies alles konnte er denken, ohne das im geringsten sein Empfinden gestört wurde. Er fing wieder an Lulus Titten zu kneten und die protestierten nicht. Keine Frage, diese Titten mussten wirklich silikonfrei sein, umso erstaunlicher war es, dass sie so sehr der Erdschwere trotzten. Lulus Muschi glitt eifrig auf und ab, konzentriert arbeitend. Lulu japste und stöhnte und man hatte wirklich den Eindruck, dass sie manchmal vergessen konnte, wie unangenehm Arbeit war. Wir unterstellen hier, dass Lulu ihre Arbeit nicht zum Zwecke der Selbstverwirklichung betrieb. Robert Unmuth wurde von Lulu vom alternden Hobbyphilosophen zu einer geilen Sau reduziert. Die Titten fragten sich, wann die geile Sau endlich kommen würde und im Übrigen: Die geile Sau war eine arme Sau, weil sie für alles bezahlen musste. Es war offensichtlich, dass Lulus Kunden beim Fick mehr empfanden, als sie selber; immerhin zahlten sie teuer für das Gebotene, aber ganz erklären konnte sich Lulu dieses Faktum nicht. Die Welt ihrer Kunden blieb ihr ein Rätsel. Lulu steigerte die Taktfrequenz ihrer Auf- und Ab-Bewegung, die Sau sollte kommen und Robert Unmuth bemerkte, dass sein Spaß bald in einem Höhepunkt sein Ende finden würde.

Elfriede und Dr. Schwarz fieberten ebenfalls einem Orgasmus entgegen und Professor Hügel, der stille Beobachter der Szene blieb erregt. Es war völlig unglaublich, was sich hier abspielte, aber dies war kein böser, feuchter Traum, dies musste die Realität sein, aber wie konnte sich die Realität so verirren? Offensichtlich ließen die physikalischen Gesetze des Universums solch ein unglaubliches Treiben zu.

Elfriede war die Erste, die durch lautes Aufschreien signalisierte, welches Empfinden ihren Körper durchströmte. Peter Schwarz gelangte fassungslos in einen ähnlichen Zustand, dessen Höhepunkt sich allerdings noch etwas hinauszögerte. Etwas so Großes brauchte seine Zeit. Elfriede verlangsamte ihre Beckenbewegung und hatte das Bedürfnis ihren Philosophen zu küssen.

Robert Unmuth ejakulierte, ließ es aber nicht zu, dass die Nutte sich sofort von ihm löste. Er klammerte sich mit seinen Händen an Lulus Hintern, schloss die Augen, um die Befriedigung zu ergründen, die er empfand. Lulu hatte Bedenken wegen des gefüllten Kondoms und beendete schließlich den Kontakt. Völlig unangemessen zum üblichen Sprachgebrauch im philosophischen Salon sagte sie zu ihm: "Du bist mir aber ein geiler Spritzer."

Ein, zwei Minuten später wurde Dr. Schwarz durch einen Gefühlsstrudel ins Zentrum seines Himmels gesogen. Während Elfriede sich weiterhin zärtlich bewegte, ejakulierte er in ihr, begleitet von einem leisen Aufstöhnen. Elfriede löste sich von ihm; sie küssten sich aber noch eine Weile liebevoll.

- 44 -

Die Kondome verschwanden in Abfalleimer und man konnte davon ausgehen, dass der große Feldversuch in

201

Sachen Sex ein Ende gefunden hatte. Elfriede verzog sich ebenfalls in die Dusche und ließ den warmen Duschstrahl über ihren Körper prasseln. Nicht dass sie sich schmutzig fühlte. Bei ihren Aktivitäten hatte sich zwar ein wenig Schweiß gebildet, aber der war eigentlich der Rede nicht wert. Sie nutzte die Dusche, um abzuschalten, um sich von allem loszulösen. Ihre Schuhe und ihre schwarzen Strümpfe lagen auf dem Boden des Bads. Es galt für sie, nicht an den Sinn bzw. die Sinnlosigkeit ihres Tuns zu denken. Von ihr aus konnte nun über Sex philosophiert werden, und wenn es erwünscht wäre, würde sie sich daran beteiligen. Ihre freizügige Art zu denken und zu leben war auf eine harte Probe gestellt worden. Sie war viel weiter gegangen, als sie sich am Anfang des Abends hätte vorstellen können. War ihr Beitrag wirklich wichtig gewesen? War es erstaunlich oder irgendwie zwangsläufig, dass sie mehrere Orgasmen gehabt hatte? Die älteren Männer gaben nicht das her, was sie sich unter passablen Liebhaber vorgestellt hätte, im Übrigen waren sie um die vierzig Jahre älter als sie. Aber heute war alles anders, der Abend war wie ein Traum, den sie schnell vergessen würde, wachte sie auf.

Für die Philosophen mussten die Vorfälle des Abends ebenfalls wie ein Traum erscheinen und selbst für Lulu war es kein gewöhnlicher Abend mit normalen Umständen, weil ihr Gespür sagte, dass es sich nicht um eine übliche Orgie handelte. Und was auch immer Philosophieren war, sie wusste es immer noch nicht. Hatte Philosophieren etwas mit Sex, Alter oder Rotwein zu tun? Ihr Unwissen blieb auf jeden Fall entschuldbar, denn die Meister hatten keine Demonstration ihres Könnens gegeben.

Im Bad gab es sogar einen Fön, sodass Elfriede ihre nassen Haare trocknen konnte. Geduscht, abgetrocknet und ungeschminkt zog sie ihre schwarzen Strümpfe an, betrachtete zufrieden ihre schönen Schenkel, die auf Männer einen ungeheuren Reiz ausüben mussten, zog ihre Pumps an und stolzierte nackt, wunderschön und erregend in den Salon, so als ob die Orgie, der Sex weitergehen könnte. Die Übrigen waren ebenfalls noch nackt und es hatte den Anschein, als ob man auf sie gewartet hätte.

Professor Hügel schaute schüchtern auf das nackte Juwel und Dr. Schwarz beschäftigte sich intensiv mit Rotwein. Auch Robert Unmuth schaute bewundernd Elfriede an, mit einem leichten Bedauern, dass er sie nicht gehabt hatte und sie nie haben würde. Elfriede setzte sich an den Tisch und tat es Dr. Schwarz gleich. Sie hegte nicht die Befürchtung, dass der Wein ein wirkliches Hindernis sein könnte, über das Erlebte und das Thema des Abends zu sprechen, wenn sie denn durfte, aber es war wohl selbstverständlich, dass sie durfte.

"Und nun?", formulierte Professor Hügel vorsichtig. Vielleicht kam er sich wie ein Astronom vor, der nach langjährigem Berufsleben Außerirdische entdeckt hatte, mit denen es galt, sich jetzt zu unterhalten. Er hätte es mal mit Lulus Titten versuchen können.

"Ich denke unser Praktikum ist abgeschlossen oder hat jemand noch die Kräfte, seine Versuche fortzusetzen?" Praktikum, Versuche, dahinter musste die Philosophie stecken, dachte Lulu. Sie bekam nicht zum ersten Mal an diesem Abend den Eindruck, dass diese Männer spinnten. Schüchtern vermeldete Elfriede, dass sie noch frisch wäre und ihrerseits das Praktikum fortführen könnte, wenn weiterer Bedarf, Verlangen und Vermögen bestünden. Eine stehende Sympathiewelle bildete sich im Salon, deren Wellenlänge auf die Dimensionen des Raums abgestimmt war.

"Ich denke, wir können einfach nicht mehr, aber vielen Dank für dein Angebot!" Aufgrund Robert Unmuths Äußerung witterten Lulus Titten Freizeit. Keiner der Philosophen würde weiter an ihren Nippeln knabbern und saugen. "Ziehen wir uns an, trinken noch ein bisschen und reden, wenn wir können", meinte Professor Hügel. "Das ist ein guter Vorschlag", lallte Dr. Schwarz. "Ich denke bis auf Weiteres zieht sich Lulu nur ihren kleinen weißen Slip über, als eine Quelle weiterer Inspiration." Insgeheim wünschte sich Robert Unmuth, der diese Bemerkung tat, dass Lulu tanzte, damit er sie weiterhin betrachten könne. Elfriede fragte, ob sie auch zu weiteren Inspirationen beitragen könne, wenn sie ebenfalls nackt bliebe oder jedenfalls nur ihren Slip überzöge. Robert Unmuth widersprach. Sie solle sich an einem vielleicht aufkommenden Gespräch beteiligen. Im Übrigen sei sie auch angezogen inspirierend genug. Meinte er das wirklich ehrlich, fragte sie sich, protestierte aber nicht weiter.

Man stand auf, suchte seine Klamotten und zog sich an, während Lulu weiterhin auf ihrem Platz saß und Sekt soff. Einer der Philosophen erhaschte noch einen Blick auf Elfriede, wie sie ihr Höschen über den Po zog. Das kollektive Anziehen dauerte ein paar Minuten und hatte weitgehend wenig mit dem Rhythmus der Musik zu tun. Auch Lulu zog ihren String an. "Fast Feierabend, aber noch nicht ganz", dachte sie. Aber was wollten die geilen Säcke von ihr, wenn sie nicht mehr ficken konnten. Sie war zum Ficken da. Ihre Titten protestierten, sie wollten sich in der blauen Seidenbluse verbergen, aber Job war Job und für die letzten 300 Mark hatte sie noch nicht zu viel gearbeitet. Dann saß man wieder am Tisch und Elfriede erinnerte sich wieder an ihre Hausmädchenpflichten, schenkte den Philosophen, aber auch sich Rotwein nach und bediente selbst die halbnackte Nutte und kam nicht umhin, die großen Titten zu bewundern, die kein bisschen der Erdschwere nachgaben. Sie mussten eine kosmische Widerstandskraft besitzen. Professor Hügel hob sein Glas an, um mit den anderen anzustoßen. Würde der Wein die Zungen lösen können oder sollte man trinken, um zu vergessen und zu verdrängen? Ein kollektiver Filmriss, eine gemeinsame Amnesie gehörte zu den unwahrscheinlichen Entwicklungen; keiner konnte damit ernsthaft rechnen, aber die Mehrzahl der Beteiligten schien einen unglaublichen Durst zu besitzen und unbewusst zu hoffen, genügend Alkohol könne die Vorfälle des Abends in die Vergessenheit drängen.

Robert Unmuth wollte offensichtlich noch mehr, stand auf, wechselte die Musik und fortan tönte Santanamusik im Salon. Er forderte Lulu auf, zu der Musik zu tanzen, sie könne ruhig noch etwas für ihr Geld tun. Die arme Nutte kannte diese Popmusik nicht, dafür war sie wohl zu jung. "Wir wollen deinen Körper noch ein bisschen bewundern." Jedenfalls war die Musik besser als alles andere, was sie so an diesem Abend gehört hatte. Man setzte sich so, dass alle den Übungen der Nutte folgen konnten. Diese gab sich Mühe, sich zu den Latinorhythmen in einer Weise zu bewegen, die Mann im Allgemeinen als geil empfindet. Sie ließ ihre außerirdischen Titten rotieren, so als kreisten sie eng in Bruchteilen einer Sekunde um einen Pulsar. Sie zeigte den Herren ihren Arsch, von dem nur die Ritze durch den String bedeckt war. Für ihren ersten Auftritt als Go-go-Girl war ihre Aufführung nicht schlecht, dachte sie sich. Konnte tanzen anstrengender sein als ficken, ein weiterer Gedanke. Infolge drosselte sie etwas das Tempo.

Die Sitzenden schauten und tranken und redeten ansonsten nicht viel. "Wir müssen vergessen, was passiert ist", meinte ein fast besoffener Peter Schwarz zu einer angetrunkenen Elfriede. "Wenn du vergessen kannst", antwortete sie ihm. Wenn das, was hier als Feldversuch bezeichnet wurde, vergessen wurde, wie sollte er ausgewertet und über ihn diskutiert werden? "Der Abend war geil und sinnlos", kommentierte Professor Hügel. "Vielleicht brauchen wir einfach Abstand und können später darüber reden. Nicht am nächsten Abend, aber irgendwann." - "Ich kann darüber jetzt nicht reden" - "Ich habe wohl alles vermasselt!", war Elfriedes Antwort auf Dr. Schwarzs kurze Bemerkung. "Einfacher war's durch dich sicher nicht", antwortete Professor Hügel statt Dr. Schwarz. "Ich wollte doch, dass alles einfacher wird!" - "Elfriede, dass was du getan hast, werden wir nicht vergessen und vielleicht geht die Geschichte gut aus. Die Irritationen müssen sich verlieren und dann werden wir über Sex diskutieren, ohne ihn zu praktizieren. Vielleicht ist der Abend doch nicht gescheitert. Wir werden reden und du wirst dich beteiligen können." -"Und was steht als nächstes Thema an?", fragte Elfriede. "Wie wär es mit dem Jugoslawien-Krieg, aber ohne gleich vor Ort sein zu müssen", antwortete Professor Hügel.

Man saß noch eine Weile an diesem Abend zusammen, trank, und ließ sich für Weiteres von Lulus Arsch und ihren Titten inspirieren. Hin und wieder kam in ihrem Gespräch das Wort Sex vor. Die Titten signalisierten dauernd Lulus Hirn, sie solle doch noch mehr Geld verlangen.

Weiteres von Henry Milk finden Sie zum Beispiel unter Amazon

Lesetipp: Marcel von Treppen